LA NUIT EST À NOUS

JE REVIENDRAI #1

CORINNE MICHAELS

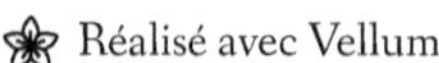 Réalisé avec Vellum

INTRODUCTION

L'autrice à succès du New York Times, Corinne Michaels, dévoile une nouvelle histoire d'amour.

Je ne suis pas le genre de fille qui aime les coups d'un soir. Je ne suis certainement pas le genre de fille qui boit un peu trop lors d'un concert pour finir dans les bras de son fantasme d'adolescente, Eli Walsh.

Pourtant, c'est exactement ce qu'il m'arrive.

Comment peut-on réparer un faux-pas après une soirée arrosée ? En fuyant à toutes jambes. Je ramasse mes vêtements et m'éloigne du meilleur coup de ma vie, cette superstar puissante et irrésistible, aussi vite que me portent mes jambes. Je n'ai pas de place dans mon monde pour ses yeux verts, son corps musclé et son sourire narquois. Ma vie est assez compliquée comme ça.

Quelqu'un a oublié de le prévenir.

Eli ne lâche rien. Il s'impose dans mon cœur, épuise ma résistance jour après jour, en me prouvant qu'il est loin d'être ce que je m'étais imaginée, mais tout ce dont j'avais besoin. Et lorsque mon monde s'écroule, il ramasse les morceaux, et tente de les recoller. Sans le vouloir, je tombe désespérément amoureuse de lui.

Il m'a fait croire que nous aurions l'éternité devant nous... J'aurais dû l'écouter quand il m'a dit que la nuit était à nous.

CHAPITRE UN

HEATHER

— Bouge-toi, Heather ! Tu nous mets toujours en retard ! hurle Nicole à travers la porte de la salle de bain.

On est devenues amies au collège et on ne s'est plus jamais quittées. Elle n'a pas encore compris qu'on pouvait invariablement rajouter une marge de vingt minutes pour avoir la moindre chance d'arriver à un rendez-vous dans les temps.

Je ne peux pas m'empêcher de la taquiner alors que je finis de me coiffer :

— Quelle tragédie...

— Tu m'énerves !

— C'est la vie.

Je l'entends marmonner un truc en s'éloignant. J'ignore pourquoi elle est si tendue. Nous avons tout notre temps, vu la façon dont Nicole conduit, le pied au plancher, il est certain que nous serons au concert au moins un quart d'heure avant la première partie. Je me prépare aussi lentement que possible. Je n'ai aucune envie de me maquiller ou d'enfiler un pantalon.

Nicole et moi avons une idée très différente de comment passer une bonne soirée. J'aime rester à la maison en sirotant un martini. Pour Nicole, il faut absolument sortir et faire la bringue. Je suis trop vieille pour tout ça. Je sais exactement comment ça se termine : je me réveille dans des relents d'alcool, la bouche horriblement pâteuse. Je me sens bien mieux en pyjama que dans ce jean. Il a fallu que je m'allonge sur le lit en me contorsionnant pour l'enfiler. Puis j'ai fait une quinzaine de squats pour le détendre un peu. Rien de tel que de s'habiller pour faire un peu d'exercice. Il faudra que je pense à en parler avec ma copine qui est coach sportif dans un club de boxe.

Je l'entends taper à nouveau.

— Je vais partir sans toi.

Des menaces en l'air. J'entrouvre la porte.

— Les billets sont ici avec moi. Tu sais quoi ? Allez-y sans moi.

Je lui tire la langue, et referme à clé dans le même mouvement.

J'en suis réduite à de tels stratagèmes, car elles sont déjà parties sans moi à deux reprises. J'ai vite appris à toujours avoir un coup d'avance sur mes trois amies. À la réflexion, si elle partait seule, je pourrais me poser tranquillement devant Netflix avec du popcorn.

Nicole n'a pas encore compris la règle des vingt minutes, mais elle sait que je peux me montrer rancunière, alors elle me laisse finir ma coiffure sans m'interrompre à nouveau. Je pourrais rester ici encore de longues minutes pour l'énerver, mais je commence à m'ennuyer ferme devant ce mur de carrelage rose que je déteste.

Ma maison n'est ni fabuleuse ni complètement inconfortable. Je l'ai héritée à la mort de mes parents. C'est une vieille bicoque, probablement plus décrépite que je ne veux bien l'admettre. Mais je ne peux pas m'en débarrasser, c'est la seule chose que j'ai gardée d'eux. En outre, je ne pourrais pas payer le loyer ailleurs. L'emprunt est remboursé, et tout l'argent qui me reste après mes factures va dans les soins médicaux pour ma sœur.

J'apporte une touche finale à ma coiffure et je ressors en souriant de toutes mes dents.

Elle regarde sa montre en me voyant arriver et secoue la tête.

— Quelle plaie...

La meilleure façon d'empêcher Nicole de péter un plomb est de la faire penser à autre chose.

— Tu devrais surveiller ton langage, ça ne convient pas à une dame. On passe prendre Danni et Kristin ?

— Dieu merci, elles se débrouillent, sinon on aurait raté la première partie.

À nous deux, nous avons les personnalités les plus sarcastiques et désagréables de notre groupe. Lorsque nous commençons à nous chamailler, les choses peuvent déraper assez vite, et il vaut mieux l'éviter en l'absence de nos deux médiatrices.

J'ignore sa pique.

— Tu es sûre ?

— Oui, je suis sûre. Elles nous retrouvent là-bas.

Nous sortons et rejoignons sa voiture, un tout petit modèle dans lequel j'ai du mal à rentrer en dépit de ma taille modeste, un mètre soixante-cinq. Mes genoux écrasent ma poitrine, et comme je suis déjà comprimée dans un jean serré, je sens que je vais faire un malaise.

— Je t'en supplie, dis-moi qu'elles viennent sans leurs maris.

Elle rit.

— Tête de nœud et Face de cul ne seront pas là. Ils font une soirée entre garçons.

Elle fait mine de s'enfoncer un doigt dans la gorge et de réprimer un haut-le-cœur.

Je remercie silencieusement le Bon Dieu des petits miracles. Leurs maris sont des tocards, surtout celui de Danielle.

J'essaie de trouver une position confortable et réfléchis tout haut.

— Peut-être qu'ils vont tomber follement amoureux l'un de l'autre.

Nicole sourit d'un air suffisant en me regardant.

— Ils comprendront que Danni et Kristin sont bien trop géniales pour rester mariées avec eux.

— Et nous pourrons enfin nous installer toutes les quatre ensemble.

— Impossible, il nous faudra des pénis. Je ne pourrais jamais vivre avec vous les filles, sans personne avec qui coucher. Vous allez tellement me porter sur les nerfs que j'aurai besoin de me détendre. Quotidiennement.

— N'importe quoi.

— C'est toi qui as fait vœu d'abstinence.

Et c'est reparti.

— Oh, ta gueule.

Elle manœuvre hors de mon allée si vite que je manque de me cogner la tête contre la vitre.

— Nic ! je hurle alors qu'elle négocie un autre virage avec son petit bolide transformé en piège mortel. C'est pas vrai, ralentis !

— Arrête de faire ta délicate. Je suis avec toi, et tu as un insigne de policière, je ne vais pas me faire verbaliser.

— Je me fiche que tu te prennes une amende, je lui lance en m'agrippant aux bords de mon siège. Je m'inquiète plutôt de périr dans un horrible accident.

— Si tu vas vraiment périr, ce sera par manque de sexe.

Elle lève les yeux au ciel et recherche une station de radio des années 90.

— Écoute les Four Blocks Down, et prépare-toi à les admirer en train de se trémousser irrésistiblement sur scène. Ensuite, essaie de retirer le balai que tu as dans le cul pour voir si ça te détend un peu.

— Je suis parfaitement détendue, je réplique en lui tapant l'épaule.

— Si tu le dis, me répond-elle vaguement, ce qui est sa façon habituelle de m'envoyer balader.

Ai-je besoin de me détendre ? Non, tout va bien dans ma vie... presque tout.

J'aime mon travail dans lequel je m'épanouis. Ce n'est pas facile d'être officier de police quand on est une femme, mais ça me plaît.

Le seul problème avec mon job, c'est que je dois y côtoyer mon ex-mari tous les jours. Heureusement qu'on ne s'est pas séparés en *si* mauvais termes. Mais je mentirais si je n'admettais pas que cette situation me dérange. La relation entre Matt et moi est... bizarre. Il arrive que deux personnes ne parviennent pas à s'entendre ou que l'on s'aperçoive que la personne avec qui on s'est marié n'est pas celle qu'on croyait. J'aimerais pouvoir me faire muter dans une autre ville, mais je suis obligée de rester ici pour être proche de ma sœur Stephanie et pour pouvoir un jour profiter de ma retraite pour laquelle j'ai déjà cotisé douze années.

Nicole reprend un nouveau refrain à tue-tête.

— Chante avec moi Heather !

Je n'en ai pas particulièrement envie, mais je suis soudain nostalgique d'une époque révolue. Nous portions des franges affreusement hautes et des couleurs d'un autre monde, et nous fantasmions sur les membres de Four Blocks Down sans ressentir la moindre honte.

Recroquevillée dans cette boîte de conserve sur roulettes, je me laisse un peu aller.

Nous reprenons toutes les deux les paroles de ces chansons qui ont bercé nos premières amours.

— Ma taie d'oreiller Eli me manque, je lui lâche dans un sourire.

— J'avais une serviette de bain Randy, si je l'avais encore je pourrais la frotter partout sur mon corps, soupire Nicole.

Mon Dieu, cette fille a la libido la plus démente de la terre.

— Est-ce que tu laisses ton vibromasseur se reposer parfois ?

Elle me jette son regard habituel qui signifie que je suis débile.

— Ma chérie, tu verras avec l'expérience que si tu ne t'en sers pas, ça se perd.

— Et toi, tu en abuses, je lui réponds.

C'est la seule d'entre nous qui ne s'est jamais mariée. Nicole vit dans le centre-ville de Tampa, elle a dû faire tout le chemin jusqu'à Carollwood pour venir me chercher. Elle l'a fait, car elle sait que sinon, je ne serais pas sortie.

Parfois, j'aimerais lui ressembler. Elle a accompli la plupart de ce dont elle avait rêvé. Elle a lancé Dupree Design et signé dans la foulée un contrat avec l'un des plus gros promoteurs de la ville sur un coup de poker. Elle a couché avec lui, a obtenu quelques engagements de plus, et en un clin d'œil, elle s'est retrouvée en tête de peloton.

Ensuite, elle l'a jeté.

Une fois la voiture garée dans le parking de la salle de concert, Nicole se retourne vers moi.

— Écoute, je sais que tu te donnes tout ce mal pour être la plus responsable de toutes, mais ce soir, me sermonne-t-elle, je veux que tu te lâches pour une fois. Je t'en supplie, tu as *besoin* de faire une pause.

Je lui lance un regard furieux.

— Je me lâche souvent.

— Tu portes un chignon. Tu es stressée par définition.

Je porte la main à mes cheveux, maudissant le fait qu'elle ait raison. Mais on ne se change pas. J'aime faire le bon choix. Excepté mon mariage avec Matt, ce qui n'était pas à proprement parler un *mauvais* choix, juste une décision hâtive. Rien à voir avec le fait que c'était un connard. Et qu'il était nul au lit.

Bon d'accord, c'était un mauvais choix. Passons.

— Nic, je ne suis pas coincée.

— Je n'ai jamais dit que tu étais coincée, il faut juste que tu te laisses vivre. Lâche tes cheveux ! Ça va rendre Danni jalouse, elle qui dépense des fortunes pour avoir la même couleur que toi sans jamais y parvenir. Peut-être qu'un jour elle finira par laisser tomber.

Entre Nicole et Danielle, c'est souvent « je t'aime, moi non plus ». Cette semaine, on dirait que c'est surtout « moi non plus ». J'aimerais bien qu'elles passent enfin à autre chose, mais aucune des deux ne va reconnaître qu'elles ont un problème.

Apparemment, Nicole a couché avec un des ex de Danielle trois jours avant son mariage. Je ne sais pas quelle est la part de vérité là-dedans, mais si c'était vrai, ça ne me surprendrait pas de la part de Nic. Lorsque j'ai entendu cette rumeur, j'ai pris mes distances immédiatement. Pas moyen que je me retrouve au milieu de tout ça. Mais si Nicole a un truc désobligeant à dire, elle ne va pas se gêner, et vice versa.

Pour autant, si on oublie cette histoire, Nicole a raison. Je ne sors presque jamais. Si je ne suis pas allongée sur mon canapé, je suis avec ma sœur.

Je tire sur mon chignon pour laisser mes cheveux blonds tomber sur mes épaules en boucles torsadées. Nicole empoigne son sac sur le siège arrière et me lance une trousse de toilette.

— Maquille-toi. Essaie de te rendre désirable et de cacher la divorcée mal fichue.

— Je me demande souvent pourquoi on est restées amies après le lycée.

Je choisis un eye-liner et en passe sur mes paupières, avant d'appliquer un peu de blush et de gloss.

— C'est mieux ?

— Beaucoup mieux.

Nous entrons dans la salle de concert, et je ne peux m'empêcher de glousser bêtement. Tout le monde ici a à peu près notre âge, et nous sommes toutes venues voir un boys band. Le groupe qui nous a fait fantasmer pendant notre adolescence a vieilli comme nous, et pourtant nous sommes là, prêtes à nous évanouir devant eux et à hurler les paroles de leurs chansons.

Je ne saurai pas dire combien de rêves j'ai fait au sujet d'Eli Walsh ou combien de carnets j'ai remplis de signatures de Mme Heather Walsh, mais je sais que je ne suis pas la seule. Je suis probablement entourée de centaines de femmes de mon âge qui ont fait la même chose.

Certaines vêtues plus légèrement que d'autres.

— Mais comment elle est habillée celle-là ?

Nicole lui jette un œil et grimace.

— Quelle horreur, il faudrait la prévenir que les bourrelets et les minijupes ne vont pas bien ensemble.

J'étouffe un rire moqueur.

Je parcours la foule du regard à la recherche de Danni et Kristin avec l'impression d'être à une réunion des anciens du lycée. Je sais bien que nous ne sommes plus toutes jeunes, mais sommes-nous vraiment aussi vieilles que certaines des personnes qui font la queue ? Beurk.

— Heather ! m'interpelle Kristin alors qu'elles se précipitent vers nous.

Nous avons beau nous revoir tous les trois mois, elles me manquent. Lorsque nous avons eu le bac, nous nous sommes promis de nous voir au moins quatre fois par an, et pour l'instant nous avons tenu parole. Le fait que nous soyons toutes restées dans la région de Tampa joue en notre faveur, mais je pense que nous serions là l'une pour l'autre, quelle que soit la distance qui nous sépare.

Certaines amitiés sont indestructibles, même s'il arrive que l'on couche avec l'ex de quelqu'un d'autre.

— Tu m'as manqué, je lui confie alors qu'elle me prend dans ses bras.

Elle m'embrasse sur la joue.

— Tu m'as encore plus manqué.

Nous restons là à nous étreindre. Nous avons l'air ringardes, mais ça m'est égal. Elles sont ma seule famille, avec ma sœur.

— Comment va Steph ? s'enquiert Danielle.

— Je crois qu'elle va plutôt bien. J'attends son appel d'une minute à l'autre.

Je suis très touchée que Danielle demande des nouvelles de Stephanie.

— Tant mieux, répond-elle dans un sourire.

— Oui, mais normalement elle aurait déjà dû appeler. Je vais juste lui passer un petit coup de fil...

Danni m'empoigne la main pour m'empêcher d'atteindre mon téléphone.

— Je suis sûre que l'infirmière te préviendrait si ça n'allait pas.

Elle a raison, mais je ne peux pas museler mes inquiétudes. J'ai l'impression d'avoir passé ma vie entière à prendre des décisions pour Stephanie. Je ne fais rien au hasard si ça la concerne.

— Je vais juste vérifier, je me justifie en retirant mon téléphone de mon soutien-gorge.

— Je savais bien que je ne pourrais pas t'en empêcher, s'esclaffe Danielle.

Mais je n'ai raté aucun appel ni SMS.

Relax, elle va sûrement très bien, ne panique pas.

Je lui envoie un court SMS, sinon je ne pourrai pas lâcher l'affaire :

Moi : Salut, tout va bien ? Je n'ai pas eu de nouvelles aujourd'hui.

Je reçois immédiatement sa réponse.

Stephanie : Oui maman.

Sale gosse.

Moi : Tu as eu d'autres spasmes ?

Ma sœur a la maladie de Huntington. Le diagnostic est tombé quand elle avait dix-neuf ans, et elle a perdu son autonomie avant même d'en avoir un peu profité. J'ai tenu à m'occuper d'elle moi-même. J'ai fait tout ce que j'ai pu pour qu'elle continue de vivre à mes côtés, mais lorsque sa paralysie a commencé à être récurrente et qu'elle a eu du mal à parler, nous avons compris que je ne pouvais plus faire face.

Le spectacle de sa bataille avec la démence précoce me brise le cœur, elle a seulement vingt-six ans. Cependant, les dernières semaines ont été plutôt bonnes. Elle n'a pas eu de troubles cognitifs, elle a été dynamique et même joyeuse. Certains jours, ses symptômes sont si légers qu'on oublie la gravité de sa condition, mais la maladie reste tapie dans l'ombre, prête à surgir à tout moment.

· · ·

Stephanie : Non. Tu ne devais pas passer la soirée avec les filles ? Amuse-toi Heather, et passe-leur le bonjour.

— Est-ce qu'elle va bien ? me demande Nicole pendant que je tape mes SMS.

— Ça va. Mais tu sais ce que c'est...

Je réalise que ma sœur n'ira jamais à un concert, et cette pensée m'attriste. Danielle me caresse le bras et je force un sourire.

— Elle vous passe le bonjour.

— Dis-lui qu'on l'embrasse, répond Kristin.

Je lui fais passer le message, ajoute que je l'aime et je range mon téléphone.

— OK ! s'exclame Nicole, allons voir ces fabuleuses places que notre super fan Kristin nous a dégotées.

Kristin lui lance un regard noir, mais on y croirait seulement si Kristin n'était pas membre du fan club du groupe. Oh que oui. Mon amie de trente-huit ans fait partie du fan-club des Four Blocks Down. Il ne fait aucun doute qu'elle regrette aujourd'hui d'avoir partagé cette information avec nous, mais cela nous a valu des places au premier rang, donc nous l'avons épargnée... Pour le moment.

— Vous n'avez qu'à vous installer tout en haut des gradins si vous préférez.

— Tu m'aimes bien trop pour me priver de mon Randy adoré, laisse échapper Nicole dans un soupir évocateur tout en la prenant dans ses bras.

— Tu dois rêver, tu ne pourras pas l'approcher, et en plus il est marié, je lui rappelle dans un éclat de rire.

J'essaie de ne plus penser à Stephanie. Sa maladie me démolit. Je voudrais tellement pouvoir l'aider, mais je n'ai aucun contrôle dessus. Je me sens complètement inutile.

Elle a grandi en écoutant ma musique à plein volume et en me regardant danser comme une folle. Et au lieu de suivre mes traces, elle est coincée dans une structure médicale. C'est si injuste. Tout est si injuste. Elle devrait être à mes côtés ce soir.

— Dis donc tu es drôlement belle, me souffle Danni.

Je lui souris faiblement.

— Merci.

Toute mon insouciance s'est évaporée en un clin d'œil. J'aimerais tellement qu'elle soit là, avec moi.

— Je m'excuse, me dit-elle d'un air désolé.

— Pourquoi ?

— Je t'ai fait revenir brusquement à la réalité alors qu'on est ici pour s'éclater et oublier tout ça.

— Non, surtout ne t'excuse pas, je m'écrie en lui passant mon bras autour des épaules, je n'oublie jamais la réalité. Ma sœur est mourante, c'est ainsi.

Le sourire de Danielle a complètement disparu.

— Quel gâchis, Heather !

Je sais bien qu'elle n'a pas eu l'intention de me déprimer. Je voudrais ressembler un peu plus à Nicole. Pas de responsabilité, du sexe avec des étrangers et pas un souci en tête... Mais ce n'est pas ma vie.

Non, ma vie est une succession de tragédies. Quand mes copines faisaient la fête à la fac, je travaillais à plein temps. Je n'allais ni aux bals ni aux week-ends à la plage. À la place, j'aidais Stephanie à faire ses devoirs. Je ne regrette rien. Au contraire, je suis plutôt reconnaissante. Cela m'a appris à apprécier ma vie et les gens qui en font partie. Chaque jour que je partage avec Stephanie est un cadeau.

— Surtout, ne te sens pas mal, je lui assure en secouant la tête. Comportons-nous comme de jeunes écervelées et oublions tous nos soucis.

— Tu veux faire la bringue toute la nuit ?

— Exactement. Si seulement on avait nos figurines Four Blocks Down...

— Ce sont des objets de collection, nous rappelle Kristin avant de piquer un fard et de marmonner un truc sur nos places.

Nicole, Danielle et moi éclatons de rire et la suivons à l'intérieur.

Je salue de la main deux gars de ma brigade qui font des heures sup' quand nous passons devant eux. Merde. Je n'aurais jamais cru qu'un membre de mon équipe serait présent ce soir. Normalement, c'est un autre détachement qui gère l'amphithéâtre Midflorida. Ils ont l'air ravis d'être ici... Ou pas. Je vais devoir jongler pour éviter que le département entier n'apprenne que je suis venue voir mon groupe préféré. Toutefois, les connaissant, ils ont probablement déjà prévenu tout le monde. Franchement, les flics sont pires que des adolescentes en matière de ragots.

Ils vont m'en faire voir pendant des semaines avec leurs moqueries.

Les deux groupes de la première partie jouent, et je chante avec eux parce que... c'est toute ma jeunesse. J'écoutais toutes ces chansons d'amour tristes à fond sur la sono de ma voiture, vitres grandes ouvertes, et chantais faux avec eux aussi fort que je le pouvais, car ils étaient mes idoles. Ils m'ont répété tellement de fois que je méritais mieux que ça, que j'ai rompu avec des garçons plus souvent qu'il ne l'aurait fallu.

— Ah ! s'écrie Danielle après le final du deuxième groupe, c'est au tour de FDB ! J'avais complètement craqué sur...

— Shaun, la coupe Nicole. On se rappelle toutes que tu léchais son poster.

— Mon Dieu ! j'éclate de rire. Je me souviens, elle lui roulait de gros patins.

Je bois le reste de ma bière et secoue mes cheveux.

— Je voulais qu'il me donne mon premier baiser, explique Danielle.

On désirait toutes la même chose. Je fantasmais énormément sur Eli, mais je n'aurais pas fait dormir les autres dans la baignoire non plus. Ils représentaient toute notre jeunesse, et j'ai l'impression de retrouver les choses telles quelles.

— Tu veux une autre bière ? me crie Kristin.

J'en ai déjà bu trois, je suis un peu pompette, alors je lui fais non de la tête.

Nicole répond à ma place :

— Mais si elle en veut une autre.

Je la regarde bouche bée.

— C'est moi qui conduis, toi, tu profites.

Elle se retourne vers Kristin

— Elle va boire toute la soirée.

— Oh, ça va être inoubliable, se marre Danielle.

— Mais non, je suis raisonnable quand j'ai bu.

Ou seulement dans ma tête.

— Tu es drôle quand tu as bu, me répond-elle du tac au tac.

Les lumières s'éteignent et l'atmosphère s'électrise. Nous commençons à hurler en nous tenant par la main. Nous sommes dans la ville natale d'Eli et de Randy, donc c'est une occasion spéciale, leurs concerts à domicile sont toujours plus intenses et plus longs.

— Tampa, est-ce que ça va ? la voix de PJ retentit.

Nous rugissons de plus belle, puis c'est au tour de Shaun de se faire entendre :

— Nous n'avons rien entendu ! Est-ce que ça va ?

Je sautille avec Nicole, incapable de me contrôler. Je me laisse envahir par l'énergie qui nous entoure. Je crie probablement plus que les filles, mais je m'en moque.

— Ouaaaaaais !

Kristin se retourne vers moi, tout sourire. Cela ne me ressemble pas.

— Ok, Tampa ! – Le visage de Randy remplit l'écran sur le côté de la scène – Les frères Walsh sont de retour chez eux, faites du bruit !

La belle gueule d'Eli apparaît.

— On vous a manqué ?

— Oh que ouiiiiiii ! je hurle.

— Super !

L'écran montre à présent Eli et Randy.

— Vous nous avez manqué aussi. Mais nous allons rattraper le temps perdu. FDB est de retour, et nous allons vous enchanter !

— La scène est plongée dans le noir.

Doucement, un socle remonte.

Je reste immobile, fascinée.

Une lumière se met à briller et m'éblouit, et dès que j'arrive à voir à nouveau, je pourrais jurer qu'Eli Walsh me fixe du regard.

Ses yeux vert émeraude me transpercent, ses cheveux coupés court sur les côtés retombent en mèches folles sur son front. Je me délecte de chaque centimètre carré de son corps parfait. La façon dont le tissu de son t-shirt se drape sur ses bras, son pantalon qui moule son divin postérieur et la largeur de ses épaules qui me donne envie de l'escalader comme un arbre. Sans me lâcher du regard, il me lance un clin d'œil et un sourire éclatant.

Ça alors !

Incapable de bouger, je le regarde bouche bée, stupéfaite. Il tourne la tête, mais impossible de le nier, Eli Walsh m'a souri, et m'a fait un clin d'œil.

Je suis au paradis.

CHAPITRE DEUX

— J'hallucine, dis-je à Nicole.

Je me penche vers elle pour lui raconter ce qui vient de se passer, ou alors ce que je viens de créer de toutes pièces dans mon cerveau :

— Il ne m'a pas regardée, on est d'accord ? Je deviens folle. Je dois être complètement ivre pour imaginer un truc pareil.

Elle ricane gaiement en secouant la tête.

— Tu ne sais pas à quel point tu es jolie. Incroyable. Blonde, mince, yeux marrons, gros seins... Bien sûr qu'il t'a fait un clin d'œil. Même moi je te trouve bandante.

Je ne sais pas si elle se moque de moi comme d'habitude, ou si elle est honnête avec moi. Et je ne suis pas sûre de vouloir savoir. Comme ça, je peux continuer à rêver qu'il m'a repérée. Quelle super méga star internationale super canon qui peut avoir toutes les femmes qu'il veut me remarquerait ?

Bof, je n'arrive même pas à me mentir à moi-même.

Les notes de la prochaine chanson retentissent et il ne m'effleure pas une seconde des yeux. *OK, je suis officiellement folle à lier.* Je savais que je n'étais pas dans mon état habituel, maintenant la vie peut reprendre son cours normal.

Nous rebuvons un coup, chantons, je fais de mon mieux pour m'empêcher de le dévorer du regard, mais... sans succès.

Il est trop beau, je ne peux pas détacher mes yeux de lui. J'observe sa poitrine se soulever alors qu'il danse parfaitement synchrone avec les autres. Ses yeux parcourent l'audience, et chaque femme présente s'imagine qu'il la regarde parmi toutes les autres. C'est magnétique. Eli Walsh est si sexy que c'en est ridicule. Même aujourd'hui, âgé de quarante ans. Il a si bien vieilli que ça me donne envie de devenir un homme. C'est tellement plus facile pour eux. Mes seins étaient bien plus appétissants il y a quinze ans.

Son sourire, en revanche, n'a pas changé. Il éclaire toujours autant son visage.

— Heather ! m'appelle Danielle à travers la musique. Matt est là !

Elle fait un mouvement de la tête vers la gauche.

Zut ! Que fait-il ici ? Je me sens prise au piège.

Une soirée. Tout ce que je voulais, c'était une soirée sans Matt, sans Stephanie, sans factures, sans maison décrépie, sans rien. Une fois de plus, je suis baisée, et pas de la façon qui me laisse comblée quand c'est fini.

J'attrape la bière de Nicole et je la descends.

— Doucement ! s'exclame-t-elle en reprenant la canette à moitié vide. Tu n'es certainement pas habituée à boire comme ça, je ne me souviens plus de la dernière fois.

— Tu m'as dit d'en profiter ce soir.

— Tu as raison, répond-elle ravie.

J'ignore Matt qui se tient sur le côté, avec un air autoritaire vêtu de son uniforme. À l'époque, j'adorais l'observer quand il se préparait pour le travail. Je le regardais enfiler son veston, s'assurant bien que chaque pli était aligné. Une fois satisfait de son apparence, il attachait sa ceinture avec l'étui de son arme et se postait devant le miroir la poitrine gonflée. Maintenant, il ressemble à un homme d'âge moyen qui tente de faire passer son gros bide pour du muscle. Désolée, mais c'est le gilet pare-balle qui élargit ta poitrine, pas ce qu'il y a en dessous.

Kristin m'attrape par la taille et essaie de retenir mon attention.

— Ignore tous les hommes présents, sauf ceux qui sont sur scène.

— J'ai l'impression qu'il me suit partout où je vais.

Elle me caresse la joue.

— Évade-toi dans la musique.

J'acquiesce et commence à chanter notre ballade préférée.

— J'adore cette chanson, je lâche dans un soupir.

— *Love me till the end of... time*, chantons-nous toutes les deux en harmonie.

— Je t'aime Eli ! je hurle.

Ses yeux rencontrent les miens, et je rougis irrésistiblement. Les commissures de ses lèvres remontent imperceptiblement, et je sens la chaleur envahir mon corps. Nos regards restent soudés un peu plus longtemps que la fois précédente. Tous mes muscles sont en tension. Je ne respire plus, je suis immobile. Eli finit par faire une pirouette avec le reste du groupe et le charme est rompu.

Je voudrais rentrer sous terre. Quand je pense à ce que j'ai crié... Et qu'il a entendu !

Je vais mourir de honte.

Kristin éclate de rire et manque de se casser la figure.

— J'ai fait un peu pipi dans ma culotte j'crois!

— Tais-toi.

— Tu as hurlé... que tu l'aimais, et il t'a... entendue !

Elle a du mal à reprendre sa respiration.

— Ça n'arrive qu'à toi !

Je fais mine de rien, mais nous avons eu une connexion. Je l'ai sentie, et je suis prête à jurer qu'il l'a sentie aussi. Mon cœur va à 100 à l'heure, mais ce n'est pas juste parce que c'était lui. Une partie de moi se sent complètement humiliée, mais une autre se sent audacieuse. Il m'a vraiment regardée. Ça s'est vraiment passé.

— Il n'a peut-être pas entendu.

— Oh si, il a entendu, me corrige Kristin en secouant la tête.

Les filles recommencent à danser et à chanter, et je reste là à me flageller. Je déteste être au centre de l'attention, et je déteste me sentir humiliée. Ce qui vient de se passer est tout aussi horrible que grisant.

J'ai besoin de respirer. Il m'est impossible de regarder la

scène à cet instant précis. S'il ne me regarde pas, et je sais que c'est le cas, je vais me sentir comme une idiote. S'il me regarde, et je sais pourtant qu'il ne me regarde pas, je vais avoir une attaque.

— Je reviens tout de suite, je crie aux filles.

— Tout va bien ? demande Danielle.

— Je vais chercher une bière.

Elle lève sa canette, et je me dirige vers les escaliers. La musique m'accompagne en bruit de fond.

J'arrive à la buvette et j'achète deux bières. J'en ai besoin. J'ai décidé que je n'allais pas en faire tout un plat. J'ai le droit de me lâcher. En plus, il doit être habitué à ce genre de choses. Toutes les filles ici sont amoureuses de lui, donc quel est le problème s'il m'a entendue ?

Aucun problème.

Sauf que...

Je me reprends. Combien de temps cela fait-il que je ne suis pas sortie ? Je vais rejoindre les filles et savourer chaque petite minute. Motivée, je prends une gorgée de bière, décidée à ne pas rougir de mes amours adolescentes avec Eli Walsh.

Je me retourne et tombe nez à nez avec Matt.

— Salut, me dit-il.

— Salut, je lui marmonne avec tout l'enthousiasme dont je suis capable, c'est-à-dire aucun.

Il fait le tour de la salle du regard et finit sur la bière dans ma main. Je peux lire dans ses yeux qu'il me juge. Comme si je n'avais pas le droit de vivre un peu.

— Je ne pensais pas te voir ici.

— Moi non plus.

Matt gonfle la poitrine et place la main sur son étui à pistolet.

— Je fais quelques heures sup'.

— Tant mieux pour toi.

Je ne sais pas trop quoi lui dire.

— Comment vas-tu ? Et Steph ?

Comme si ça t'intéressait.

— Elle va bien, elle m'a demandé de tes nouvelles l'autre jour.

Matt passe ses doigts dans ses cheveux courts et bruns. À le voir ainsi, je me souviens des bons moments passés avec lui. À cet instant, c'est juste un gars normal, pas le connard qui m'a brisé le cœur.

— Je suis content qu'elle aille bien. Alors, te voilà à un concert de Four Blocks Down ? Je ne savais pas que tu étais une groupie.

Je suis abasourdie. Nous avons passé les Four Blocks Down à notre mariage. Il sait combien je les aime. Mes demoiselles d'honneur m'ont chanté une de mes chansons préférées d'Eli.

— Ce n'est pas parce que je suis à leur concert que je suis une groupie, Matt. Je profite de ma soirée, voilà tout.

Il pose sa main sur mon épaule. J'attends de ressentir quelque chose, un petit frisson, mais rien ne se passe. Avant, j'avais les jambes en compote quand il s'approchait de moi. Mon cœur battait la chamade. Aujourd'hui, j'ai juste la migraine.

Je ne me souviens pas exactement à quel moment, mais nous avons arrêté de nous aimer aussi rapidement que lorsque nous sommes tombés amoureux. Je crois que j'étais plus dévastée à l'idée d'avoir raté mon mariage plutôt que par le fait de le perdre. Je voulais vivre une histoire d'amour comme celle de mes parents. Au lieu de ça, il était apathique et extrêmement jaloux de ma sœur souffrante.

Le pouce de Matt caresse ma peau nue.

— Tu le mérites.

La porte s'ouvre et Nicole apparaît. Ses traits dégagent une telle agressivité que cela me fait sourire. Ces deux-là n'attendent qu'une bonne raison pour se sauter à la gorge.

Elle vient coller sa hanche contre la mienne, et fait un peu déborder mon verre.

— Hé mais c'est l'officier Petite Bite ! Ou plutôt capitaine Slibard ? s'exclame Nicole en attrapant ma bière.

Nous y voilà.

— Bonjour, Nicole force-t-il à travers ses mâchoires serrées. Je suis lieutenant, pas capitaine.

— Ooooh, je me suis trompée ! – elle porte la main à sa poitrine – Heureusement que je n'en ai rien à foutre.

— Nic, dis-je pour tenter d'apaiser la situation.

Nic est rancunière, alors elle déteste Matt pour le mal qu'il m'a fait. À mon soulagement, elle reprend une gorgée de bière au lieu de continuer sur sa lancée. Elle m'attrape par le bras.

— Et à ce sujet, je viens récupérer ma meilleure amie pour profiter de notre soirée sans nous soucier de mollusques qui quittent leur femme parce qu'ils sont trop égoïstes.

Elle m'attire vers elle.

— Ciao, je lui lance.

Nicole me serre le bras.

— Je t'aime, et c'est pour ça que je ne veux pas que tu gaspilles une seconde de plus pour lui.

— Je vais bien. Il s'est montré très gentil.

C'est une partie du problème. Au début, j'étais heureuse. Puis l'état de Steph s'est aggravé, et je ne me suis plus occupée de lui. Il fallait que je prenne soin d'elle, ce qui impliquait que Matt prenne soin de moi. Soit il n'en avait pas envie, soit il n'a pas su comment faire, mais en tout cas, ça a été le début de la fin. Nous passions très peu de temps ensemble, et ne faisions que de nous disputer. Puis, juste avant de me quitter, il est devenu si gentil que c'en était risible. Nous n'avions plus de passion, ni pour faire l'amour ni pour nous déchirer. Nous restions à flot.

— Parfait. Maintenant, allons chanter et voir si tu vas encore te ridiculiser.

Je regrette déjà cette décision.

Nous retournons au premier rang, et le groupe joue une de ses anciennes chansons. Je ne sais pas pourquoi ils s'entêtent avec des nouveautés. Tout le monde s'en fiche. Nous voulons redevenir des ados de treize ans qui chantent avec des brosses à cheveux en guise de micros.

— Ça y est mesdames, susurre Randy. Le moment est arrivé de se calmer un peu, et d'essayer de trouver cette fille qu'on ne croise qu'une seule fois dans sa vie ?

Ma chanson la plus adorée de tous les temps.

Eli parcourt la scène, en souriant et en désignant des membres de l'audience.

— J'ai besoin de chanter cette chanson à quelqu'un en particulier, Randy.

— Tu as besoin d'inspiration, mon frère ? sourit Randy.

Eli continue son manège en se frottant le menton.

— Je veux une fille qui sera mienne. Qui est d'accord ? demande-t-il à la foule.

Autour de moi, tout le monde crie, saute et remue les mains frénétiquement. Je me place légèrement en retrait derrière Nicole, juste au cas où. Je préfère me tirer une balle dans le pied plutôt que de monter sur scène.

En quelques enjambées, il vient se poster devant moi. Ses yeux verts brillent de malice alors qu'ils me fixent.

Il pointe du doigt.

— Toi, dit-il doucement dans son micro sans me lâcher du regard.

Ma vie est une vaste plaisanterie.

J'ai l'impression que mon visage va prendre feu. Non. Pas moyen. J'entends vaguement crier autour de moi, mais je reste immobile. Je secoue la tête pour refuser.

Eli m'invite d'un geste du doigt alors que le videur se dirige vers moi.

— Viens me rejoindre, ma belle.

— Non, je murmure à Nicole qui me pousse en avant, je ne peux pas.

— Oh que si tu peux.

Elle me propulse hors de mon siège et le videur m'attrape au vol par-dessus la barrière.

Je regarde Eli qui me tend la main. Il entonne les paroles de la chanson :

— *Will you be my once in a lifetime*[1] ?

Mon cœur bat la chamade alors que je place ma main dans la sienne. J'adresse une rapide prière à Dieu pour ne pas m'évanouir. Je suis sur scène avec les Four Blocks Down.

Respire Heather, je m'ordonne alors qu'il tourne autour de moi en continuant de chanter.

— *You're the only girl I see*[2], chante Eli qui poursuit sa sérénade.

Il commence à se balancer, sans lâcher ma main. Dans mes rêves les plus fous, c'est ce morceau qu'il chantait pour moi.

— *I want to wake up next to you.*[3]

Oh Eli, si tu savais... Je sens mes pommettes devenir incandescentes. C'est quoi mon problème ?

Eli me fait asseoir sur une chaise. Dieu merci, mes jambes allaient me lâcher d'une minute à l'autre. À mon grand soulagement, les lumières sont aveuglantes et on ne distingue pas l'audience. Je ne vois donc pas mes amies en train de s'en donner à cœur joie, ni mes collègues. Il s'agenouille devant moi en gardant ma main, comme s'il allait me demander en mariage. Je ne sens plus mes doigts. Je tremble et ce n'est pas parce que j'ai froid.

— *Will you be my once in a lifetime ?* répète-t-il.

Je connais la routine.

Je les ai vus en concert quatre fois, deux fois au lycée, et deux fois à la fac. Mais j'ai perdu tous mes repères. Il y a au moins vingt mille spectateurs, mais pour un instant, j'ai l'impression d'être seule avec lui. Enfin, on peut rêver.

Sa main effleure ma joue alors qu'il achève la chanson. Il m'aide à me relever et m'attire vers lui.

— Reste après le concert, murmure-t-il dans mon oreille.

Je me recule et plonge mes yeux dans son regard vert, j'attends qu'il me dise qu'il plaisantait, mais il n'en fait rien. Ça alors. Il vient juste de me demander de rester ? C'est une caméra cachée ? Il y a toute une équipe de caméramans qui va débouler d'une minute à l'autre ?

Les premières notes de la chanson suivante retentissent et le videur m'aide à passer la barrière. Les filles se jettent sur moi, hystériques. Je reste interdite. Je ne suis même pas sûre de pouvoir respirer.

Nicole s'interpose et me tient par les épaules.

— Inspire, expire, Heather.

Je commence par inspirer et secoue la tête.

— Bon Dieu, que s'est-il passé ? je demande bouche bée.

— Mmmh, hésite-t-elle en souriant. Le mec le plus sexy de la terre vient de te chanter une sérénade.

Elles me posent un million de questions sur mon ressenti, et je ne peux répondre que par un seul mot : irréel. C'était tout simplement irréel. Si elles n'avaient pas filmé toute la scène sur leur téléphone, je me dirais que j'ai rêvé. Chaque seconde magique est enregistrée. Je peux voir mon visage rougi par l'émotion, mes yeux écarquillés et mon teint pâle. Super. Je relève la tête, en espérant qu'il ne m'ait pas vue m'agiter avec mes copines, mais il nous tourne le dos et chante pour l'autre côté de l'amphithéâtre.

Je reviens sur ce qu'il m'a murmuré. Est-ce qu'il voulait vraiment que je l'attende ? Pourquoi ? Il veut peut-être me donner un souvenir avec un autographe ? Ça doit être sa technique, d'abord humilier la fille devant des milliers de personnes, puis lui refiler un T-shirt signé.

— Nic ?

Il faut absolument que j'en parle à quelqu'un.

— Ouais ?

— Il veut que je l'attende après le concert, je hurle dans son oreille.

Son visage s'éclaire.

— C'est pas vrai !

— J'ai dû mal comprendre, on est d'accord ? je lui demande.

— Ou alors il a flashé sur toi.

— Mais non !

Elle a dû prendre de la drogue. Il est impossible qu'il ait pu « flasher » sur moi. N'importe quoi.

— Il sait déjà que tu es amoureuse de lui, dit-elle en riant.

— Peu importe. Je ne vais tout de même pas l'attendre.

— Bien sûr que si tu vas l'attendre ! Nicole croise les bras. Nous restons, et nous allons découvrir ce qu'Eli Walsh te veut. Tu ne vas quand même pas laisser passer ça.

Elle a raison, je ne vais pas rater cette occasion. J'ai envie, j'ai même très envie de le rencontrer.

---

1. N.d.T : *Tu veux bien être celle que je ne croiserai qu'une fois dans ma vie ?*
2. N.d.T : *Je ne vois que toi.*
3. N.d.T : *Je veux me réveiller à tes côtés.*

CHAPITRE TROIS

ELI

— Super concert ! se réjouit Adam en faisant craquer les os de sa nuque. Je suis trop vieux pour tout ça.

— Tu es vieux.

— T'es plus vieux que moi, me rappelle Adam.

J'ai quarante-deux ans, mais j'aime encore l'adrénaline que me procurent les spectacles. J'aimerais juste que ce soit un peu plus clément pour mon corps vieillissant. Je n'avais pas besoin de prendre autant d'antalgiques les années précédentes. Avec tous les voyages, les repas dégueu' et les spectacles, mon corps me lâche.

J'aime être un acteur, plus que je ne le pensais avant de commencer, mais je préfère encore rencontrer mes fans. On ne s'amuse pas autant, coincé sur un plateau toute la journée.

Je me retourne vers mon frère.

— Randy est le plus vieux d'entre nous. Donc voilà.

— Va te faire voir, réplique-t-il. La tournée est terminée, nous avons quelques semaines de liberté avant de nous revoir. Je vais chez moi retrouver Savannah. Elle se plaint que les enfants sont difficiles. Il est temps que papa rentre faire la loi.

— C'est ça.

Je rigole ; il est entièrement gâteux en ce qui concerne ses gosses.

— Nous savons tous que c'est Vannah le chef chez toi.

— Ne me casse pas mon délire.

— Nous allons faire une apparition au *meet and greet*[1], – Shaun me claque la jambe en se relevant – vous venez ?

J'ai donné au manager des instructions précises concernant cette fille. Je lui ai pratiquement dessiné une carte. Elle doit nous attendre là-bas. Si elle n'y est pas, je le vire. J'ai craqué sur son visage pendant que je lui chantais ma chanson. On aurait dit une biche prise au piège dans des phares de voiture. J'ai presque perdu le contrôle quand je l'ai entendue crier qu'elle m'aimait. Elle ne s'est pas cachée dans ses mains assez vite.

C'était trop mignon.

J'aime ce qui est mignon.

Et puis ça fait environ un mois que je n'ai couché avec personne, les conditions sont parfaites. J'espère qu'elle assure au lit. La tournée est terminée, et ma mère me gonfle pour que je passe du temps avec elle, donc je vais rester sur Tampa pendant quelques semaines. Je rattaque le tournage de la prochaine saison de *A Thin Blue Line* dans deux mois, et toute distraction entre-temps sera la bienvenue.

— Allons rencontrer ces gens.

Je me relève et étire mes bras en l'air. Ce que je voulais vraiment dire c'était « Allons rencontrer cette blonde ».

Notre contrat nous oblige à participer au *meet and greet* à chaque concert. Je déteste cette partie. C'est toujours pareil. On se pose dans le salon pour boire un verre, et les filles nous répètent invariablement la même chose. Je suis reconnaissant de leur amour. Je les remercie aussi de nous écouter depuis qu'elles ont treize ans, mais je m'en fous. Ça me rappelle juste combien je suis vieux.

En revanche, si elle est là, on devrait bien s'amuser. Je veux voir ses yeux marron se remplir de plaisir et lui faire perdre la tête.

— Tu as demandé à Mitch de ramener la blonde, pas vrai ? m'interroge Randy pendant qu'il range ses affaires dans son sac.

— Ouais.

Les gars sortent de la pièce pendant que je traîne pour parler à Randy. Il glousse :

— Tu vas finir par en mettre une enceinte, me prévient-il dans un sourire.

Je lève les yeux au ciel.

— Jamais de la vie. C'est une leçon que j'ai apprise au cours de notre première tournée mondiale. Ça fait vingt ans, et pendant tout ce temps-là, ça n'est jamais arrivé. Pas de petit Eli ou Eliette surprise.

— À ta connaissance, rétorque Randy.

On pourrait continuer pour toujours, mais en vérité, je fais très attention. Il n'y a pas moyen que je me fasse passer la corde au cou par une groupie engrossée. Je suis plus malin que ça. Et j'ai Mitch de mon côté, il est terrifiant. Je suis sa seule source de revenus. Il ne laissera jamais une connerie pareille lui faire rater le gros lot. C'est un spécialiste pour faire disparaître les détails désobligeants, je le sais d'expérience.

— Ne t'inquiète pas pour moi.

Il arrête de remplir son sac une seconde pour me regarder attentivement.

— Comme si c'était possible.

Randy est mon aîné de deux ans, et comme notre père nous a abandonnés quand nous étions petits, pour mourir deux ans plus tard, il pense qu'il doit me protéger.

— Sérieusement Randy, stop. Comporte-toi mon frère pour une fois.

Il souffle bruyamment.

— Okay, il est temps que tu grandisses, Eli. Tu as quarante ans passés, tu ne t'es jamais marié, tu n'as pas d'enfant ni même eu une relation sérieuse depuis...

— Ne prononce pas son nom.

Je lève la main. Je ne veux pas penser à elle ce soir.

Randy me connait bien. Je ne parle pas d'elle. Jamais.

— OK, mais Vannah se fait du souci elle aussi.

— Vannah se moque bien de ma vie amoureuse. Ce que tu voulais dire, c'est que maman se fait du souci. Elle doit le rabâcher sans cesse à Vannah, qui à son tour vient se plaindre auprès de toi.

Ma mère est la reine des indiscrétions. Elle répète les choses comme un perroquet, « *Eli doit se marier, Eli doit se marier* ». Elle ne change jamais de disque.

— Ce n'est pas que maman, c'est tout le monde. Arrête les soirées et les filles faciles. Trouves-en une dotée d'un vrai cerveau. Tu ne peux pas me dire que tu es heureux comme ça.

— Ce que je peux te dire, c'est que j'en ai assez entendu.

Je m'appuie sur le dossier de ma chaise et croise les bras.

Pourquoi est-ce que tout le monde pense qu'il faut se marier pour être comblé ? Qui a décidé que c'était le seul critère de la réussite et du contentement ?

Randy passe son sac à l'épaule et sourit. Je peux presque l'entendre se féliciter dans sa tête. Il est convaincu qu'il a raison. Il peut m'expliquer en détail pourquoi je dois vivre la vie qu'il a choisie pour moi.

— Et que feras-tu quand les choses deviendront compliquées pour toi ?

Il a tapé au seul endroit où il pouvait me faire mal.

— J'en ai assez.

Je l'écarte d'un geste et je sors de la pièce. Dès que j'entre dans le hall, j'entends les cris. Je ne suis vraiment plus d'humeur, mais je dois au moins faire une apparition. Je fais un signe de la main aux filles qui n'ont pas pu rentrer et je me dirige vers la zone *meet and greet* en espérant la voir.

Certains jours, cette vie est épuisante. Je bosse dur, et je n'en tire pas autant d'avantages que je le croyais. Le travail occupe une énorme place dans mon existence. Un boys band a une durée de vie limitée, et elle est dépassée. C'est pourquoi j'ai changé mon fusil d'épaule et je me concentre davantage sur ma carrière d'acteur. Ça me conforte dans ma recherche de normalité. Je suis entouré de gens qui n'ont que faire de ce que j'ai été avant d'en arriver là. Pour eux, je suis un acteur, un ami et un humain. Point barre. Quand je suis en tournée, tout est différent.

Ma carrière de comédien me donne plus de liberté. J'ai plus de temps pour moi, je voyage moins et je profite de longues pauses entre les tournages. Je ne sais pas comment les autres musiciens font quand ils sont constamment en tournée.

Dès que je m'approche de la salle, j'entends la musique. La basse résonne et les lumières sont tamisées, ce qui veut dire que les filles sont à leur avantage. J'ai envie d'une seule chose : convaincre la blonde de passer la nuit avec moi. Je n'arrive pas à me la sortir de la tête. Je me déplace rapidement de groupe en groupe pour la trouver.

Cela fait bien longtemps que je n'ai pas ressenti ce type de frisson pour une fille. Les célébrités n'ont pas une vie amoureuse normale. Personne ne veut avoir à supporter les paparazzi, les groupies et les absences répétées. En tout cas, si c'était moi, je passerais mon chemin.

— Eli, fredonne une fille que je ne connais pas à mon oreille. Te voilà.

Elle est sexy, mais ce n'est pas celle que je cherche.

— On se retrouve tout à l'heure, je lui lance pour l'éloigner.

Je parcours la salle mal éclairée du regard, mais je ne la vois pas. Quelques autres filles me parlent. Je leur souris mécaniquement tout en la cherchant autour de moi. Elle n'est sûrement pas loin. C'est le seul avantage de notre manager, il fait son boulot.

Enfin, un groupe se déplace, et elle apparaît dans mon champ de vision. Elle est dans un coin avec sa copine, ses cheveux blonds coiffés sur un côté, exposant la peau de son épaule de l'autre. Elle sirote une bière. J'aime les femmes qui boivent à la bouteille. C'est sexy et terre à terre. Ça veut dire que ce n'est pas une diva et qu'elle sait s'amuser simplement.

Je fends la foule et la rejoins.

— Tu es là, lui dis-je.

Elle a l'air un peu effrayée.

— Oh, – elle se racle la gorge – je, je... tu m'as dit... ? Bon, tu me l'as vraiment demandé ?

— Vu que tu m'as dit que tu m'aimais et que je t'ai chanté une sérénade, je me suis dit qu'on pouvait se présenter officiellement.

Ses yeux marron s'agrandissent et elle sourit timidement. Elle est encore plus jolie que dans mes souvenirs. Son corps dessine des courbes invitantes et parfaitement sculptées qui incitent à la caresse. Il est clair qu'elle prend soin d'elle, et j'ai envie de voir ce qui se cache sous ses vêtements.

— Moi, c'est Nicole.

Son amie me tend la main et me scanne attentivement. Je sens qu'elle me surveille. Je comprends pourquoi la blonde l'a amenée avec elle. Pas con.

— Eli.

Je serre sa main en lui souriant le plus sincèrement possible.

— Et moi, c'est Heather.

— Heather, je répète en savourant chaque syllabe. Tu veux une autre bière ?

Son visage s'empourpre d'un seul coup.

— J'ai dit quelque chose ?

— Non, – elle touche mon bras du bout des doigts – pardon, je suis juste nerveuse.

Je suis content de lui faire perdre sa contenance. Toutes les filles présentes ici ont tellement d'assurance, parfois trop. Comme si j'avais de la chance de les avoir choisies. Et elles font toutes ces promesses et ces propositions indécentes. La plupart du temps, je laisse tomber avant. J'imagine que toutes ces années m'ont rendu plus difficile à satisfaire.

C'est à cause de ma nièce et de mon neveu. Ça ne veut pas dire que je veux me marier, c'est la dernière chose qui me ferait plaisir. Mais j'aimerais bien avoir une vraie conversation de temps en temps. Je suis entouré d'actrices la plupart du temps, j'ai fait le tour des relations faussées.

— Ne sois pas nerveuse, j'essaie de la rassurer.

Heather sourit et glisse une mèche de cheveux derrière son oreille. Est-ce qu'il lui arrive de faire un truc qui ne soit pas sexy ? Est-ce que je perds la tête ?

— C'était un super concert.

— Je suis content de l'entendre. Et je le suis vraiment, j'ai tout donné ce soir. Lorsque nous jouons à domicile, nous faisons un effort supplémentaire. Certains moments ont été mieux que d'autres.

— Tu as raison, répond-elle en souriant.

— Et si on essayait de trouver un endroit plus calme pour

discuter ? Il y a beaucoup de gens ici et je ne vais pas pouvoir tous les éviter.

Ses yeux passent de Nicole à moi. Son amie la pousse un peu et je décide que cette fille est ma nouvelle meilleure copine. Bien sûr, je veux faire bien plus que de parler, mais d'abord, je veux l'éloigner de tout ce bruit.

J'attire l'attention de mon manager et lui indique Nicole d'un mouvement de tête. Il va veiller à ce qu'elle ne s'ennuie pas.

— Je ne suis pas sûre.

— Je t'assure que cet endroit va devenir un enfer auquel ni toi ni moi n'appartenons.

Je décide d'être honnête, j'espère qu'elle va me suivre dans cette direction :

— Je veux juste te parler, si tu es d'accord.

Et je lui mens un peu aussi.

Nicole sourit et lui glisse un mot à l'oreille avant de la pousser en avant. Je lui tends la main, en espérant que son amie ait parlé en ma faveur. Heather regarde ma main et la prend dans la sienne.

On va passer une bonne soirée.

---

1. N.d.T : Littéralement, « saluer et rencontrer ». Rencontre tarifée entre musiciens et leur public lors d'un cocktail privé, en général après un concert.

CHAPITRE QUATRE

HEATHER

Mon dieu, oh mon dieu. Eli et moi allons dans un endroit privé. Mais qu'est-ce que j'ai dans la tête ? Manifestement, je ne suis plus moi-même. La vraie Heather ne ferait jamais un truc pareil. Et pourtant, je l'ai pris par la main et nous sortons de la salle de rencontre.

— Tout va bien ? demande-t-il avec bienveillance.

— Super !

Je suis vraiment une menteuse.

— Ah bon ? Parce que tu trembles.

Je tremble de la tête aux pieds. Je ne sais pas encore si c'est l'émotion ou si c'est parce que je suis terrifiée. Non, je sais que c'est parce que je suis terrifiée. Je vais me concentrer sur ma respiration. Je suis en situation de stress tous les jours dans mon travail, je devrais gérer ça les doigts dans le nez.

Ceci, selon Nicole, est une relation sans lendemain. Apparemment, les gens font ça tout le temps et c'est normal. Je vais donc me conduire normalement, laisser mes réflexions de côté et vivre le moment présent.

Je vais profiter de la vie ce soir.

Je m'éclaircis la gorge et je souris.

— Je me retrouve rarement dans une situation pareille.

Il rit, et s'arrête devant le bus de la tournée.

— Quel genre de situation ?

— Tout ça, je réponds d'une voix pointue, je ne bois jamais, je ne hurle jamais, on ne me chante jamais de sérénade, je ne vais jamais en coulisses, et là...

Je marque une pause. Je ne peux pas finir ma phrase sans savoir au préalable ce que nous faisons exactement là. Peut-être a-t-il une question stupide à me poser. Il ne veut peut-être pas de sexe. Je ne sais pas si moi-même je veux du sexe.

Bon OK, je vais dire la vérité.

Je veux carrément du sexe. Je veux me lâcher comme Nicole m'a dit de faire. Je veux oublier toutes les conséquences de mes actes juste pour cette nuit. Je suis toujours raisonnable. Ma vie pourrait être une publicité pour les gens raisonnables. Je fais respecter la loi, je prends soin de ma sœur, je suis indépendante financièrement pour nous deux, je suis bénévole pour une association pour les jeunes, mais jamais je ne me lâche.

Ce soir, je vais m'amuser. S'il est d'accord.

Je remercie silencieusement et dévotement l'inventeur de la bière.

— Et là, tu veux qu'on fasse quoi, Heather ?

Les yeux d'Eli brillent de mille promesses et il m'attire vers lui.

Oh. Prends. Moi.

— Je..., je...

Les mots me manquent.

Ses mains agrippent mes hanches et il nous déplace afin que je me retrouve dos au bus. Il est si près de moi. Il remonte doucement le long de ma taille et s'arrête sur ma gorge.

— Qu'en penses-tu ? On peut discuter, ou on peut s'occuper autrement ?

Je reviens sur ce que m'a dit Nicole. *Lâche-toi pour ce soir.* Ce soir, je vais vivre mes fantasmes d'adolescente. Je vais coucher avec Eli Walsh, dans le bus de tournée, après un concert des FBD.

Je me redresse, et j'invoque la Nicole qui sommeille en moi. Je me serre contre lui et je passe ma main autour de sa taille.

— Je pense qu'on peut s'occuper autrement.

Je lis la surprise dans ses yeux juste avant que sa bouche ne vienne s'écraser contre la mienne. Chaque particule de son corps s'accorde avec la mienne. Nos lèvres se marient alors qu'il cherche la poignée de la porte. Lorsqu'il réussit à l'ouvrir, nous tombons tous les deux en arrière. Il me guide en haut des marches à reculons et à travers le véhicule sans pauser ni trébucher.

Je me fonds dans ses baisers. Il n'est ni doux ni délicat. Non, il me dévore. C'est de la pure passion. Il n'y a aucune subtilité dans ce baiser. Je n'ai jamais embrassé quelqu'un comme ça, pas même Matt. Il était lent, froid et détaché. C'était *mécanique*.

Je le veux. Je veux arrêter de penser.

Eli me pousse là où il veut que j'aille, sans jamais lâcher mon visage. Mes mains explorent son corps et nous continuons à nous déplacer. Mes doigts caressent doucement ses pectoraux avant de glisser sur son ventre en marquant chaque relief créé par ses muscles. Il n'y a pas un gramme de gras, je peux sentir chaque petite tension sous la main.

— Tu es magnifique.

Ses yeux me regardent de façon expressive alors qu'il retient mes cheveux.

— Je suis dans la moyenne.

Il m'observe de haut en bas et replonge ses yeux dans les miens.

— Tu es largement au-dessus de la moyenne, Heather.

Là, je craque, mes mains entourent son cou et je recommence à l'embrasser. Personne ne m'a jamais parlé ainsi. Et je ne suis pas encore déshabillée.

Il me pousse sur le lit, et je me délecte de son poids sur moi. Putain, Eli Walsh. Mon T-shirt disparaît sans que je m'en aperçoive, et je défais sa boucle de ceinture avant qu'il ne roule sur moi.

Nos lèvres s'embrassent dans une harmonie parfaite et je sens mon cœur battre dans ma poitrine. Une infime partie de moi est si surprise de ce qui se passe ; je ne me comporte jamais comme ça, mais je ne peux pas m'en empêcher. Je veux faire un truc insensé. Le fait que ce truc insensé soit de coucher avec Eli Walsh est un peu déroutant, mais je sais que je suis sur la bonne voie. Peut-être parce que j'en rêve depuis que je suis une ado. Ou peut-être parce que je suis complètement ivre. Quelle que soit la raison, le train est en marche.

Je m'assieds, sans la moindre pudeur, et je dégrafe mon soutien-gorge. Mes cheveux blonds tombent en cascade et me cachent un petit peu. Sans le quitter du regard, je fais glisser les bretelles. Eli sourit quand le bout de tissu touche terre. Je ne suis pas entièrement exposée, mais cela lui suffit.

— Tes seins sont superbes, dit-il de sa voix douce comme de la soie. Relève tes cheveux, bébé, je veux tout voir.

Eli remonte ses mains derrière sa tête et ne perd pas une miette du spectacle.

Je lui obéis. Encore une fois, cela ne me ressemble pas du tout. Normalement, c'est moi qui commande, mais je me laisse dominer sans poser de questions et relève mes cheveux avant de redescendre vers lui. Mes seins caressent légèrement sa poitrine.

— Ça ne m'arrive jamais.

— De quoi tu parles ?

Il me caresse la joue du doigt.

— D'avoir une relation sans lendemain.

— J'ai l'impression que tu ne respectes aucune de tes règles avec moi ?

— C'est à peu près ça, je réponds d'une voix chevrotante.

— Tu veux t'arrêter là ?

Ses doigts glissent le long de mon cou et rejoignent mon sein. Il caresse le téton de petits mouvements circulaires.

— Non.

Il sourit.

— Tu aimes la façon dont je te touche ? Les sensations que te procurent mes mains sur ta peau ?

— Oui, j'admets.

— Tu as vraiment envie de moi ? me demande-t-il en pinçant mon téton entre son pouce et son index.

J'en perds la parole. Je suis électrisée, et c'est atomique. Chaque cellule dans mon corps vibre. Je voudrais que ça dure toujours. C'est pas mal finalement le sexe sans lendemain, j'aurais dû m'y mettre plus tôt.

Je me baisse pour embrasser ses lèvres.

— Heather, dit-il pour me rappeler à lui. Réponds-moi.

— Quelle était la question ?

Il a l'air de trouver ça drôle.

— Est-ce que tu veux que je te baise ?

— Oui, je gémis doucement.

À la seconde où j'ai répondu, il me fait basculer sur le dos. Ses mains pétrissent et massent mes seins. Je ferme les yeux et me laisse aller. Je sens sa langue sur ma peau. La chaleur de sa bouche contraste avec la fraîcheur de la pièce et me fait frissonner.

J'en veux encore. Je soulève ma poitrine, en suppliant silencieusement. Il suce et lèche mon sein droit, et se tourne vers le gauche. Plus il commence à descendre, et je relève la tête. Pas question qu'il me fasse un cunni. Seul Matt a eu le droit de le faire, et ce n'était pas une bonne expérience.

Il déboutonne mon jean qui m'a valu cinq minutes de gesticulation pour l'enfiler, et j'empoigne sa main.

— Ce n'est pas nécessaire, je lui murmure rapidement.

— J'en ai envie.

Envie ? Matt m'a expliqué qu'aucun homme n'aime ça, ils le font seulement car ils sont obligés.

— Je suis sérieuse, je le préviens.

Eli se met à genoux et passe ses doigts dans mon jean.

— Moi aussi, je suis sérieux. Je veux te goûter. Je veux t'entendre crier mon nom si fort que toutes les personnes présentes sauront ce que je suis en train de te faire.

Il me couve de son regard fiévreux.

— Je sais que la plupart des hommes n'aiment pas ça...

Il sursaute, et me regarde interloqué. Je me sens soudain naïve et un peu stupide.

— Je ne sais pas, c'est ce qu'on m'a dit...

Eli descend mon pantalon plus bas.

— Tu as déjà joui sur une langue ?

— Non.

— Tu vas jouir sur la mienne, rétorque-t-il, catégorique. Les vrais hommes aiment manger des chattes. Seuls les connards égoïstes refusent de donner ce plaisir à leur femme.

Je reste allongée, muette de surprise. Mais il ne m'accorde pas le moindre instant de réflexion, il m'a déjà retiré mon jean et ma culotte. Eli soulève mes jambes, les place sur ses épaules tout en me regardant. Je fonds. Il continue de me fixer tout en s'approchant, tout en prenant son temps. Mon cœur bat la chamade.

Au premier coup de langue, j'ai déjà mon compte.

Mais ce n'est que le début. Eli sait ce qu'il fait. Sa langue se presse contre mon clitoris en mouvements circulaires, puis de haut en bas. Je n'ai jamais rien ressenti de tel. Des gouttes de transpiration commencent à se former sur mon front, et je sens l'orgasme arriver.

Il ne plaisantait pas, il va vraiment me faire jouir.

Mes mains agrippent la couverture et j'essaie de me contrôler, de garder les pieds sur terre. Et il me pousse à grimper encore et encore plus haut, direct au nirvana.

— Oh mon Dieu, putain ! je marmonne.

Il s'interrompt une seconde, glisse un doigt et se remet à aspirer de plus belle. Je me contorsionne et je commence à trembler, mais cela ne l'arrête pas. Un deuxième doigt vient rejoindre le premier, encore plus profondément, et il les replie juste assez pour qu'ils viennent toucher mon point G, jusque-là introuvable. J'explose.

Mon corps n'est que tension alors que je suis propulsée dans le vide. Je hurle son nom, exactement comme il l'avait prédit, puis je retombe telle une poupée de chiffon.

Oh putain, je suis morte. Morte. Je suis allée au paradis. J'ai rencontré Dieu, il est allongé près de moi. Ma respiration est saccadée, et mon cœur bat si fort que je suis sûre qu'il peut l'entendre.

— La vache !

— Je te l'avais bien dit.

Eli remonte vers mon visage.

— Tu as tenu ta promesse.

Ma voix basse est reconnaissante.

— Je crois que tu es un peu trop habillé Eli.

— Et tu vas y remédier comment ? me taquine-t-il.

Je me déplace dans l'espace réduit, et lui défais sa braguette. Je fais glisser son pantalon et son boxer à terre, pour libérer la longueur impressionnante de son membre.

— Comme ça, je lui réponds en enroulant mes doigts autour de lui.

Il gémit doucement alors que je fais glisser ma main de la base jusqu'à la pointe. Je regarde son visage, et repère les mouvements qui lui font fermer les yeux ou serrer la mâchoire.

Mon pouce effleure le bout et il me repousse en arrière.

— J'ai envie de te baiser.

Nos bouches se retrouvent, nos langues s'entremêlent et nos mains vagabondent sur le corps de l'autre.

— J'ai envie de toi, je le supplie désespérément.

Je n'ai jamais supplié ni parlé pendant l'amour. Jamais de la vie.

Eli attrape un préservatif sur la table de nuit, l'enfile et revient vers moi.

— Moi non plus, je ne respecte aucune de mes règles avec toi, confesse-t-il.

Je n'ai pas un instant pour lui demander ce qu'il veut dire, il me pénètre déjà. Je ferme brusquement les yeux alors que je fais un effort pour l'accueillir. Il est imposant. Le plus imposant que j'ai connu. Mais il ne bouge pas, comme je m'y attendais. J'ouvre les yeux.

— Est-ce que ça va ? me demande Eli.

J'acquiesce rapidement. Il s'appuie sur son avant-bras et m'embrasse tendrement. Ce baiser a une saveur différente. Il est lent, sensuel, presque délicat. Je passe mes doigts dans ses cheveux alors qu'il commence à aller et venir. Il gémit dans ma bouche et reste tendre.

— Eli, je murmure.

C'est trop. Tout en lui est irrésistible. Son pouce caresse ma joue et il continue à balancer ses hanches.

— Tu es délicieux.

— Toi aussi. Tu as un effet incroyable sur moi.

Je lève les yeux. Il est au-dessus de moi et me fixe.

— Je veux te faire encore jouir.

Oh oui, ça pourrait être sympa.

Il roule et je me retrouve sur lui. Je ne me suis pas souvent retrouvée dans cette position auparavant. Mais ce sont les seules fois où j'ai pris mon pied. Vu dans quel état d'esprit je me trouve aujourd'hui, il est probable que jouisse encore une fois.

— Chevauche-moi, bébé.

Et je lui obéis, je remonte mes hanches et je les redescends, et je le sens me remplir entièrement. Je griffe sa poitrine, ses gémissements m'excitent. Eli est sur la même planète que moi. Je bouge de plus en plus vite, et je sens un nouvel orgasme arriver.

— Je vais jouir.

— C'est bien, rejoins-moi bébé. Ta chatte est si serrée, je vais jouir aussi.

Eli serre les dents et ses doigts s'enfoncent dans ma chair pour me guider encore plus profondément, alors qu'il se soulève à l'unisson. Et je m'envole.

— Eli ! je hurle alors qu'un violent orgasme m'emporte.

Il continue à me diriger et me suit jusqu'au bout.

Je retombe à ses côtés et reprends ma respiration. Nous restons silencieux pendant que nous retrouvons nos esprits.

Je suis allongée là, nue, et soudain, je réalise. Ce n'est pas un rêve. C'est la réalité. Je viens de coucher avec un des membres de Four Blocks Down dans le bus de tournée. Il a dû le faire avec une ribambelle de filles, mais pour moi, c'est la première fois. Je n'ai jamais fait l'amour avec un homme que je ne connaissais pas. Alors que lui ne couche probablement jamais avec des filles qu'il connaît. Je ne suis pas différente, il ne se souvient sûrement pas de mon nom, il ne m'a appelée que par le surnom « bébé ».

Le lit bouge alors qu'Eli se relève.

— Tu as besoin de quelque chose ?

Une douche et une lobotomie.

— Non, je réponds automatiquement.

— Je reviens tout de suite.

Il se dirige dans ce que j'imagine être une salle de bain, et je retrouve toute ma tête. Je n'y crois pas. Qu'est-ce qui ne tourne pas rond chez moi ? Qu'est-ce que j'ai dans la tête ? Visiblement, rien. Tout est de la faute de Nicole.

— C'est quoi déjà ton nom de famille ? demande-t-il de l'autre côté de la porte.

Je me rhabille à toute vitesse. Je dois partir d'ici.

— Covey, je lui réponds en enfilant mon jean.

Mais où sont passés mes sous-vêtements ? Je regarde sous le lit, mais ils restent introuvables. Fait chier.

Il tire la chasse, et je n'ai plus de temps. Je ne peux pas lui faire face. Je dois disparaître avant qu'il revienne. J'empoigne mes chaussures à talon, mon téléphone, et je descends en courant du bus. Je dois trouver Nicole, et nous devons partir. Immédiatement.

Je la vois dès que je passe la porte. Dieu merci. Nicole est en train de rouler des patins à un gars dans le couloir. Classique. Je lui attrape le bras et je la tire.

— Il faut qu'on y aille, dis-je en guise d'explication.

Elle se retourne vers le bonhomme.

— Mais je...

— Non, nous devons nous tirer, *tout de suite* !

— Heather, commence-t-elle à protester.

— Maintenant ! je hurle.

Ses yeux s'écarquillent. Je ne crie jamais, alors quand je le fais, ce n'est pas pour rien.

— Bye, elle le salue alors que je la tire déjà vers la sortie.

— Ralentis.

Mais je l'ignore. Je ressasse les événements récents et je deviens dingue.

— Il faut y aller. Je ne peux pas me retrouver face à lui.

— Oui, tu l'as mentionné, elle rouspète en marchant, mais que s'est-il passé ?

Je secoue la tête, et je la tire au pas de course. Je ne me sens pas bien. C'était incroyable et tellement bon, mais c'était mal. Je ne suis pas une fille facile. J'aime qu'on s'engage et qu'on apprenne à se connaître. Au moins il connaît mon nom de famille. Je suis une salope, pire qu'une salope... Je suis une *groupie*.

— Si tu ne dis rien, j'arrête de marcher, me menace Nicole. Tu sais que j'en suis capable.

— OK.

Je m'arrête près de la sortie.

— Nous avons baisé. Très, très bien baisé. Tu es contente ?

Il me suffit de regarder l'énorme sourire qui éclaire son visage pour avoir une réponse. On dirait une mère fière de son bambin au spectacle de l'école.

— Tu parles que oui, je suis contente. Mais pourquoi tu t'enfuis ?

— Parce que...

Je suis essoufflée.

— Nous avons baisé, couché ensemble ! Je dois partir.

Je pousse la porte, tout en tirant Nicole derrière moi.

— Ça n'explique pas pourquoi tu cours pieds nus de partout.

Pas moyen que je lui explique ce détail.

— Allez, bouge.

Nous finissons par sortir, et tout d'un coup j'ai envie de pleurer. Ils ont fermé l'accès au parking.

— On fait quoi maintenant ? demande-t-elle en regardant le grand portail en métal équipé de cadenas énormes.

Nous pourrions filer vers l'entrée sud, mais ça prendrait trop de temps. Nous n'avons qu'une seule solution.

— On escalade.

— Alors là, pas question !

Je souffle d'un air agacé et je lui lance un regard furieux.

— Nicole, je viens de faire une chose qui ne me ressemble tellement pas, que j'ai l'impression de m'être dédoublée. Nous allons escalader cette barrière parce que tu es ma meilleure amie, et parce que j'ai besoin de partir d'ici.

— Chérie, me console Nicole en me regardant tristement. Tu n'as rien fait de mal.

— Si, je suis une groupie.

— Tu n'es pas du tout une groupie, et tu n'as rien d'une salope.

Je ne dis rien. Je jette mes chaussures au-dessus de la barrière, et je commence à grimper.

Quand j'avais douze ans, j'étais assez douée pour grimper sur les barrières. Surtout en grandissant à Tampa, on pouvait se rejoindre par les jardins en sautant au-dessus des clôtures. Mais aujourd'hui, je n'ai pas encore gravi la moitié, et je suis déjà essoufflée, mon pied glisse et je n'ose même pas imaginer de quoi j'ai l'air vue d'en dessous.

— Merde ! je crie lorsque mon orteil dérape à nouveau.

J'entends le rire de Nicole retentir.

— Arrête de te moquer et commence à grimper !

— C'est inoubliable, dit-elle en éclatant encore de rire. Attends je prends une photo !

— Nicole ! Nous devons partir au cas où il me chercherait.

— OK, t'es vraiment une poule mouillée.

Ses chaussures volent au-dessus de la barrière, qui se met à trembler.

— Tu me dois une fière chandelle.

— Arrête de bouger !

Je retiens un fou rire, mais sans succès. C'est grotesque.

— Je vais me faire pipi dessus !

Je pleure de rire tout en me retenant à la barrière.

— La prochaine fois qu'on sort ensemble, fais-moi penser à prendre ma go-pro.

— Je te déteste, j'arrive à lui répondre entre deux éclats de rire.

Elle fait exprès de se balancer pour me faire tomber.

— Tu voudrais bien me détester, mais c'est impossible.

— Si tu me fais tomber... je menace en perdant l'équilibre et en essayant de grimper plus haut.

— Ce sera ce que tu mérites pour m'avoir forcée à escalader une foutue barrière à une heure du matin !

Je fais la liste des multiples conséquences qui vont me donner à regretter cette soirée. Mes collègues m'ont vue sur scène pendant la chanson d'amour, je suis presque sûre que l'un d'eux m'a grillée dans les coulisses, je suis toute griffée à cause de la barrière et Nicole ne me pardonnera jamais la grimpette.

J'arrive tout en haut et j'ai juste le temps de passer une jambe par-dessus la barrière.

J'entends sa voix.

— Tu vas juste t'enfuir ? Eli paraît incrédule. Comme ça, sans rien dire ?

Je passe de l'autre côté de la barrière et redescends à terre, pour avoir un obstacle entre nous. Nicole est presque arrivée en haut et se délecte de la scène.

— C'était une erreur, je n'aurais jamais dû te suivre.

— Alors tu t'échappes ?

Il fait un pas vers moi. Dieu bénisse l'écran de métal qui se dresse entre nous.

— Nic, je chuchote théâtralement, pour qu'elle se dépêche de descendre.

Je jette un regard vers Eli et constate qu'il ne porte ni chemise ni chaussures. Il paraît essoufflé, comme s'il avait couru pour me retrouver.

— C'est mieux ainsi, je lui explique sans le quitter des yeux, en espérant que Nicole se presse un peu.

— Quoi ? Pourquoi ? Tu ne m'as même pas donné une chance !

Eli masse sa nuque.

— Ça ne marcherait jamais, sérieusement, ce n'est pas la peine d'essayer.

Même si ma vie était idéale, et elle est loin de l'être, Eli et moi ne serions jamais un couple. Nous avons fait l'amour, mais je ne veux rien de plus, même si c'était possible. Je connais les hommes, ils sont égoïstes. Et si je ne peux pas m'occuper d'un petit lieutenant de police, je ne vois pas comment je pourrais y arriver avec un acteur et un chanteur célèbre.

Eli s'approche encore de la barrière pour l'attraper.

— Tu m'as dit que tu n'avais jamais fait ça avant, et bien je ne poursuis jamais les filles qui s'enfuient. Nous faisons tous les deux des choses qui ne nous ressemblent pas. Je voulais juste discuter... Je ne te demande rien, Heather.

Le fait qu'il connaisse mon nom me rassure un peu.

Nicole finit par atterrir près de moi, alors que mes yeux se remplissent de larmes. Je sais qu'elle voit tout. Ce n'est pas lui qui me rend triste, c'est moi.

— Allons-y.

Elle me connait assez bien pour comprendre que je suis dépassée par les événements. Je n'ai pas d'histoires sans lendemain, parce que je n'arrive pas à ne rien sentir. Mes amitiés durent toute une vie, mon seul petit ami est devenu mon mari, ma sœur est dépendante de moi. Je ne fais rien à la légère. Maintenant que l'excitation et l'adrénaline ont disparu, je me sens vide.

Je respire un grand coup et tente d'endiguer mes émotions.

— Écoute, je suis désolée de m'être enfuie. Mais je n'ai rien à faire ici de toute façon.

Je ne sais pas quelle est la marche à suivre quand on fuit un homme dont on a rêvé pendant toute son adolescence et une partie de sa vie d'adulte, puis avec qui on a fait l'amour, mais ça me parait acceptable. Je récupère mes chaussures et je m'éloigne.

— Heather, attends.

Je jette un dernier regard derrière moi.

— Je voulais juste...

— Au revoir Eli.

Et là je ne me retourne plus, car si je le faisais, je ne serai pas sûre de pouvoir continuer à marcher. Nous commençons à courir et j'entends la sonnerie de mon téléphone. C'est un message de la clinique de Stephanie.

Les doigts fébriles, j'appuie sur le bouton pour écouter le message :

« Bonjour Mme Covey, je m'appelle Becca, de Breezy Beach. Stephanie vient de... – elle marque une pause car elle ne trouve

pas le mot juste – *Elle vient d'être transférée par ambulance à l'hôpital de Tampa. Rappelez-moi dès que possible.* »

Les larmes que je refoule depuis tout à l'heure jaillissent.
— C'est Steph, dépêchons-nous.

CHAPITRE CINQ

HEATHER

— Tout va bien... répète Stephanie alors qu'elle chasse ma main, du fond de son lit d'hôpital.

— Arrête de gigoter.

Elle a fait une crise d'une violence sans précédent. Heureusement, il semble qu'elle n'ait laissé aucune séquelle. Toutefois, je n'ai pas quitté sa chambre ne serait-ce qu'une seule seconde. Je m'en veux tellement d'être allée à ce concert stupide, au lieu d'être restée avec elle. Elle est tout pour moi.

— Va travailler, Heather, et laisse-moi tranquille. On dirait un foutu hélicoptère, toujours après moi. Tu me soûles.

Les sautes d'humeur sont l'un des pires symptômes de la maladie de Huntington. Stephanie était une enfant adorable, souriante et pleine d'entrain. Elle a eu ses premiers spasmes à l'âge de dix-neuf ans. Son corps se raidissait et elle était paralysée. Matt et moi l'avons immédiatement emmenée chez le docteur, mais ils n'avaient aucune idée de ce qu'elle avait.

Puis, elle a changé entièrement de caractère. Comme si on avait volé l'identité de ma sœur et qu'on l'avait remplacée par la personne la plus colérique qui soit.

— Oui, je vais travailler aujourd'hui, merci.

— Parfait, est-ce que je retourne à Breezy Beach ce soir ?

— Ça dépend du docteur.

Selon le neurologue, son état va continuer à se détériorer et elle risque fort de refaire une grosse crise qui laisserait des séquelles cette fois. Lorsque l'on déclare la maladie de Huntington très jeune, la maladie se développe plus vite.

— Une fois de plus on ne m'écoute pas, on n'entend que toi et les docteurs. Je suis adulte, bordel !

Elle lève les yeux au ciel et se roule pour me tourner le dos.

Ma patience avec Stephanie est à toute épreuve, mais de temps en temps je perds mon sang-froid. Je finis par en avoir marre d'entendre à quel point je suis horrible, inutile et déprimante. Je sais que ce n'est pas vraiment elle qui parle. Elle est comme ça parce qu'elle est frustrée, et elle souffre, mais ça reste dur pour moi.

Pourtant, c'est Stephanie qui a pris la décision de s'installer à Breezy Beaches. Elle a compris que je ne pouvais pas arrêter de travailler pour m'occuper d'elle. Je devais gagner autant d'argent que possible, et nous ne pouvions pas nous permettre une infirmière à domicile. J'ai consulté ma mutuelle, mais cette prestation n'était pas prise en charge. Il lui fallait des soins 24/24 h et je ne pouvais plus les assurer.

Le jour où elle a déménagé a été le pire de ma vie. J'ai plus pleuré après l'avoir laissée là-bas qu'après la mort de mes parents.

— Je te déteste, je déteste cette maladie.

Elle se retourne et repousse la couverture les yeux dirigés vers le plafond.

— Je déteste tout.

Je porte la main à son épaule et ses mains se mettent à bouger. Ils ont arrêté son traitement pour les spasmes lors de son hospitalisation, et ils sont revenus en moins de deux jours.

— Steph, je commence avec précaution. Laisse-moi t'aider.

— Tu ne p-peux p-pas !!

Ses yeux sont gonflés de larmes de frustration.

— J-j-je n'en peux pluuuus.

Je m'installe sur le côté du lit et prends sa main en croisant nos doigts. J'essaie de retenir mes larmes. Nos mains bougent ensemble, incontrôlables. Je fais de mon mieux pour la rassurer.

— Je sais ma puce, je déteste tout ça moi aussi. Mais pour l'instant, nous ne faisons que danser, c'est tout.

Au début de sa maladie, c'est ainsi que nous décrivions ses tremblements de mains et de pieds. C'était du hip-hop. Ma bouche dessine un sourire et nous bougeons sans rythme ni intention.

Cette maladie dépouille ma sœur de la vie qu'elle mérite. C'est si injuste qu'elle ait eu ce gène, et pas moi. Je le prendrais volontiers si je pouvais. Combien de fois je me suis exhortée à rester forte alors que je la regardais lutter. Parfois, je n'ai plus de forces. Parfois, je ne peux pas m'empêcher de m'écrouler. Ce n'est pas ma faiblesse qui causera ma perte, c'est mon amour. C'est mon amour qui me dévaste. C'est mon amour qui m'empêche de pardonner à Dieu ce qu'il nous impose. Stephanie devrait être en train de s'amuser avec ses amis, de travailler, de *vivre*. Au lieu de ça, elle est coincée dans une clinique parce que nous ne savons pas quand la maladie se manifestera à nouveau.

La larme que je retenais de toutes mes forces coule sur ma joue.

Stephanie me regarde, et nous pleurons ensemble.

— Est-ce que ta sœur va mieux ? me demande Matt à la fin de l'appel.

— Oui, j'acquiesce, elle devrait rentrer à...

Je m'arrête brusquement. J'allais dire « à la maison » mais elle ne rentre pas à la maison, elle retourne dans une foutue clinique, et cela me fait horreur.

— Elle retourne dans la structure bientôt, merci de m'avoir remplacée.

— Je sais que c'est dur pour toi, tente-t-il de me réconforter. Ça me fait du mal de te voir comme ça.

Oui, c'est ça. Je suis sûre que c'est le cas.

— Ce serait plus facile avec le soutien d'un mari, je rétorque.

La douleur se lit sur son visage.

— Heather, murmure-t-il, ça n'a rien à voir.

Je lève les yeux au ciel et soupire. Stephanie passe sa colère sur moi, je ne me gêne donc pas pour passer la mienne sur Matt.

— Ça a tout à voir. Tu m'as quittée. Tu as déménagé parce que je ne souhaitais pas placer ma sœur en structure médicalisée. Tu ne m'as laissé aucun choix. On devait former une équipe, mais toi...

Je fais une pause pour essayer de retrouver mon calme.

— Toi, tu m'as quittée.

— C'est toi qui ne m'as pas laissé le choix !

Matt hausse le ton.

— Je voyais ma femme s'éloigner de moi, impuissant. Je ne pouvais pas te rendre heureuse. Tu te comportes comme si j'avais tous les torts, mais au bout du compte j'ai été forcé de te voir te perdre.

Je le regarde incrédule.

— Ça n'avait rien à voir avec toi ou moi. C'était d'elle qu'il s'agissait.

— Réfléchis un instant, et comprends qui a quitté qui, Heather. Tu avais fait une croix sur moi longtemps avant que je ne passe cette porte.

Matt fait demi-tour et sort de la pièce. Tout à fait approprié. Les temps ont changé, mais le résultat est le même. Il part toujours le premier. Et chaque fois, je me souviens à quel point c'est un connard égoïste.

— Tu es prête à y aller ?

Mon partenaire Brody me tape sur l'épaule alors que je fixe encore la porte par laquelle Matt est sorti avec l'envie d'y foutre le feu.

Je soupire et relâche la tension. J'adore Brody. Il est drôle, il comprend mes sarcasmes, et on peut toujours compter sur lui. Je sais qu'il me protège de la même façon que je le protège, lui. Cette relation est essentielle entre partenaires. Nicole, Kristin et Danielle mises à part, c'est mon meilleur ami. Nous faisons équipe depuis sept ans, et j'ai confiance en lui plus qu'en aucun autre.

— Ouais, il va me falloir beaucoup de café aujourd'hui.

— Tu voudrais une sérénade ? me demande-t-il en se marrant. J'ai entendu dire que tu aimais ça. Ah mince, je ne suis ni riche ni célèbre.

Mon sang se glace dans mes veines, et je ferme les yeux, mortifiée. J'avais complètement effacé le concert de ma mémoire. Tout me revient d'un seul coup. Je me revois chanter, danser, coucher avec Eli Walsh. Comment ai-je pu oublier qu'il y avait des vidéos... Et... Oh mon Dieu...

Je fais le tour de la salle de repos. Et là, bien en vue sur le tableau d'annonces, une photo de moi assise sur scène avec Eli en train de me chanter une chanson d'amour.

Merde. Fait chier.

Je vais jusqu'au tableau et arrache la photo comme si de rien n'était.

— Très drôle les gars.

— Mais, répond Whitman, un des idiots de ma brigade. Tu es cette fille qu'on ne croise qu'une fois dans sa vie.

— Oh ta gueule.

Je froisse le papier et le jette à la poubelle.

— Vous êtes tous des abrutis.

— On sait ce qui te titille, Covey. On devrait peut-être juste faire semblant d'être des flics à la télé pour que tu nous trouves sexy.

— Il faut surtout que tu arrêtes de bouffer de la merde et que tu perdes du poids. Alors, peut-être que la fille à moitié aveugle qui vit en bas de la rue te trouvera sexy.

Quelques hommes se marrent et le taquinent.

— Ah ouais ? Dis à ton petit ami qu'on ne mange pas tous des beignets ! Et je travaille dur pour avoir ce corps de rêve. Et en plus il faudrait faire partie d'un boys band pour que tu nous jettes ta culotte à la figure ?

Ils s'en donnent à cœur joie. Au plus je réagis, au plus ils vont continuer. Je prends les clés dans la main de Brody et je sors. Ils commencent à chanter et à crier, mais je ne me retourne pas. Je bosse avec des demeurés.

Brody s'assied sur le siège passager en rigolant.

— Oh, Heather, on ne fait que s'amuser.

— Je vois bien. Je m'inquiète pour autre chose.

Je pose mon képi sur le tableau de bord.

— Stephanie a fait une crise, c'est pour cela que je ne suis pas venue au travail hier.

Le visage de Brody s'adoucit et il soupire.

— Je suis désolé, je croyais que tu soignais une belle gueule de bois. Est-ce qu'elle va mieux ?

— Oui, aujourd'hui ça va mieux, enfin, elle va aussi bien qu'elle peut aller.

C'est Brody qui nous avait aidées à déménager les affaires de Stephanie à Breezy Beach. Il a toujours été d'un plus grand soutien que Matt, ainsi que sa femme Rachel. Elle et moi sommes devenues très proches et ça me rend heureuse. Le lien entre partenaires est très étrange, et peut paraître curieux vu de l'extérieur. Il arrive souvent que des femmes accusent leur mari d'infidélité. Et il arrive souvent qu'elles n'aient pas tort.

J'ai énormément d'affection pour Brody, mais c'est le genre d'amour que partagent un frère et une sœur. Je pourrais me faire tirer dessus pour lui. Et son « outil » ne sortira jamais de son étui.

— Tu aurais dû m'appeler, je serais venu à l'hôpital avec Rachel.

— Non, dis-je en secouant la tête. Ce n'était pas du tout nécessaire.

— Attends, laisse-moi deviner la suite, tu avais la situation en main ?

Son sarcasme est à peine masqué.

Je tourne la clé dans le contact et je commence à conduire. Je ne vais pas le laisser me provoquer, il y arrive trop bien.

Nous nous dirigeons vers le secteur de notre patrouille. Matt a beau être un vrai trou du cul, il m'assigne généralement le secteur le plus proche de l'hôpital de Tampa. Je lui en suis reconnaissante. Si Stephanie a besoin de moi, je suis déjà sur place.

Brody me fait rire en me racontant la nouvelle obsession de

Rachel pour un régime farfelu. Elle est si jolie et si mince, je ne vois pas pourquoi elle s'embête avec ça.

— Ah, quand vous aurez enfin des enfants, elle laissera tomber tout ça.

Il me regarde en coin et grogne en guise de réponse.

— Je ne sais pas si nous en aurons un jour.

— Brody, lui dis-je en lui touchant doucement le bras. Il faut que tu oublies le passé.

Il y a deux ans, Brody a été victime d'un horrible accident de voiture. Il régulait la circulation et un chauffard lui est rentré dedans au feu rouge. C'est un miracle qu'il ait survécu. Ça s'est passé un soir où nous étions en sous-nombre, et patrouillions en solo. Je n'ai jamais eu aussi peur de ma vie, pareil pour Rachel. Ça lui a causé un tel choc qu'elle a fait une fausse couche. Brody ne s'en est jamais remis.

— C'est toi qui me dis ça ? La personne qui refuse de faire des rencontres parce qu'elle s'est mariée avec un tocard ? Ça fait combien de temps que tu n'as pas fait l'amour ?

J'ai les joues en feu, et j'espère qu'il ne me regarde pas.

— Je connais cette expression, Heather.

Brody se retourne dans son siège et rigole.

— Qui est l'heureux élu ?

— Pas tes oignons.

Et merde, il va insister jusqu'à ce que je lâche le morceau.

Je me concentre sur la route et je remercie Dieu en mon for intérieur lorsque nous recevons un appel radio.

— On nous signale un cas de violences domestiques sur Hyde Park.

Brody est redevenu sérieux. Il empoigne la radio.

— Véhicule 186, on s'en occupe.

— Bien reçu, on vous envoie l'adresse.

L'opérateur coupe la communication et j'allume le gyrophare.

Je conduis et Brody m'indique la route. Nous arrivons bientôt dans une banlieue huppée, et nous garons devant la maison. Nous nous approchons prudemment de l'entrée, nous tapons deux fois à la porte et une femme nous ouvre en souriant.

— Bonjour.

— Bonjour madame. On nous a signalé un problème. Est-ce que tout va bien chez vous ?

Elle sourit et ouvre en grand.

— Oui, mon fils est autiste et il lui arrive de crier assez fort. Ma voisine s'obstine à vous appeler, bien que je lui aie expliqué plusieurs fois que je ne peux rien faire à part laisser libre cours à sa colère.

— Est-ce qu'on peut entrer ? demande Brody.

Nous restons méfiants, nous avons déjà vu plusieurs fois une femme protéger son mari violent, car elle a peur de lui.

— Bien sûr.

Elle fait un pas en arrière pour nous laisser entrer.

— Entrez.

— Merci Mme...

Je la laisse compléter :

— Harmon, Delia Harmon.

Nous entrons dans son domicile et un jeune homme d'environ quatorze ans s'approche. Je lui souris.

— Salut.

Son regard est fuyant et il émet un grognement.

— Sloan ne parle pas. Mais il adore les lumières, nous explique Mme Harmon. Nous venons de vivre une période difficile. Son père nous a laissé il y a quelque temps. Nous vivons seuls, mais nous nous en sortons plutôt bien. Tu ne crois pas, Sloane ?

Elle couve son fils d'un regard chargé d'affection.

Je souris, ce garçon a tellement de chance d'avoir une maman comme elle. Cette façon de le regarder me rappelle ma propre mère et l'amour qui rayonnait de son visage. Stephanie et moi étions tout pour elle.

— Salut, Sloane.

Je m'agenouille devant lui et son regard fuit vers l'extérieur. Delia l'encourage :

— Tu peux dire bonjour aux agents de police ?

Sloane ne dit rien. Au lieu de ça, il indique la voiture de patrouille dehors. Son visage est enthousiaste et ses yeux brillent. Il tire sur le bras de sa mère quand elle essaie de le faire revenir.

— Est-ce qu'il veut voir le gyrophare ? demande Brody pour briser le silence qui s'est installé.

— Oh, ça lui ferait tellement plaisir.

Brody et moi passons un moment avec Mme Harmon et Sloane. Nous allumons toutes les lumières de la voiture et nous délectons de sa joie. Il paraît beaucoup plus calme, et je voudrais les aider davantage. Malheureusement, un nouvel appel nous force à repartir. Sloane est mécontent et je sais que ça va s'empirer. Il veut que nous restions et je suis désolée de laisser à Mme Harmon la charge de l'apaiser.

De retour en patrouille, les appels pour des broutilles s'enchaînent. Deux accrochages de voitures, un vol à l'étalage, dont la coupable après recherche s'avère être la fille du patron du magasin, et un rapport pour voiture volée. Je hais la paperasse.

— Ça t'embête si on fait une pause pour rendre visite à Stephanie ?

— Bien sûr que non.

Brody prévient le Central de notre pause, et nous allons la voir.

Lorsque nous arrivons à proximité de l'hôpital, une Bentley noire et élégante déboule d'une rue latérale manquant de justesse deux voitures.

— Alors là pas question ! je m'indigne en allumant le gyrophare et la sirène.

Je déteste les connards de cette partie de la ville qui se croient tout permis.

Ce n'est pas parce qu'on est riche qu'on est au-dessus des lois.

Brody et moi nous approchons de la voiture, et la vitre teintée se baisse.

— Permis de conduire, papiers du véhicule et assurance, je réclame sans même un regard pour le conducteur.

— Je m'excuse, madame l'agente.

La voix familière me prend au dépourvu et me fait baisser les yeux. Je me noie dans les iris verts que j'essaie d'oublier depuis quelques jours. Son visage est mal rasé et baigné par le soleil. Son sourire éclatant fait battre mon cœur à toute vitesse.

— J'allais retrouver quelqu'un, mais au lieu de ça, c'est elle qui est venue à moi.

CHAPITRE SIX

HEATHER

Ma vie, cette succession d'absurdités...

Je ne comprends pas pourquoi mon karma est si catastrophique. Je ne suis pas une si mauvaise personne. Je suis une bonne copine, une sœur exemplaire, une fille modèle, je fais respecter la loi, bref je suis un individu intègre en général.

Pourquoi est-ce que je me retrouve dans un pétrin pareil ?

J'inspire profondément et me remets en mode officier de police.

— Monsieur, vous savez pourquoi je vous ai interpellé ?

— Tu vas faire semblant de ne pas me connaître ? demande Eli en haussant les sourcils.

— M. Walsh, nous savons tous qui vous êtes. Cependant, cela ne vous donne pas le droit de frôler la collision avec d'autres véhicules.

Eli s'adresse à Brody.

— C'est quoi son problème, elle est toujours comme ça ?

— Vous vous connaissez ? demande Brody.

Je me racle la gorge.

— Permis de conduire, papier du véhicule et assurance... s'il vous plaît.

Je ne sais pas par quel miracle j'arrive à contrôler ma voix. Brody éclate de rire, et j'essaie par tous les moyens de ne pas regarder dans sa direction. Je le déteste là.

— Bien sûr, officier Covey.

— Ne bougez pas d'ici, je lui ordonne en saisissant ses papiers.

— Ne t'inquiète pas Heather, je ne vais pas m'enfuir.

Piquée au vif par ses allusions, je retourne vers ma voiture, choisissant d'ignorer le regard curieux de Brody qui pèse sur moi. Il ne fait aucun doute que lorsque nous allons nous retrouver tous les deux, il va me faire passer un interrogatoire dans les formes.

Pour l'instant, il se tait pendant que je m'occupe des papiers.

Il ne parle pas, mais son silence est très éloquent.

— Vas-y lâche-toi, je marmonne en le regardant enfin dans les yeux.

— Je n'ai rien à dire, lance-t-il en levant les mains. Il est évident que vous vous connaissez, et ce n'est pas parce que vous avez grandi ensemble. Tu me racontes toujours tout, et tu ne m'as jamais dit que tu le connaissais.

Il fait une pause et s'appuie sur la voiture.

— Je ne fais aucun commentaire sur la personne avec qui tu aurais ou n'aurais pas fait l'amour dernièrement. Mais ça crève les yeux.

— Tu sais, c'est long de t'écouter quand tu n'as rien à dire.

— Ce n'est pas comme si tu émergeais enfin d'une famine sexuelle qui a duré cinq ans depuis ton divorce, ou comme si tu avais couché avec une célébrité internationale. Non, je n'ai rien à dire là-dessus, pas un seul mot.

— Tu pourrais t'arrêter de parler pour de vrai cette fois ? je bougonne.

— Pas de problème, patronne. Je vais juste aller me poster là-bas et regarder pousser les dents des poules.

Ça ne va pas s'arranger. J'aime autant écouter ses questions. Il s'agit de Brody Webber, mon partenaire, mon ami, et je connais assez de détails embarrassants sur sa vie pour me venger copieusement s'il répète un seul mot de mes confidences.

— OK, tu as gagné, oui, j'ai couché avec Eli Walsh. J'ai fait un truc insensé et stupide, après avoir ingurgité six bières, alors que deux me suffisent largement. J'ai essayé de vivre le moment présent pour une fois. C'est à cause de Nicole et de ses foutus grands discours.

Brody masque un éclat de rire en toussant et se reprend.

— Désolé, continue.

— Je te jure que tu as intérêt à garder ça pour toi. Si tu caftes…

J'essaie de prendre un air menaçant.

— Si tu caftes, je te pourrirai la vie.

Il secoue la tête et éclate de rire.

— Je serai muet comme une carpe. Mais tu viens d'avoir une aventure avec l'un des hommes les plus célèbres du monde des boys band. Tu es devenue trop cool pour moi, Heather. Notre amitié touche à sa fin. Je suis sûr que toi et le groupe coulerez des jours heureux sans moi.

Je souffle bruyamment et j'empoigne les papiers.

— Je vais demander un nouveau partenaire.

Je retourne vers la Bentley en priant pour que tout se passe bien.

— Je ne vous verbalise pas pour cette fois, je lui indique.

— C'est parce que je t'ai vue nue, et ça ne serait pas correct ? Oh mon Dieu.

J'ignore sa réplique et continue comme si de rien n'était.

— Ralentissez, M. Walsh.

— Je m'appelle Ellington.

Il me prend la main alors que je lui tends ses papiers.

— Je me disais que vu qu'on avait couché ensemble, et tout ça…

Il marque une pause et m'adresse un sourire éclatant.

— Tu pourrais m'appeler Ellington.

Étant donné mon obsession à son sujet, je sais beaucoup de choses sur lui. Mais je ne connaissais pas son vrai nom. J'imagine qu'à l'époque où je cherchais des infos sur lui, Google n'existait pas encore. Du coup, j'ai l'impression qu'il vient de me confier un secret.

— Très bien Ellington. Conduisez prudemment.

— Il faut qu'on parle de l'autre soir.

— Pas la peine.

Eli m'attrape par la main pour m'empêcher de m'éloigner.

— On dîne ensemble ?

— Pardon ? je lui demande, abasourdie.

— Je t'invite à dîner avec moi.

Il sort d'où ? Il m'invite à dîner alors que je me suis enfuie ? Soit il est cinglé, soit je rêve encore.

— Merci pour ton invitation, mais je n'ai vraiment pas le temps.

Je retire ma main et lisse mon uniforme.

— Fais attention à ne renverser personne quand tu conduis.

— Pour toi, Heather, je garderai mes deux mains sur le volant et je respecterai les limitations de vitesse.

— Oh, tu vas obéir à la loi ?

Je me laisse aller à sourire.

Merde. Il se penche par la fenêtre.

— J'ai l'impression qu'on va bientôt se revoir toi et moi.

— Je ne crois pas.

En fait, j'en suis sûre. Je suis certaine de ne plus jamais contrôler son véhicule, et il ne sait rien de moi à part mon nom et mon métier. OK, je préférerais qu'il en sache un peu moins. Mais il n'y a aucune raison pour qu'on se recroise un jour.

— Soyez prudents toi et ton partenaire. Je déteste voir des collègues se mettre en danger.

Sans en avoir conscience, je pivote et ricane.

— Tu n'es pas un collègue. Tu es un acteur, tu joues un flic à la télé.

— J'ai un insigne.

— C'est un faux.

Eli tend la main et met son « badge » sur ses genoux. Il m'a l'air vrai.

Je lève les yeux au ciel.

— On sait tous les deux que c'est un faux. En outre, se faire passer pour un flic est puni par la loi.

— Tu vas m'arrêter ? me demande Eli d'un air faussement effrayé.

— Tu ne vaux pas toute la paperasse.

Sur ces mots, je lui tourne le dos et m'éloigne. Je ne suis pas très loin quand j'entends derrière moi :

— À bientôt Heather !

Brody est appuyé sur la voiture et se marre. Je pointe un doigt sur sa poitrine et je le menace.

— Pas un mot !

Il monte dans le véhicule, mort de rire.

— J'espère que personne ne sera au courant au poste.

Je me repose sur l'appuie-tête en gémissant.

— J'ai un don pour compliquer les choses.

— Un vrai don.

Là-dessus, nous restons silencieux jusqu'à notre arrivée à l'hôpital. Nous sommes toujours muets lorsque nous entrons dans la chambre de Stephanie. C'est l'un des meilleurs aspects de ma vie professionnelle. Les hommes ne se sentent pas constamment obligés de tout décortiquer. Brody me laisse dire ce que j'ai à dire, il exprime ce qu'il a sur le cœur, et c'est fini. Nous n'avons pas besoin de discourir pendant trois heures pour analyser le moindre truc. Nicole, qui n'en peut plus d'attendre d'avoir des détails, est exactement le contraire.

Je dois me souvenir de l'éviter également.

Dès que je vois Steph, je sais qu'elle va mieux. Les rideaux sont ouverts et elle est assise sur le fauteuil pour contempler l'océan. Ses mains ne tremblent pas et l'atmosphère est plus légère dans la pièce. L'énorme sourire de Stephanie lorsque nous entrons confirme mon diagnostic.

— Brody ! s'exclame-t-elle.

Stephanie a craqué sur Brody dès le début. Peut-être que si je ne savais pas à quel point il peut être agaçant ou qu'il a de gros problèmes de gaz, je le trouverais charmant aussi. Il est grand, ses yeux sont bleu foncé et sa mâchoire carrée. Son allure est extrêmement assurée.

— Steph ! s'écrie-t-il, radieux. Tu es magnifique.

Je me retiens de le taper, je sais qu'il essaie juste de lui remonter le moral. Il est parfaitement conscient de ses sentiments, et je lui suis reconnaissante de ne pas la prendre pour une idiote. Rachel trouve ça trop mignon. Je pense que c'est ridicule.

— Tais-toi, lui réplique-t-elle en rougissant. Comment va le travail ?

Brody lui raconte notre matinée avec Sloane, et elle s'émeut avec lui. Je pourrais partir, faire le poirier ou jongler, elle ne s'en rendrait même pas compte. Quand il est dans la pièce, il capte toute son attention. C'est le seul homme qu'elle côtoie qui ne la traite pas comme une mourante.

— Mais le plus drôle, dit Brody en se penchant d'un air complice, c'est quand ta sœur a arrêté un acteur célèbre.

— Brody, j'essaie de l'interrompre, mais Stephanie balaie mon objection d'un revers de la main.

— Si, si, Eli Walsh.

— Oh mon Dieu ! s'écrie Stephanie. Celui qui fait partie du groupe que tu es allée voir ?

Ses yeux voyagent de moi à Brody.

— Lui-même, répond Brody en souriant. Heather t'a dit qu'elle le connaissait ?

— Tu es mort à mes yeux, je déclare d'une voix morne.

Mes mains transpirent et je regrette toute cette histoire. Je ne voulais le dire à personne, et maintenant Brody, qui a compris sans que je lui en parle, le raconte à tout le monde. Ma sœur est la dernière personne avec laquelle je souhaite partager tout ça.

Je ne sais pas bien pourquoi, mais j'ai juste l'impression d'avoir été irresponsable et d'avoir fait un truc complètement saugrenu. J'ai tellement honte qu'elle me voie comme ça, je voudrais tout effacer.

— Heather !

Stephanie se retourne vers moi.

— Comment se fait-il que tu ne m'en aies rien dit ?

— Il n'y a rien à dire. Concentre-toi sur ta santé, pas sur moi.

— Pardon ? répond-elle d'un air outragé. Qu'est-ce que tu veux dire ?

Je m'approche d'elle.

— Je ne veux pas en parler.

— Mais tu en parles avec Brody ?

J'*étais* pourtant contente qu'elle aille mieux.

— Parce que Brody fourre son nez partout, et il a tout deviné. Tu n'as pas besoin de savoir ces choses.

Ses traits se réarrangent pour passer de « agacée » à « vraiment en colère ».

— Tu n'es pas ma mère Heather, tu es ma sœur. Tu me traites comme une gamine. J'ai vingt-six ans, et ça commence à bien faire.

Je déteste cet aspect de notre relation. Steph ne comprend pas que, bien qu'elle soit légalement une adulte, elle restera toujours une enfant à mes yeux. J'ai douze ans de plus qu'elle, et c'est moi qui m'en suis pratiquement tout le temps occupée, parce qu'elle était si petite quand nos parents sont morts. Moi j'étais déjà majeure.

En partant de là, notre relation a changé. Elle ne venait plus essayer mes habits dans ma chambre et nous avons arrêté de passer des heures ensemble à regarder des films. Nos journées étaient remplies de devoirs, de factures, de lessives, et je devais m'assurer qu'elle était sérieuse en classe. Je ne regrette rien, je referais exactement pareil, mais ça ne veut pas dire que je ne suis pas triste que nos rapports en aient souffert.

— Je sais parfaitement bien que je ne suis pas maman.

Elle ne rate jamais une occasion de me servir cet argument, et cela me blesse profondément à chaque fois.

— Alors, arrête de me traiter comme une gamine et de te prendre pour ma mère. Je ne sais pas combien de temps il me reste à vivre et je voudrais profiter de ma sœur.

Dès qu'elle mentionne la dure réalité du temps qui lui reste, mes yeux se remplissent de larmes. Brody se racle la gorge et touche le bras de Stephanie.

— Je vais aller chercher un café, à tout à l'heure, minus.

Elle fulmine un moment pour le petit nom, et me tourne le dos.

Je prends sa main dans la mienne.

— Je suis désolée que tu le prennes comme ça.

— Je gâche tout ! explose-t-elle avant de retirer sa main pour se cacher le visage.

— Mais qu'est ce que tu racontes ?

— C'est la vérité !

Stephanie pivote légèrement et je vois une larme couler sur sa joue.

— Je sais que Matt est parti à cause de moi, continue-t-elle. Je m'en veux que ma maladie t'ait fait du mal, tu ne le mérites pas.

Mon cœur bat si fort qu'il va exploser. Je fais de mon mieux pour ne rien laisser paraître. Je suis abasourdie par le fait qu'elle pense qu'elle est responsable de la décision merdique de Matt. Ce n'est pas la faute de Stephanie s'il est parti comme un trouillard, c'est sa faute à lui.

J'ouvre la bouche pour la contredire, mais elle m'interrompt en portant sa main à mes lèvres.

— Je n'ai pas fini. Je m'en suis voulu de te voir économiser chaque dollar parce que je ne peux pas contribuer financièrement. Tu as tout sacrifié pour moi, et je t'aime tellement. Toutefois, ce n'est pas parce que je suis coincée ici que tu ne peux pas vivre ta vie, Heather. Mon Dieu, au contraire, vis pour nous deux !

La fin de sa phrase reste bloquée dans sa gorge. Je ne peux plus retenir mes larmes. J'attire ma petite sœur dans mes bras et je la berce contre ma poitrine.

— Je ne peux pas vivre, mais toi, tu peux, et tu le dois, poursuit-elle avant de sangloter.

Je prends son visage dans mes mains, et la regarde dans les yeux.

— Tu vis maintenant, Steph.

— Ce n'est pas vivre, c'est attendre de mourir.

Je ne peux pas exprimer tout ce que j'ai sur le cœur avec des mots. Elle a le droit d'être en colère, d'être triste ou de ressentir tout autre sentiment contradictoire. Avec sa maladie, elle a tout perdu, sa vie, et l'univers dans lequel nous évoluions. Nous n'avons eu aucun avertissement ni le temps de nous y préparer.

Je prends un moment pour accepter son ressenti à sa juste valeur, et je la serre encore plus fort contre moi. Après quelques instants, elle se calme et se rassied.

— Ça va mieux ?

— Un peu.

— Tu peux tout me dire, je lui rappelle. Je serai toujours à tes côtés.

Stephanie acquiesce.

— Je sais bien, mais ma *sœur* me manque. Je veux que tu me racontes toutes les bêtises que tu fais, et surtout je veux connaître tous les détails de ta rencontre avec une célébrité.

Je soupire et renverse la tête en arrière.

— OK, je vais tout te dire, mais je te préviens, ça va au-delà du simple contrôle de routine.

— Oh mon Dieu, dis-moi que tu te l'es tapé !

Je n'ai pas d'autre issue que de tout lui raconter, et le bonheur que je vois sur son visage vaut bien un moment gênant.

Je m'installe confortablement pour commencer mon étrange confession.

— Oui, je me le suis bel et bien tapé. Assieds-toi bien, parce que je me suis comportée de façon complètement irresponsable l'autre soir.

— Enfin !

CHAPITRE SEPT

ELI

— Attends, reprends à zéro. Vous couchez ensemble, elle s'enfuit, tu la revois et elle te laisse sur le carreau, encore une fois ? résume Randy en rigolant. Mon gars, tu sais y faire avec les femmes !

Je regrette d'être venu le voir. Après ma rencontre avec Heather, je suis allé à Sanibel Island rendre visite à mon frère. Je ne sais pas pourquoi j'ai cru qu'il allait m'aider à me sentir mieux. J'aurais dû deviner que mon frère et ma belle-sœur allaient faire des gorges chaudes de cette histoire.

Mais je vais finir par l'avoir. Il va falloir faire preuve de subtilité et de beaucoup de patience. Et j'ai toujours un joker bien caché dans ma manche.

— Et ouais, c'était absolument invraisemblable.

— Tu es sorti de la salle de bain, et elle n'était plus là ?

Randy retourne le couteau dans la plaie en riant.

— C'était ridicule. Je ne savais pas où elle était, jusqu'à ce que je me rende compte qu'elle était partie. Mais qui se conduit comme ça ?

— Mmmh, réfléchit Savannah en souriant, toi !

— Précisément, c'est mon rôle. C'est moi qui m'enfuis ou qui demande à quelqu'un d'escorter la fille qui s'éternise hors du bus cinq étoiles. Je ne pars pas à sa recherche, et je ne m'entête surtout pas pour une nana qui m'a mis un vent à deux reprises.

— Je pensais que c'était impossible, lâche Vannah en s'appuyant sur le dossier de sa chaise.

— Qu'est-ce qui était impossible ?

— Qu'une fille te fasse perdre la tête. Pour une fois, tu te retrouves de l'autre côté du bâton.

Je secoue la tête. Je n'ai pas la moindre idée de ce qu'elle raconte. Ma belle-sœur n'a rien compris au problème. Ça n'a rien à voir avec elle. Ce qui ne va pas, c'est qu'elle n'en a rien à faire de moi. Moi aussi, j'ai des sentiments. J'ai été amoureux, mais passons.

— Je n'ai pas perdu la tête. Je n'y comprends rien, c'est tout. Pourquoi est-ce qu'elle me repousse, *moi* ?

— Oh arrête tout de suite Eli, tu n'es pas un Dieu. Tu es un gosse gâté pourri qui a toujours tout eu sans avoir à même le demander.

— Tu dis de la merde.

Le regard qu'elle me lance pourrait faire pleurer un bûcheron. Elle jette un œil autour d'elle pour s'assurer que ses enfants ne sont pas dans le coin, et ses traits se radoucissent quand elle voit que ce n'est pas le cas.

— Attention aux gros mots. Il faut déjà gérer Adriel qui a dit à sa maîtresse d'aller se faire foutre l'autre jour ; je n'ai pas envie de rajouter d'autres mots à la liste.

Savannah est une femme exceptionnelle. Elle s'occupe de tout. Mais, Adriel, mon petit neveu de sept ans, est un sale gosse. C'est l'aîné et il a eu une vie choyée. Randy a vécu une enfance difficile, il a donc fait le maximum pour l'éviter à ses enfants, sans se rendre compte qu'il exagérait. Et ça m'attriste que ce soit elle qui paie les pots cassés.

Je lève les mains et je lui souris.

— Désolé, je ferai plus attention.

— Très bien.

— Je voulais juste dire que ça n'a pas toujours été si facile pour nous. Nous n'étions pas gâtés.

Randy éclate de rire.

— Tu avais dix-huit ans quand on a signé. Depuis, quel a été ton plus gros problème ?

— Et toi, ça va comme tu veux ?

J'englobe la pièce d'un geste.

Ils font comme s'ils l'avaient dure. Pas facile de maintenir cette façade quand on vit dans une villa à neuf millions.

— Je me souviens que maman a dû prendre un deuxième travail pour remplir le frigo et nous payer des cours de musique. Tu t'en souviens ?

On en revient toujours là. Bien sûr que je m'en souviens. Quand notre père est mort, tout a changé. Oui, j'étais jeune, mais ça ne veut pas dire que je ne m'en souviens pas. Ma mère faisait de son mieux pour ne rien laisser voir, mais elle avait beau faire tous les efforts possibles, certaines choses se voyaient. Quand elle n'a plus touché la pension de mon père, on a arrêté de faire beaucoup de choses chez nous.

— Et pourquoi tu crois que j'ai fait tout ça pour elle quand on a commencé à gagner de l'argent ?

— Parce que tu voulais être son préféré, réplique-t-il avant de prendre une gorgée de bière.

— C'était déjà le cas, je n'avais pas besoin de lui acheter une maison pour le rester.

— Tu te fais des idées, rigole Randy en secouant la tête.

— OK, les gars, on reprend mon raisonnement. Tu as eu une vie d'*adulte* facile, Eli. Les filles se battent pour t'avoir, le groupe a connu un succès qui a dépassé toutes vos espérances, puis tu as eu ce rôle dans *A Thin Blue Line* sans avoir la moindre expérience. Les choses arrivent toutes cuites dans ton assiette, mais pas cette fois-ci...

Elle a raison, mais ça ne m'empêche pas de travailler dur. C'est vrai que l'on m'a invité à rejoindre l'équipe de *A Thin Blue Line*, mais dès que j'ai eu la confirmation, j'ai commencé à suivre des cours de théâtre. J'ai engagé les meilleurs tuteurs pour m'assurer de mériter mon salaire. Je ne peux pas en dire autant pour Four Blocks Down, on a juste rencontré un gars qui nous a promis un immense succès si nous signions avec lui. Nous avons eu le cul bordé de nouilles sur ce coup-là.

Mais pour Heather les choses sont différentes. Pour la première fois de ma vie, on ne me court pas après pour ramasser les miettes de ma célébrité. Au contraire, elle s'est enfuie.

Je veux comprendre pourquoi. Je veux découvrir ce qu'elle cache sous cet extérieur de femme solide. Je n'ai jamais repéré de fille en concert comme je l'ai fait avec elle. Il a fallu que je fasse un effort colossal pour ne pas la contempler toute la soirée.

Il y a une attraction magnétique entre nous, et je sais qu'elle l'a sentie aussi.

Il faut que je me ressaisisse. Une fille ne peut pas me faire un tel effet. Mais le fait que je ne pense qu'à la revoir me prouve que celle-ci est différente. Elle m'obsède. La vérité c'est que j'aurais voulu qu'elle reste ce soir-là. Je voulais la tenir dans mes bras, respirer son odeur et sentir sa peau contre la mienne toute la nuit. Au lieu de ça, elle a pris la tangente. Et le pire c'est que je suis parti à sa recherche, et que j'envisage de le refaire.

Savannah remue une main devant mon visage.

— Tu es encore là ?

— Je pense que tu es à côté de la plaque Vannah, cela n'a rien à voir avec le frisson de la conquête. Et je dis la vérité, le frisson, c'est *elle*.

— Oh ?

Elle semble surprise. Merde, j'ai parlé tout haut.

— Ça a à voir avec quoi alors ? insiste-t-elle.

— Je ne sais pas, j'admets en buvant ma bière. Quelque chose dans ses yeux. Je sais que c'est mièvre, mais je suis sérieux. Il y a… quelque chose, et je veux savoir ce que c'est.

Savannah essaie de réprimer un sourire, mais je le vois quand même. L'optimisme à l'état brut. Elle a croisé le regard de Randy, et a su en un instant qu'ils se marieraient. J'ai entendu cette histoire un million de fois, et chaque fois je fais de mon mieux pour masquer mon écœurement. D'après elle, lorsqu'on a vécu ça, ça nous change pour toujours.

— Je ne suis pas amoureux d'elle, je me défends prestement.

Randy me donne un coup de coude.

— Ça me rappelle la première fois où j'ai vu Savannah.

— T'étais qu'un idiot. Tu l'es toujours d'ailleurs.

— Comme tous les hommes qui tombent amoureux.

— Oh putain !

Je n'y tiens plus et je me relève.

— Attention aux gros mots ! me reprend Savannah.

— Désolé ! Mais je ne suis pas amoureux.

Je n'y crois pas. Comment est-ce que dans leur tête une simple rencontre se transforme en histoire d'amour ? Il faut juste que je la voie encore une fois pour me prouver que tout est dans ma tête. Voilà la solution.

J'attrape mon portefeuille et mes clés au passage et je sors en bougonnant. Ils se trompent et je ne vais pas rester planté là à les écouter... Tout ce que je sais d'elle c'est son nom, qu'elle est flic et son adresse. On ne devient pas amoureux d'un nom. C'est ridicule. Et je n'ai aucunement l'intention de retomber amoureux.

Ça m'est déjà arrivé une fois, et je préférerais être ruiné que de redonner à quelqu'un ce pouvoir sur moi. La pétasse de la dernière fois m'a brisé le cœur et a failli démolir tout ce que j'avais travaillé si dur pour construire.

— Eli, dit Randy en se levant aussi, ne le prends pas comme ça.

— Je vais vous prouver que vous vous trompez.

Il lève les sourcils, et sourit.

— Tu te comportes comme un idiot.

— Tonton Eli !

Ma nièce court vers moi et me saute dans les bras.

— Tu m'as manqué ! ajoute-t-elle.

— Salut, ma belle !

Daria est la seule fille que j'aimerai de ma vie. Elle a trois ans et a volé mon cœur. J'ai pitié du pauvre homme qui essaiera de s'approcher d'elle. Je serai peut-être dans un fauteuil roulant, mais je lui botterai quand même le cul.

— Tu m'as encore plus manqué.

— Je veux une chanson de toi et papa.

Je regarde mon frère et il est en adoration devant elle. Adriel est peut-être gâté, mais Daria... Daria est une petite princesse. Randy donnerait tout pour Daria.

Je tente : « Je dois rentrer chez moi ma puce. » mais elle croise les bras et fait la moue.

— Tonton Eli, tu ne m'aimes pas.

— Tu sais bien que ce n'est pas vrai.

— Alleeeeeeeez, me supplie-t-elle en m'empoignant par les joues. Je te zaime.

Je suis aussi foutu que Randy.

— Moi aussi je t'aime. Allez, juste une chanson.

— Super !

Elle applaudit et se débat pour que je la pose par terre.

À trois ans, elle maîtrise déjà parfaitement le dosage entre domination et manipulation.

Onze chansons plus tard, je retourne enfin à ma voiture, accompagné de mon frère.

— Écoute, je sais qu'on t'a bien cherché avec Savannah, mais tu n'es pas le genre de gars qui fait une fixette sur une pouffe.

Je m'indigne silencieusement, et je serre les poings. Heather n'est pas une pouffe.

Merde. Mais qu'est-ce que je raconte ? C'est exactement ce qu'elle est.

Randy se marre tant il s'attendait à ma réaction, il semble lire mes pensées. Il me prend par l'épaule et éclate de rire.

— Va lui parler. Si tu ne ressens rien pour elle, reviens vite dire à Savannah qu'elle s'est fourré le doigt dans l'œil. Et au moins, tu seras fixé.

— Tu sais qu'on ne m'y reprendra jamais.

— À cause de Penelope ?

Rien que d'entendre son nom me donne envie de casser un truc.

— Oui.

— C'est triste frérot. Ça fait un bail toi et elle. Tu es plus vieux et plus mature. Tu ne te laisseras plus piéger par une fille intéressée comme elle.

— Ça ne sert à rien d'en parler. Je ne suis amoureux de personne.

— Très bien, acquiesce Randy. Tu n'auras donc aucun problème quand tu la reverras.

Sur ces mots, mon frère remonte son allée et je brandis mon majeur dans son dos. J'aurais préféré être fils unique. Ma vie aurait été bien plus simple.

J'allume le moteur et je me concentre sur Heather.

Mes yeux se tournent vers la carte en plastique dans le vide-poche, et je sais exactement ce que je vais faire.

CHAPITRE HUIT

HEATHER

Après notre départ de l'hôpital, nous n'avons pas une minute à nous. Nous enchaînons les interventions, et je suis crevée. Grâce aux plannings en rotation, je suis en congé pendant trois jours, ça va me faire du bien. Je me prépare mentalement pour le coup de fil que je dois passer dans l'immédiat.

Je dois rappeler Nicole.

— Salut, je commence en m'affalant sur mon canapé.

— Salut toi-même. Tu étais passée où ? Je t'ai appelée quatre fois.

Je lui résume rapidement ma journée, tout en laissant ma rencontre avec Eli de côté, et je repose ma tête.

— Je suis épuisée.

— Est-ce que Stephanie va bien ?

— Pas trop mal apparemment. Nous avons bien parlé.

Je lui relate ma visite à l'hôpital. Ça me fait du bien d'avoir tout mis à plat. Nous marchons souvent sur des œufs toutes les deux. Enfin surtout moi. Stephanie n'hésite pas à me rentrer dedans quand les choses ne lui conviennent pas.

— Tant mieux. Bon maintenant qu'on a fait le point sur tout ça, raconte-moi ce qui s'est passé l'autre soir.

— Nic, je marmonne.

— Non, tu m'as fait escalader une foutue barrière. Tu ne vas pas t'en sortir comme ça. Je t'ai laissé du temps, mais ça suffit.

Je peux seulement imaginer à quel point ça a dû la tracasser, mais je n'ai pas envie de revivre cette soirée. Ni aujourd'hui ni jamais.

Dieu merci, la sonnette retentit.

— Attends deux minutes Nic, ma pizza vient d'arriver.

Je pose le téléphone sur la table basse et je récupère mon portefeuille avant d'ouvrir la porte.

— Salut Heather, ça me fait plaisir de te voir, me salue Ian le livreur de pizza.

Le fait qu'il connaisse mon nom me chagrine un peu plus que je ne voudrais l'avouer. Mais on se voit souvent. La pizza, c'est mon remède après une journée de douze heures.

— À moi aussi.

Je lui rends son sourire et il me regarde de haut en bas. C'est un gentil gamin, mais il n'a pas les yeux dans sa poche.

Ian me tend ma pizza et je rentre pour me soumettre à l'interrogatoire de Nicole.

— OK, dis-je en reprenant le téléphone. Je suis de retour.

— Et tu allais me raconter ta nuit torride avec Eli.

Je mords dans une part de pizza et je gémis de plaisir. Tout ce fromage fondu est un plaisir pour mes papilles.

— Heather, crie Nicole alors que je continue à manger.

— Je mange, je l'informe la bouche pleine.

— Tu as moins besoin de pizza que moi de détails.

La sonnette retentit à nouveau et je remercie le Bon Dieu des petits miracles.

— Attends, il y a quelqu'un à la porte.

Je coince le téléphone entre mon oreille et mon épaule et je retourne dans l'entrée en souriant. Nicole doit être hors de ses gonds.

— Tu as oublié...

— Bonsoir officier Covey, me salue Eli tout sourire, appuyé contre le montant de la porte. J'espérais que tu sois chez toi. Nous n'avons pas eu le temps de terminer notre conversation.

Incapable de réfléchir, je referme la porte et reste plantée là. Bordel. Mais qu'est-ce qu'il fout là ?

— Heather ?

La voix de Nicole me fait sursauter. Mon cœur bat la chamade.

— Mmmm ?

Je ne peux pas parler. Eli Walsh est sur le pas de *ma* porte.

— Ne me dis pas que c'est lui ?

Je me hisse sur la pointe des pieds et regarde par le judas. C'est bien lui, sourire aux lèvres, entièrement détendu.

— Si.

— Tu te fous de moi ? hurle Nicole.

— Putain, Nic, qu'est-ce que je fais ?

Mon cœur s'emballe et je suis proche de la crise de panique. Nicole éclate de rire, et se remet à hurler.

— Ouvre cette putain de porte !

Un coup d'œil dans le miroir me confirme mes craintes. Je porte un short et un pull ample avec une toute nouvelle tache de pizza sur le devant. Mes cheveux sont rassemblés en un chignon désordonné, je ne suis pas maquillée et j'ai mes lunettes au lieu de mes lentilles de contact. Ça ne pourrait pas être pire.

Eli tape à nouveau.

— Heather, je t'entends de l'autre côté de la porte.

Je me retiens de tomber en m'accrochant au montant et je ferme les yeux.

— Qu'est-ce que tu veux Eli ?

— Heather, ouvre cette putain de porte, maintenant ! reprend Nicole du haut de sa voix dans mon oreille.

— La ferme ! je rétorque à ma meilleure amie.

— Je n'ai rien dit, se défend Eli.

Je souffle et repose ma tête contre la porte en faisant un bruit sourd.

— Je sais... Je suis...

La voix de Nicole se fait menaçante :

— Je te jure que si tu n'ouvres pas la porte cette seconde, je rapplique et je lui donne un double de tes clés.

Je ne doute pas un instant qu'elle fera exactement comme elle l'a promis.

— OK, bye, je lui réponds avant de couper la communication.

Je suis dos au mur. J'essaie de faire quelque chose avec mes cheveux avant d'ouvrir la porte. Eli est toujours là, le bras posé sur le montant, le sourire aux lèvres.

— Salut !

Sa voix chaude m'envahit et me crispe un peu.

— Que fais-tu ici, et comment as-tu trouvé mon adresse ? je l'interroge en essayant de garder le contrôle.

Il est effroyablement sexy. Encore plus que tout à l'heure dans sa voiture. 100 % beau gosse. Chaque muscle de mon corps se tend vers lui.

Eli reste muet et me regarde droit dans les yeux.

— Tu vas me laisser entrer ?

— Tu vas répondre à mes questions ? je lui réponds du tac au tac.

— Seulement si tu me laisses entrer.

Je ne vois pas comment ça peut bien se terminer. Je ne peux pas laisser Eli s'installer dans ma vie. Je ne peux pas m'engager dans la vie frénétique d'un playboy, chanteur et acteur. J'ai assez de problèmes comme ça, pas la peine d'en créer de nouveaux.

Mais il semble persévérant. Si je le congédie aujourd'hui, il reviendra demain. Je ne ferai que dire non à un homme qui n'a jamais entendu ce mot de sa vie, et n'en connaît peut-être pas le sens. Autant en finir tout de suite et passer à autre chose.

— OK, je te donne cinq minutes.

J'ouvre la porte en grand et il s'avance, si bien que nous nous retrouvons face à face.

Eli me regarde droit dans les yeux et me caresse la joue.

— Nous verrons bien.

Je réprime mon envie d'écraser mes lèvres contre les siennes, de goûter à ses baisers et de sentir ses mains parcourir mon corps. J'utilise toute ma volonté pour effacer ces images de ma tête, mais ce n'est pas suffisant.

Ça fait si longtemps qu'un homme ne m'a pas fait perdre la tête, au point d'en avoir le tournis. Eli remplit ce rôle à merveille.

Je secoue la tête et retire sa main de mon visage.

— Parle, sinon je vais chercher mon Taser.

— Va plutôt chercher les menottes, me lance -t-il avec un clin d'œil avant de pénétrer dans mon salon.

Pour la première fois depuis des lustres, je regarde autour de moi, et je suis gênée. Je n'ai rien de superflu, et je ne peux pas me payer les travaux nécessaires pour embellir la maison. Mes meubles datent de mes fiançailles avec Matt, il y a neuf ans. Mon invité pourrait s'acheter un magasin d'ameublement entier sans sourciller, et je n'ai pas de quoi m'offrir une couverture.

— Eli...

J'essaie de retenir son attention et de l'empêcher de fouiner partout.

— Comment as-tu réussi à deviner mon adresse ?

— Détends-toi.

Son sourire est calme et chaleureux.

— J'ai trouvé un objet qui t'appartient, et j'ai pensé que tu en aurais sûrement besoin.

— Quoi ? Quelque chose à moi ?

Il sort une carte de sa poche et je reste bouche bée.

— Ça te dit quelque chose ?

— Oh merde, je n'avais même pas remarqué que je l'avais perdu.

Je le rejoins et récupère mon permis.

— Merci, j'aurais eu de gros problèmes si on avait eu un contrôle et que je ne l'avais pas sur moi au travail.

— J'ai jugé que ça devait être important, vu ton respect pour la loi.

Mon soulagement intense fait place à la confusion.

— Attends une minute, on s'est déjà vus une fois ce matin.

— Oui, mais je n'étais pas tranquille, j'étais en train de me faire contrôler par un officier de police qui voulait ma peau, du coup je n'ai pas pu le rendre à ce moment-là.

Je croise mes bras sur ma poitrine et je le regarde sévèrement.

— Tu avais tout le temps...

Il hausse les épaules et tombe sur mon canapé.

— Je me suis dit qu'il valait mieux te le rendre comme ça. Je ne voulais pas jouer tous mes atouts d'un seul coup.

— Donc on fait quoi là ?

— On devient amis.

— Amis ? je lui répète.

Son sourire nonchalant s'élargit et il s'installe confortablement.

— Ouais, j'ai décidé aujourd'hui qu'on allait faire connaissance.

— Et pourquoi donc ?

Je ne sais pas ce que j'attends comme réponse, mais je me demande pourquoi il pense que son plan va se dérouler comme prévu. Il ne va pas se dérouler comme prévu. Je n'ai pas besoin de nouveaux amis, surtout s'il s'agit d'un dieu du sexe plein aux as sorti de nulle part pour compliquer encore plus ma vie.

— Parce que c'est ce que font les gens après avoir fait l'amour. En plus, je suis un très bon copain.

Je marque mon désaccord en soufflant bruyamment et je m'approche.

— Je ne veux pas d'un nouveau...

Eli ouvre la boîte de pizza et se sert une part.

— Hé, mais c'est ma pizza !

— Je meurs de faim, me dit-il dans un sourire avant de mordre dedans. Mmmh.

Il gémit de plaisir en mangeant, et je donnerais n'importe quoi pour être à la place de la pizza. Mes yeux s'écarquillent et mes joues s'enflamment à cette évocation. Je dois me ressaisir. Qu'est-ce qui cloche chez moi ?

Pourquoi est-ce que je me conduis comme une ado désorientée quand il est dans les parages ? Je ne suis pas le genre de femme portée sur le sexe. Depuis Matt, je n'ai connu qu'un seul homme. Un seul. Et il était nul au lit.

Mes pensées se tournent vers Eli, et ce qu'il m'a fait.

— Écoute nouvel ami dont je n'ai pas besoin, je te remercie de m'avoir ramené mon permis.

Je fais un geste vers la porte, mais il s'installe plus profondément dans le canapé et passe une jambe par-dessus l'autre.

— Je te remercie vraiment, mais...

— Tu n'as pas faim ? m'interrompt Eli.

— Si, je vais effectivement dîner, mais tu vas effectivement partir.

— Tu ne veux pas manger ta pizza avec moi ? En fait, c'est ce que tous les amis font, non ? Ils partagent un repas, rigolent un peu, papotent un peu, baisent un peu ?

Il lève ses sourcils de façon suggestive.

Je secoue la tête et soupire.

— Non, on ne baise pas. J'adore l'idée de me faire de nouveaux amis, toutefois je suis crevée. J'allais me coucher.

— On peut faire ça tous les deux, dit-il en prenant une nouvelle bouchée d'un air détaché.

— Quoi ? Non ! Ce n'est pas ce que je voulais dire !

Il éclate de rire et jette sa croûte de pizza en se frottant les mains.

— Allez, détends-toi Heather. Je plaisantais. Je suis venu parce que je voulais savoir ce qu'il t'était passé par la tête l'autre soir. Tu t'es évanouie dans la nature, et lorsque j'ai trouvé ton permis sur le sol, je me suis dit que l'univers m'envoyait un signe.

— Un signe ?

— Oui, dit-il en se levant et en s'approchant. Le signe des débuts d'une histoire. Tu sais que la plupart des filles laissent un truc derrière elles pour leur donner une occasion de me rappeler. C'est ce que tu avais l'intention de faire ? Un plan pour me revoir ?

Au fur et à mesure qu'il s'approche, mon cœur bat plus fort. Je ne sais pas ce qu'il entend par « les débuts d'une histoire » et de quelles filles il parle. J'ai été assez claire ce soir-là pour ne pas qu'il s'imagine que quoi que ce soit d'autre puisse se passer entre nous. J'avais bu, je n'étais pas moi-même, et ma meilleure amie me poussait à sortir de ma zone de confort.

— Je n'ai pas le temps de concevoir des plans. Je ne pensais pas te revoir un jour. J'ai juste perdu un truc, et tu l'as ramassé.

Eli se tient devant moi, et je dois pencher la tête en arrière pour voir son visage. Je n'arrive pas à détacher mon regard de ses magnifiques yeux. Ses bras s'enroulent autour de ma taille.

— Nous savons tous les deux que ce n'est pas vrai. Tu le sens au plus profond de toi. Je peux voir que ta respiration est saccadée, que tes yeux sont aimantés par mes lèvres et que même si tu fais tout pour refouler ton désir, il est bien réel.

Je secoue la tête, mais je n'ai plus de répartie. Lorsqu'il passe doucement sa langue sur ses lèvres, je sais qu'il m'entend retenir ma respiration. Je sais parce que je m'entends aussi, et dans le silence qui nous entoure, le bruit a résonné comme une détonation.

— Eli, je proteste en essayant de me détacher de lui, sans succès.

— Je ne vais rien faire, je veux juste discuter.

— C'est délirant, je rétorque tout en essayant d'étouffer mon intense désir pour quelque chose de délirant.

Eli fait glisser ses mains dans mon dos pour me serrer plus fort.

— Ce qui serait délirant serait de se quitter maintenant sans avoir fait connaissance.

— Pourquoi faire connaissance ?

— Pour découvrir pourquoi je suis là, chez toi, pourquoi tu t'enfuis au milieu de la nuit sans même un au revoir. Il se passe un truc et je veux savoir ce que c'est. Tu n'es pas curieuse ?

Je ne le quitte pas des yeux, et la sincérité et la conviction qui se dégagent de son visage me désarçonnent. Si je lui demande de partir, je le regretterai. Je reviendrai sur ce moment jusqu'à la fin de ma vie. Et puis Nicole sait qu'il est ici. S'il part et que je n'ai rien à raconter, elle ne me le pardonnera jamais.

J'ouvre la bouche avant même d'avoir réfléchi à ce que j'allais dire.

— OK, j'acquiesce, mais on s'en tient à la pizza et à la conversation.

Son sourire s'élargit et il me serre dans ses bras.

— Pizza, conversation et plus si affinités, tente-t-il de négocier.

Rien de plus, je me martèle intérieurement, tout en le gardant pour moi. Il semblerait qu'au plus je suis en désaccord avec lui, au plus il reste chez moi, mange ma pizza, et imagine devenir mon meilleur ami.

Nous retournons nous installer sur le canapé, il me tend une part et s'empare de la sienne. Je me pelotonne sur un coussin, et j'essaie de bien me tenir. Mais Eli Walsh est assis dans mon salon, dans ma maison délabrée. Elle n'est pas si délabrée, mais je suis sûre qu'elle n'a rien à voir avec sa maison à lui.

Mon père avait des tonnes de projets. Il commençait quelque chose et passait à autre chose, avant d'avoir fini. Matt a un peu contribué, mais c'était un bricoleur du dimanche. En fait, je crois qu'il a cassé plus de trucs qu'il n'en a réparé. Après qu'il m'a quittée, j'ai rebouché les trous qu'il avait faits dans les murs et ceux qu'il avait faits dans mon cœur.

— Donc tu es flic ? me questionne Eli après avoir mangé quelques instants en silence.

J'essuie la sauce tomate de ma bouche avant de lui sourire.

— C'est ce que j'ai toujours voulu faire. Mes parents ont été tués par un ivrogne quand j'avais vingt et un ans. Après ça, j'ai voulu faire en sorte d'empêcher un drame pareil de se renouveler, à mon échelle.

— Je suis vraiment désolé, murmure Eli en touchant mon bras.

— Ça fait un bail.

— Mais, ça a dû être éprouvant.

Je hausse les épaules.

— C'était atroce, mais ça fait partie de moi.

— Je comprends, mon père est mort quand j'étais gosse aussi.

— Je suis désolée.

C'est toujours dur de perdre ses parents, mais lorsqu'on est jeune, il est impossible de gérer ses émotions. J'ai souvent souhaité avoir mes parents à mes côtés pour me guider. Cela m'aurait facilité la tâche.

— Ne le sois pas, ce n'était pas un père modèle, dit-il en balayant mes condoléances du revers de la main. Alors Heather, qui es-tu ?

— Je suis moi.

S'il pense que je vais lui confier mes secrets les plus précieux, il se fourre le doigt dans l'œil. Eli partira ce soir, pour ne jamais revenir, ce qui devrait me faire plaisir. Alors je devrais tout pouvoir lui raconter ? Après tout, à ses yeux, je ne suis qu'une conquête supplémentaire. La fille qui s'est enfuie des bras de l'homme désiré par toutes les autres. C'est ce que Nicole appelle la réaction du rejet. Si j'étais restée à l'admirer, il m'aurait ajoutée à la longue liste des filles sans nom et sans visage qu'il a eues.

Eli sort ses clés et son portefeuille de sa poche arrière et les dépose sur la table basse avec désinvolture.

Mais bien sûr, fais comme chez toi. J'ai l'impression qu'il va rester un moment.

— Je suis sérieux, je veux te connaître mieux, insiste-t-il.

— Mais pourquoi ? je m'écrie, frustrée. Nous savons tous les deux comment ça va se terminer.

Il se masse la nuque en soupirant péniblement.

— Et comment cela va-t-il se terminer ?

— Tu retournes à ta vie de luxe, et je reste ici... j'éructe en englobant la pièce d'un geste.

— Ce sera peut-être le cas, mais seulement parce que tu t'obstines à me voir prendre cette porte.

Il n'a pas vraiment tort, mais ça pique un peu quand même.

— Je me protège.

Eli se reprend et se ressert de la pizza.

— Je vois, mais tu vas devoir essayer mieux que ça. Je suis presque flic moi aussi, vois-tu ?

J'éclate de rire et lève les yeux au ciel.

— Nous avons déjà établi que tu étais flic à la télévision. Rien à voir avec le vrai travail de policier.

— Alors tu regardes la série ? demande-t-il de façon si décontractée que, si je n'étais pas un vrai flic, j'aurais raté sa véritable réaction.

Il n'est pas peu fier de ce minuscule détail.

— J'ai regardé une fois, quand il n'y avait rien d'autre, je mens éhontément.

Je regarde cette foutue série religieusement, toutes les

semaines. D'abord, je voulais me moquer de la façon dont ils détournaient la vraie police, puis je suis devenue addict. C'était devenu mon plaisir coupable. Après cinq saisons, je peux enfin admettre que je suis irrécupérable.

Sauf qu'il ne le saura jamais. Pas question que je lui donne un autre moyen de pression contre moi.

— Et bien, ma partenaire Tina te ressemble beaucoup.

— Ah bon ?

Elle ne me ressemble tellement pas. Tina est une dure à cuire qui ne veut rien avoir à faire avec les hommes, et son mari l'a quittée pour une autre femme.

Moi, je veux avoir affaire à un homme. Et je ne veux plus de mauviette qui s'enfuira la queue entre les jambes au premier obstacle. Quant à Matt, il m'a quittée parce que c'est un connard.

— Oui, elle vit seule, et repousse tous les hommes qui s'approchent.

Qu'il aille se faire foutre. Il ne me *connaît* pas. Je suis seule et je ne veux pas m'engager avec un homme qui vit une vie totalement opposée à la mienne, et alors ? J'ai trente-huit ans, j'ai passé l'âge d'obéir aux règles des autres.

— Je ne te repousse pas, je suis juste réaliste.

Eli se penche en avant, et je dois me forcer pour rester là où je suis.

— La seule réalité, c'est celle qu'on se construit.

Ma réalité n'a rien à voir avec des stars du cinéma et des rôles de flic à la télé. Je suis une vraie policière. Je gère tout un tas de situations merdiques, et personne ne coupe la scène quand tout devient trop intense. Les balles tirées sont vraies, les gens meurent dans des accidents de voiture, la paperasse est interminable et le salaire minable. Je ne me protège pas par choix, je me protège par nécessité.

— Dans ton monde c'est peut-être vrai, mais le vrai monde est naze.

Eli fait tomber sa part de pizza et soupire.

— Moi aussi, je vis dans le vrai monde.

— Bon, puisqu'on est amis et tout ça, raconte-moi, je lui réplique pour lancer la balle dans son camp.

J'ai bien conscience d'agir comme une conne, mais c'est la raison pour laquelle je me suis enfuie cette nuit-là. Je suis terrifiée par ce qui est nouveau. Dans ma vie, tout finit par se désintégrer ou disparaître. Cela ne sert à rien de commencer une relation avec quelqu'un, j'ai trop peur de perdre tout le reste.

Mais là, devant Eli, je souhaite désespérément avoir une autre vie. Une vie où nous pourrions être amis, ou une vie où nous pourrions être plus que des amis. Mais j'en demande trop. On peut rêver.

Eli se relève un peu et racle sa gorge.

— Je m'appelle Ellington Walsh, j'ai quarante-deux ans, je ne me suis jamais marié et j'ai grandi ici à Tampa. J'ai un frère, Randy, qui a deux ans de plus que moi. Nous formons le groupe Four Blocks Down depuis que j'ai dix-huit ans, et aujourd'hui, je suis aussi un acteur. J'espère faire un film bientôt, mais j'attends le bon rôle. Oh, et j'allais oublier, j'adore quand une blonde me crie qu'elle m'aime.

J'éclate de rire.

— Dis-moi quelque chose que je n'ai pas déjà lu sur Wikipédia.

Cette fierté intérieure revient sur son visage. Je pourrais me gifler...

— Tu as fait des recherches sur moi, pas vrai ?

— Bien sûr, je réplique en essayant de rester nonchalante. Je te suis depuis que je suis une ado, d'une manière qui n'a rien du voyeurisme. Je sais tout ce qu'il y a à savoir sur toi. Et si tu me disais quelque chose sur ta vie que seuls tes proches pourraient connaître ?

Voyons voir si Eli souhaite toujours être mon ami. Je ne suis pas sûre qu'il ait mesuré tous les tenants et les aboutissants d'une telle amitié. Je ne sais même pas à quoi ressemble une amitié avec une célébrité. Est-ce qu'il y a des timbrés qui le harcèlent ? Des gardes du corps super baraqués ? Une équipe qui le suit partout ? Et des choses que je n'imagine même pas ? La seule équipe que j'ai se compose de mes potes et de ma sœur.

— OK, je voulais arriver une heure plus tôt, mais une fille m'a pris au piège.

J'écarquille les yeux. Sérieusement ? Il me parle d'une autre fille ?

— Ah, je vois.

— Non ! Tu ne vois pas ! répond-il rapidement en levant les mains. Merde, je suis nul à ce jeu. Je te parle de Daria, ma nièce.

— Tu as une nièce ?

J'ai arrêté de suivre la vie personnelle de Randy quand il s'est marié. Je trouvais que c'était malvenu. Je savais qu'il connaissait déjà sa femme quand ils ont formé le groupe, donc je l'ai toujours classé comme intouchable. Pour moi, ça a toujours été Eli.

— Et oui, elle sait déjà comment manipuler les hommes. Ma belle-sœur lui a montré comment nous terroriser, mon frère et moi. Elle sait exactement comment te regarder avec ses grands yeux et son joli petit minois.

Je souris, car je vois précisément comment un gosse peut manœuvrer pour obtenir tout ce qu'il désire.

— En gros, elle te mène par le bout du nez ?

Eli hoche la tête.

— Je lui ai promis une chanson. Une seule. Et je suis remonté dans ma voiture onze chansons et cinquante minutes plus tard. Si ça ne te prouve pas combien je peux lui donner pour un seul de ses « je t'aime », je ne peux rien faire de plus. En résumé, si elle le veut, elle l'obtient. Elle me fait même jouer à la poupée.

Il frémit.

Je ne peux même pas l'imaginer en train de jouer avec une petite fille, mais je ne peux pas m'empêcher d'être attendrie par cette révélation. C'est difficile de le voir sous un autre jour que celui de tombeur dépeint dans les magazines people.

— Je trouve ça très mignon.

— Tu trouves que je suis mignon ? demande-t-il la voix pleine d'espoir.

— Je pense que ta *nièce* est mignonne, je le corrige.

Ma correction passe inaperçue.

— Ça signifie que tu m'aimes bien. C'est compréhensible, je suis charmant.

J'émets un grognement en guise de réponse.

— Wikipédia ne se prononce pas là-dessus.

Son doigt effleure la peau de ma jambe avant de reposer à plat. Sous sa main, mes terminaisons nerveuses s'affolent.

— C'est parce que je ne le suis que pour toi.

— Quelle chance !

Il éclate de rire.

— De nombreuses filles seraient d'accord avec toi !

— J'imagine que je n'en fais pas partie, alors, je réplique.

— Et pourquoi ? demande Eli.

— Parce que tu n'es pas ami avec elles.

— Touché !

Il part dans un grand éclat de rire.

Eli finit la pizza avec moi et il me raconte d'autres choses au sujet de sa nièce et de son neveu. Je suis touchée par l'affection qui transparaît dans sa voix quand il parle d'eux. Je découvre une différente facette, un gars... normal. Je ne trouve plus aussi étrange de le voir assis là dans ma vieille maison. Un homme comme un autre. Un homme qui mange de la pizza et me raconte à quel point il adore son enquiquineuse de belle-sœur.

Nous parlons encore un peu de mon travail, de sa série, et de son bonheur de pouvoir rester un peu à Tampa.

Je bâille et je regarde l'heure. Je suis surprise de constater que nous venons de passer presque trois heures à discuter. Très surprise. C'était un moment décontracté, drôle et divertissant.

— Il commence à se faire très tard, dit-il en se relevant et en enfilant son manteau.

— Merci de m'avoir rapporté mon permis.

Je le raccompagne à la porte, et il se retourne vers moi.

— Est-ce qu'on peut se revoir ?

— Eli... je tente en gardant la poignée de la porte dans la main.

Je ne trouve pas les bons mots. J'ai passé un super moment, mais c'est compliqué.

— Je ne sais pas si c'est une bonne idée.

Il se rapproche sans me lâcher des yeux.

— J'espérais que tu aurais compris que je ne suis pas qu'un connard qui se fout de toi. Je croyais que nous avions fait des progrès, que nous allions devenir amis. On dirait que je me trompais.

— Non, tu as raison ! je lui réponds rapidement. Je perds la tête, et j'en suis désolée. La vérité c'est que...

Je soupire et je décide de lui dire la vérité.

— Tu me fais peur. Je ne suis pas le genre de fille qui a des relations sans lendemain, je dois gérer beaucoup de... énormément de problèmes dans ma vie. Ces problèmes occupent toutes mes pensées, et je n'ai pas de temps pour autre chose.

J'inspire profondément, cherchant le courage de continuer.

— J'ai passé une excellente soirée en ta compagnie, vraiment ça m'a fait du bien de te parler... Tu as raison, le courant passe entre nous.

Il se penche vers moi, petit sourire aux lèvres.

— Écoute, je retourne à New York dans quelques semaines, mais je reste à Tampa en attendant. Je voudrais te revoir.

— Mais pourquoi ? je l'interroge abasourdie.

— Parce que tu auras beau me repousser aussi souvent que tu le pourras, j'ai quand même envie de te revoir. J'aime discuter entre potes, mais je n'ai que mon frère pour ça. Toi, tu ne me traites pas comme si j'étais différent.

Eli me gratifie d'un clin d'œil.

— Réfléchis-y.

Il se penche et m'embrasse sur la joue. Je reste immobile comme une statue en le regardant descendre les marches du porche, complètement déroutée. Eli regagne sa voiture, je ne m'attends pas à ce qu'il se retourne. Pourtant, il le fait avec un sourire éclatant en prime.

— De toute façon, je sais où tu vis et où tu travailles. Je ne doute pas que nous nous reverrons. Wikipédia devrait avoir un chapitre entier sur ma persévérance.

J'ouvre la bouche, mais il est monté dans sa voiture avant que je n'aie pu dire un mot.

Bordel. Ça ne s'est pas du tout déroulé comme prévu.

CHAPITRE NEUF

— Tu te fous de moi ! Nicole s'écrie en manquant de renverser son verre de vin. Je vais me frotter partout sur ton canapé !

— Tu en es capable.

Nous sommes dans son luxueux appartement dans le centre-ville de Tampa, et avons sérieusement entamé notre deuxième bouteille. J'ai passé la journée à l'hôpital avec Stephanie, et je n'ai pas pu rentrer chez moi ensuite. Nicole m'avait envoyé vingt SMS, je suis venue au lieu d'y répondre.

— Qu'est-ce qui cloche chez toi ?

Ça fait au moins dix fois qu'elle me pose la question depuis que je me suis assise.

— Rien du tout ! Je suis juste réaliste. Si Matt, un petit flic que je connais depuis toujours me quitte à cause de Steph, que ferait une superstar internationale à sa place ? Hein ? Tu as pensé à ça ?

— T'es débile.

— Tu me le répètes depuis assez longtemps, je lui assène en prenant une gorgée de vin.

Elle s'imagine que je suis une idiote, mais je ne peux pas m'exposer comme ça à nouveau. Ça reviendrait à lui donner mon cœur et lui demander de le briser en mille morceaux. Je ne préfère pas.

— De toute façon, je continue, Eli ne restera jamais à Tampa, et moi je ne m'éloignerai jamais de Steph.

Nicole me prend mon verre des mains et le pose sur la table. Son regard s'est radouci, mais je sais à quoi m'attendre. Elle va me rentrer dedans, violemment.

— Je t'ai vue faire des erreurs, et je me suis tue. Pas cette fois. Aujourd'hui, je te préviens que si tu continues, tu le regretteras jusqu'à la fin de tes jours. Je sais que tu ressens quelque chose pour lui.

— Je ne sais pas ce que je ressens.

— Si tu le sais. Tu as passé une nuit torride avec lui et ça t'a décoiffée. Je comprends. Tu es la plus raisonnable d'entre nous. Tu ne fais rien d'inattendu, tu ne prends pas de risques. La vie t'a ratatinée. Je le sais. Nous le savons tous, mais putain Heather, tu dois vivre ! Il n'y a aucune loi qui dise que tu ne peux pas vivre la vie qui t'a été donnée.

Je sens mes yeux se remplir de larmes. Je sais qu'elle m'aime et que tout ce qu'elle a dit est vrai. Elle m'énerve des fois... Je fais du mieux que je peux, et je ne sais pas combien de fois je pourrai me relever, avant de m'avouer vaincue.

La mort de ma sœur va m'anéantir. Il ne me restera aucune famille, et je refuse de gaspiller le peu qu'il nous reste ensemble. Mais, impossible d'exprimer cette pensée tout haut.

En tout cas, il est certain que je ne peux pas accepter l'idée qu'un mec vienne bouleverser mon monde. C'est stupide, et je ne fais pas ce genre d'erreur. Pas alors que ma sœur a besoin de moi. On voit des tonnes de photos d'Eli en voyage, en soirée et dans ces restaurants où je ne pourrais même pas m'offrir une salade.

— Pas croyable, est-ce que toi et Steph avez parlé ensemble ?

— Non, mais si elle te dit la même chose que moi, elle a sacrément raison.

— Tu sais pourquoi je suis comme ça, dis-je en essuyant une larme.

— Oui, je le sais, me répond Nicole en me prenant par la main. Je ne veux pas te faire du mal, mais je ne peux plus te regarder te faire du mal à toi-même non plus. Pas plus que ta sœur. Et tes parents aussi seraient d'accord. C'est normal de risquer d'avoir mal. C'est normal d'avoir des regrets et des triomphes, mais ce n'est pas normal de ne pas vivre.

— Et s'il ressemble à Matt ?

Elle sourit.

— Alors tu le jettes, et je te gaverai de glace et de vin.

Je penche la tête en arrière avec un gémissement.

— Ça m'emmerde quand tu as raison.

Nicole se met à rire.

— J'imagine. Mais c'est assez rare, t'inquiète.

— Les jours où notre seul souci était de savoir quels garçons nous accompagneraient au bal de fin d'année me manquent.

— Ce n'était pas le cas pour moi. Les garçons sont trop nuls. J'étais plus heureuse d'y aller en célibataire et de passer la soirée avec toi, Kristin et Danni.

Merde c'est vrai ! Il va falloir tout leur raconter. Je n'ai pas répondu à leurs appels parce que je suis la pire menteuse du monde. Elles auraient tout de suite deviné qu'il y avait anguille sous roche.

— Il faut que je leur parle, pas vrai ?

— Non t'inquiète, je leur dirai que nous n'avons pas pu le voir.

Je laisse tomber ma tête sur le côté pour la regarder, et je l'attire vers moi pour un câlin.

— On peut garder ce secret pendant quelques jours. Tu dois décider sans te faire influencer.

— Donc, je ne dois écouter que ce que tu me dis ?

— Précisément.

Je ris intérieurement, et je tourne cette page. Je pense à hier soir. Je suis toujours estomaquée d'avoir vu Eli sous un jour plus normal. Il n'avait rien de prétentieux, il a mangé sa pizza avec les doigts, à même le carton, sur mon vieux canapé dégeu. Il n'a pas fait de caprice. On n'était que tous les deux, et c'était très agréable.

Comme la première soirée que nous avons passée ensemble.

Peut-être que je réfléchis trop. Il y a un truc chez lui qui m'obsède. Ses sourires soulèvent des nuées de papillons dans mon ventre. Son rire me va droit au cœur. Et j'ai beau passer des heures à me convaincre que j'ai mieux à faire que de penser à lui toute la journée, je n'ai fait que parler de lui.

Je suis perdue.

— Et s'il ne revient pas ? je demande à Nicole.

— Alors c'est un idiot. Tu mérites d'être courtisée.

On peut dire ce qu'on veut au sujet de Nicole, elle reste la meilleure personne que je connaisse. Elle me donne envie de m'arracher les cheveux, mais je l'adore. Elle a toujours été là pour moi, et je n'imagine pas ma vie sans elle.

Je franchis le portail en métal qui protège le seul endroit où je me sente proche de mes parents. Une fois garée, j'empoigne un gros bouquet de fleurs et je me dirige vers leur tombe. Je ne suis pas venue depuis longtemps, car je n'ai pas ressenti le besoin de leur parler.

Je vais être honnête, je suis en colère depuis trop longtemps.

Je n'ai aucun mal à retrouver mon chemin parmi les sépultures, et j'arrive vite sur celle de mes parents.

— Salut papa et maman.

J'arrache quelques mauvaises herbes et essuie un peu de poussière. Mes doigts caressent la pierre fraîche, et je ferme les yeux, inspirant le doux parfum de l'herbe coupée.

— Je sais que je ne vous ai pas beaucoup rendu visite ces derniers temps. Désolée.

Je glisse une mèche de cheveux derrière mon oreille.

— C'est dur de venir, surtout avec tout ce qui s'est passé dernièrement.

Je me suis endormie sur le canapé chez Nicole hier soir. Ce matin en me réveillant, j'ai conduit directement ici. J'ai beaucoup de choses sur le cœur et parfois, une fille a besoin de sa mère.

J'ai besoin de ma mère.

— Je vais tout vous raconter. Matt et moi sommes divorcés maintenant, mais c'est vieux tout ça. Brody est toujours mon partenaire, il m'emmerde copieusement, mais je ne vois personne d'autre avec qui je voudrais former une équipe. Stephanie vit à temps plein à Breezy Beach, c'est dur de ne pas la voir tous les jours, mais je n'y arrivais plus. Tout est si compliqué, maman. J'ai fait une bêtise et je ne sais pas comment la réparer.

Je dépose les fleurs par terre, et je les arrange joliment.

— J'ai rencontré un homme. Tu te souviens certainement de mon obsession pour les Four Blocks Down ? Pour Eli surtout ? Et bien, je l'ai croisé pendant un concert il y a quelques jours et je...

Ça me fait bizarre de partager mon coup d'un soir avec ma mère. Il est certain qu'elle ne peut pas me répondre ni me montrer à quel point elle est déçue par mon comportement, mais quand même.

— Enfin bref, il est venu me voir chez moi l'autre soir, et nous avons parlé pendant des heures. Je l'aime bien, mais c'est si compliqué. Je n'ai rien d'exceptionnel. J'ai peur qu'il me brise le cœur, ou ce qu'il en reste.

J'avais envie de lui parler d'Eli, c'est vrai, mais c'est autre chose qui m'a conduite jusqu'ici. Le conflit que je ressens ne concerne pas que Eli, c'est toute ma vie. Ce sont toutes ces choses sur lesquelles je n'ai aucun contrôle. Je suis fatiguée.

Mes doigts suivent le contour des lettres de son nom sur la pierre tombale dont la froideur me rappelle sa mort.

— J'espère que vous comprenez pourquoi je ne suis pas venue. Ça me fait trop mal de voir vos noms gravés ici. La douleur ne part pas. Et bientôt, Steph va vous rejoindre.

Ma main retombe et je refoule mes larmes.

— Je ne sais pas comment je vais m'en sortir quand elle mourra. J'essaie de l'accepter, mais c'est impossible. J'ai fait tout ce que j'ai pu pour elle, mais sa maladie empire et ça me dévaste. Je l'aime tellement.

Mes larmes coulent librement maintenant. Je les sens rouler sur ma peau et je me laisse aller, j'en avais besoin. De me livrer à ma mère.

— Je sais qu'elle n'est pas ma fille, mais c'est moi qui l'ai élevée. Et maintenant, elle va mourir. Comme toi et papa. Comme tous ceux que j'aime. Dieu vous rappelle tous à lui.

Ma main s'accroche à la pierre, et je repose mon front dessus en perdant tout contrôle de mes émotions. Toutes ces craintes que je réprime depuis des années remontent à la surface. La perte de ma petite sœur sera la dernière goutte. J'aurai perdu tous les membres de ma famille, sans n'avoir pu rien faire.

— J'ai choisi mon métier pour aider les gens. Je sauve des vies tous les jours, mais je ne peux rien faire pour elle, maman, rien du tout. Je ne peux pas lui donner la vie qu'elle mérite. Je suis désolée. Je sais que tu me faisais confiance pour m'en occuper.

Toute la tristesse que je ressens depuis des années se déverse à cet instant-là. Je sanglote sans me retenir. C'est douloureux, mais nécessaire. Je suis restée forte pendant si longtemps, je ne peux plus tenir.

— Comment est-ce que tu peux laisser Dieu me la prendre aussi ? Je vais me retrouver seule, et je vous aurai tous fait défaut. S'il te plaît, pardonne-moi...

Ma gorge se serre et les mots ne sortent plus. Je me replie sur moi-même, sanglotant, respirant à peine.

Au bout d'un moment, mes yeux sont rouges et gonflés et je suis à sec. Je me relève, je porte la main à mes lèvres, et dépose un baiser sur la pierre tombale.

— Je vous aime fort, vous me manquez plus que je ne peux l'exprimer. J'espère que je ne reviendrai pas avant un bon bout de temps.

Parce que la prochaine fois que je serai ici, ce sera pour enterrer Stephanie.

Je regagne lentement ma voiture, en inspirant profondément pour me calmer. Puis je baisse le pare-soleil pour faire l'état des lieux dans le miroir. J'ai vraiment une sale gueule. J'essuie tout mon maquillage qui a coulé sur mes joues.

Je viendrais plus souvent si ça n'était pas aussi douloureux.

Je reçois un SMS.

· · ·

Stephanie : Tu viens me voir aujourd'hui ?
Moi : Évidemment.
Stephanie : Tu arrives bientôt ?
Moi : Je suis en route, je pars du cimetière.
Stephanie : Dis-leur qu'ils me manquent.

Je ferme les yeux, et essaie d'oublier que je viens de sombrer en pensant à sa mort prochaine.

Moi : Oui, je leur ai dit. Ils t'aiment et tu leur manques.
Stephanie : Merci de me passer le message… LOL.

Ma bouche dessine un timide sourire et je laisse échapper un éclat de rire. Je peux presque la voir en train de lever les yeux au ciel.

Il me faut encore dix minutes pour arriver à l'hôpital, que je mets à profit pour me recomposer et parfaire mon masque. Si elle voit que j'ai pleuré, elle fera de son mieux pour me rassurer en m'expliquant qu'elle a accepté son destin. Je ne veux rien entendre de tout ça, jamais.

Parfois, je me demande si elle ne préférerait pas être déjà morte pour ne plus souffrir. Je suis trop égoïste pour me l'imaginer. Je veux tirer le maximum de son temps avec moi. Je choisirais d'avoir cent mauvais jours, du moment que je peux rester à ses côtés, lui parler, la toucher.

J'entre dans sa chambre, et je m'arrête net. Stephanie est en plein flirt avec un infirmier. Il est assis sur son lit, et elle baisse les yeux en souriant. Je la regarde battre des cils et glisser une mèche de cheveux derrière son oreille, exactement comme moi quand je suis nerveuse.

Puis elle se tourne dans ma direction.

— Heather !

Elle sursaute et l'homme se lève rapidement.

— Bonjour, lance-t-il, je ne vous avais pas vue entrer.

Je souris.

— C'est bien ce que je me disais.

— Je te présente Anthony, soupire Stephanie. Il est infirmier de jour et c'est mon ami.

Oh purée. Je connais ce regard. Il doit être la raison pour laquelle elle n'insiste plus auprès de son docteur pour être autorisée à sortir.

— Bonjour Anthony, lui dis-je en m'avançant vers lui. Ravie de faire ta connaissance.

— J'ai fini de travailler, je venais un peu aux nouvelles, explique-t-il, comme si je ne savais pas ce qu'il faisait.

— C'est très gentil de ta part, je lui réponds en gratifiant Stephanie d'un grand sourire.

Elle me lance un regard qui me commande clairement d'arrêter mon petit jeu.

Ça faisait des années que je ne l'avais pas vue intéressée par un homme, depuis son diagnostic.

— Puisque c'est une grande fan de comics, je lui avais promis de lui montrer l'édition collector de *Superman* que j'ai achetée hier.

— Oui, intervient Stephanie en lui touchant le bras, il a acheté l'édition que je convoitais en ligne.

— Ah oui, fais-je en m'efforçant de masquer mon scepticisme.

Stephanie n'a jamais touché un comic de sa vie.

— Oui, *Heather*, insiste-t-elle en me menaçant des yeux.

Puis elle fait la moue pour poursuivre.

— Anthony m'a promis de me le montrer demain.

— Oh, je vois.

— Je te laisse en tête à tête avec ta sœur, Stephy, on se voit demain.

Il presse sa main et se tourne vers moi.

— Je suis heureux de t'avoir rencontrée, elle parle souvent de toi.

— Moi, aussi, je lui réponds alors qu'il sort de la pièce.

Dès qu'il est dans le couloir, je me précipite vers le lit et nous éclatons de rire toutes les deux.

— Des comics ? Stephy ? Tu détestes ce diminutif ! Tu as tellement craqué, tu te comportes déjà comme une naze !

— Mais tais-toi, rétorque-t-elle en me tapant le bras. Je ne suis pas naze, je me comporte comme une fille *normale* quand elle est avec un gars qu'elle aime bien. Il est mignon, il vient me monitorer beaucoup plus souvent que nécessaire, et je ne sais pas... J'aime avoir quelqu'un à qui parler.

— Je pense que c'est génial, je la rassure. Et moi aussi je suis normale.

— Normale, mon cul, rétorque Steph.

Elle a raison, je ne suis pas normale.

— Quoi qu'il en soit, je suis contente que tu te fasses un nouvel « ami ».

Je suis si heureuse qu'elle interagisse avec quelqu'un d'autre que moi ou Brody. Nicole lui fait un coucou de temps à autre, mais généralement elle ne voit que les autres résidents de Breezy Beaches. Ses amis ont arrêté de lui rendre visite. C'est triste, mais pas très surprenant. Les gens ne s'attardent communément pas quand une maladie grave est diagnostiquée. Ce n'est pas de la cruauté ni de la méchanceté. C'est parce qu'ils ne savent pas quoi dire ni comment se comporter. Je peux le comprendre, mais ça me met quand même en colère.

Malheureusement, la vie a fait le vide autour de ma sœur et c'est dur pour elle. Je peux supporter son irritabilité, sachant que ce n'est pas elle, c'est sa maladie qui parle. Ce qui me désole, c'est de savoir qu'elle se sent seule. Ça me fait si mal, que je pourrais vendre mon âme pour remédier à ce problème.

— Je sais qu'on n'a pas de futur ensemble, m'explique-t-elle en se décomposant.

— Arrête, dis-je en lui prenant la main, tu as le droit d'avoir des amis, et vous aimez tous les deux les comics, donc laisse faire.

Elle éclate de rire.

— Tu pourras m'en acheter un, que je sache à quoi ça ressemble.

— Pas de problème, je réponds en riant.

Stephanie se détourne et s'arrête de rire.

— Je ne veux pas m'attacher à lui.

De toutes les rencontres potentielles qu'elle aurait pu faire, je trouve qu'elle est bien tombée. Il comprend probablement les implications futures de sa maladie mieux que personne d'autre.

— Peut....

Elle commence et s'interrompt pour tousser d'une toux si profonde et si grasse que je panique tout de suite.

Je lui frotte le dos en attendant qu'elle retrouve le contrôle. Je l'informe :

— J'appelle le docteur.

Elle m'attrape par le bras.

— Mais non, c'est sûrement l'air conditionné, je leur ai déjà demandé de le régler.

— Tu es sûre ? j'insiste.

— Oui, tout va bien, tu vois. Je vais bien.

Elle croise les bras sur sa poitrine et attend que je me calme. Je n'aime pas faire toutes ces histoires, mais je ne peux pas m'en empêcher. J'ai l'impression qu'en restant vigilante, je la garde en vie. Je ne vais pas relâcher mon attention maintenant.

— OK, mais si tu recommences à tousser...

Je n'ai pas besoin de terminer ma phrase pour qu'elle comprenne où je veux en venir.

— Tu n'es absolument pas normale, dit-elle en levant les yeux au ciel et en secouant la tête. Alors tu es allée au cimetière.

— Oui.

Je réfléchis un moment pour m'expliquer pourquoi j'y suis allée.

— J'ai passé une soirée curieuse, et j'ai eu besoin de voir maman.

— Curieuse comment ? s'intéresse-t-elle.

Je soupire et je m'allonge sur le lit avec elle pour lui raconter en détail ma soirée avec Eli Walsh.

CHAPITRE DIX

ELI

— Ça ne vaut pas la peine de te battre avec nous, Eli. D'après nous, notre offre est plus que généreuse, déclare Paula.

Si l'offre était vraiment généreuse, je n'aurais pas eu besoin de sauter dans un avion pour New York afin de m'assurer en personne que je n'étais pas en train de me faire entuber par le studio, avec le concours de mon agent. J'aurais pu rester à Tampa, à amadouer Heather.

Je ne sais pas ce qui cloche chez elle. Son comportement me frustre à mort, mais j'aime relever un challenge.

Je ne suis plus un jeune musicien. Je suis plus vieux, plus sage et je sais qu'il se passe un truc avec Heather que je dois approfondir. Je veux la connaître. J'ai besoin de la voir, de la toucher, et ça doit avoir une signification.

— Je ne signerai pas ce torchon, et tu sais pourquoi.

Rien à voir avec la vanité, c'est une histoire de valeur. S'ils ne me paient pas ce que je vaux, alors ils ne s'occuperont plus de la série. Je ne suis pas stupide. S'ils réussissent à faire passer ce contrat qui me paie moins, ils travailleront moins dur sur le projet.

Je ne veux pas finir au fond d'un placard. C'est ma seule ligne de conduite dans ce travail. Depuis que j'ai eu le rôle dans *A Thin Blue Line*, j'ai aussi fait quelques films. Seulement des petits rôles, mais qui m'ont tout de suite passionné. J'adore mon personnage et le scénario, mais je ne travaillerai pas pour un salaire moindre que celui qu'ils m'ont versé les cinq dernières années.

— La série marche bien, mais ils veulent injecter de nouveaux personnages, tente de m'expliquer Paula.

Je vois bien qu'elle essaie de garder son sang-froid, mais ce n'est pas mon foutu problème.

— Ils doivent libérer une part de budget, poursuit-elle. Et tu es l'acteur le mieux payé. De loin.

— Je m'en fous, je déclare en me penchant en arrière pour me gratter la tête, ce n'est pas mon problème.

Paula croise les bras et reste silencieuse. C'est ce que j'aime chez elle, c'est un requin. Elle renifle le sang et encercle sa proie lentement jusqu'à ce qu'elle saisisse le moment opportun pour l'attaque. Je vois la lueur prédatrice dans ses yeux alors qu'elle m'observe. Elle est dans mon équipe, et je suis sa seule source de revenus.

Les agents vous adorent quand vous gagnez de l'argent. Si vous n'en gagnez plus, vous tombez direct dans les oubliettes. Je n'ai pas envie qu'elle me dévore tout cru.

— J'ai entendu dire qu'ils étaient à la recherche d'une liaison amoureuse pour ton personnage. J'ai aussi entendu que Penelope Ashcroft était en ville et disponible. Tu la connais n'est-ce pas ?

Ce n'est pas une petite conversation amicale. Paula m'appâte. Je reste de marbre. Penelope est la dernière personne qui m'intéresse. J'ai réussi à passer des années sans mentionner son nom, et là, deux fois en une semaine ?

— Ça aussi je m'en fous.

C'est entièrement faux, mais si je laisse entrevoir à Paula un semblant de faiblesse, elle n'hésitera pas.

— Elle a passé plusieurs auditions, lance-t-elle en examinant ses ongles.

Le silence devient pesant. Je connais son petit jeu, je reste muet également.

— Je n'y avais pas prêté attention, jusqu'à ce que Michael

me signale que le directeur de casting avait son dossier, poursuit-elle.

— Michael, *mon* directeur Michael ?

Et voilà pour la façade de marbre...

Elle hausse les épaules.

— C'était juste pour parler.

Cette femme ne prononce aucune parole juste pour parler. Je ne doute pas que Michael, s'il l'a vraiment mentionné, lui ait passé l'info pour me faire plier. Il savait que je ne voudrais pas signer. J'ai eu la chance d'avoir un mentor au début de ma carrière il y a vingt ans. Il m'a prévenu qu'un seul contrat peut ruiner une carrière, que si l'on veut rester en haut de l'affiche, il faut gagner autant d'argent que possible, aussi vite que possible. Je ne signe pas un contrat foireux, juste parce qu'elle a prononcé le prénom de cette pute.

Je me relève, je place mes mains sur le bureau et je la fixe.

— Je ne signerai rien, tant que le salaire n'est pas à ma hauteur. Je vois les choses ainsi : eux, et toi, vous avez besoin de moi. Je ne suis pas un petit personnage secondaire. Si vous ne changez pas ce contrat, vous me perdez. Alors, fais ton travail, et si Penelope ne pose ne serait-ce qu'un seul orteil sur le plateau, vous ne me reverrez plus jamais.

— Mais qu'est-ce qu'elle t'a fait ? m'interroge Paula, comme si je n'avais pas été clair à son sujet.

— C'est une pute intéressée, une menteuse et une salope. Elle m'a brisé le cœur au moment où j'avais le plus besoin d'elle. Je ne la laisserai pas s'approcher de moi, compris ?

Il y a des choses non négociables dans la vie, c'en est une.

Paul se met debout et je me redresse.

— Je vais voir ce que je peux faire Eli. Mais j'espère que tu es prêt à quitter cette série que tu aimes tant. Je ne sais pas si je pourrai augmenter autant ton salaire.

— Et Penelope ?

Elle me sourit.

— Ne t'inquiète pas pour ça, je m'en occupe. Elle ne posera pas de problème.

— Bien, et ne prononce plus jamais son nom devant moi.

— T'as des couilles, mon frère… me lance Noah en riant avant de descendre sa bière. Moi, j'ai signé ce putain de contrat.

Je suis ici depuis trois jours, je travaille sur les négociations avec Paula, et c'est la première fois que je m'accorde une pause. Normalement, je me sens bien à New York. Ce n'est pas ma ville natale, mais j'adore passer du temps ici. Les lumières, les gens, les odeurs et la nourriture pourraient m'attirer ici pour toujours. J'apprécie aussi la capacité des New-Yorkais à banaliser la présence de célébrités dans leur entourage. Je suis assis dans un bar, et aucune fan insipide n'est venue nous interrompre. Pourtant ce soir je préférerais être assis sur une plage, ou dans le salon d'une femme superbe à manger de la pizza.

— Il ne s'agit pas de couilles, c'est de la négociation.

— C'était bien Tampa ?

Mes pensées se tournent vers Heather. C'est marrant, en seulement quelques jours, je l'ai associée à ma ville natale. Pourtant la Floride est peuplée de gens que j'aime : maman, Randy et tant d'autres. Mais c'est une jolie blonde qui occupe toute ma tête.

— C'est de plus en plus intéressant.

Noah joue le rôle de mon frère dans la série, mais je ne veux pas me confier à lui au sujet d'Heather. Dès que les gens sauront pour elle, elle sera débordée par les sollicitations publicitaires, ce qui ruinera mes chances avec elle. Dans mon monde, les règles du jeu sont différentes, et pour l'instant, je veux jouer en respectant les siennes.

Je repense à la soirée que nous avons passée ensemble. Nous avons ri, parlé et partagé un bon moment. Ça faisait longtemps que ça ne m'était plus arrivé avec une fille. D'ordinaire, nous aurions dîné dans un grand restaurant, puis nous serions allés en boîte de nuit. Nous n'aurions parlé que du joli couple que nous formerions si je décidais de donner une chance à la fille.

Avec Heather, c'est différent. Je ne suis même pas sûr qu'elle apprécie.

— Ah oui ? reprend-il avec un sourire conspirateur. Et elle s'appelle comment ?

Je fais signe à la barmaid pour qu'elle vienne nous servir. Je dois changer de sujet pour ne pas être obligé de mentir éhontément à mon ami le plus proche.

Elle sait clairement qui nous sommes, mais elle fait de son mieux pour ne rien laisser voir. Encore un point pour New York.

— Qu'est-ce que je vous sers, les gars ? nous demande-t-elle dans un sourire aguicheur.

Je prends une seconde pour la jauger. Elle est sexy, mais je ne peux pas m'empêcher de remarquer que ses yeux ne sont pas marron et que quelque chose cloche dans son sourire. Quand Heather sourit, mon cœur s'arrête de battre.

— Deux bières s'il te plait.

— Tout de suite, répond-elle en promenant son regard bleu de ma bouche, vers mes yeux.

Je connais ce manège. Ses yeux m'invitent à la baise. Ça m'arrive tout le temps. Mais je n'ai pas la tête à ça, alors je me détourne.

Noah se marre, et je lui jette un regard.

— Quel tombeur.

— Je suis ici pour affaires. Je n'ai pas le temps pour les femmes, j'essaie de me justifier.

Ça me parait plausible. Je suis ici pour botter le cul de mon agent et celui de la production. Pas pour baiser une barmaid. J'ai un objectif, une mission, et je ne m'en détourne pas. Je vais continuer sur cette ligne, aussi foireuse soit-elle.

Noah n'est pas dupe.

— Parce que tu n'as jamais mélangé affaires et plaisir ?

Je ne suis pas le playboy que tout le monde s'imagine. C'est vrai que je ne suis pas habitué aux relations sérieuses, la faute à l'autre pute, mais mon image publique et l'ami de Noah, Randy, Shaun et Adam sont deux personnes distinctes. Je suis différent sur scène ou en tournage. J'observe l'identité qu'ils m'ont créée, un tombeur avec une femme dans chaque port, et bien que cela pourrait être vrai, ça ne l'est pas. Je ne sais pas comment vivre sans cette image qui me colle à la peau, mais l'autre soir, je me suis senti... moi-même.

— Pas depuis Pe...

J'ai presque prononcé ce nom répugnan

— ... elle. J'ai appris à ne jamais me laisser détourner de mon objectif.

Noah relève la tête, intéressé.

— Qui, Penelope ?

C'est Penelope qui m'a poussé à devenir acteur. Elle voulait que je me lance dans une carrière plus durable, car le groupe vieillissait et perdait en popularité. Je l'aimais et je voulais la rendre heureuse. Je lui avais confié mon cœur, et je croyais qu'elle m'aimait aussi. En vérité, elle n'aime rien d'autre qu'elle-même.

— Ouais.

Noah m'examine prudemment et prend une longue gorgée à la bouteille. Puis il commence à peler l'étiquette en silence.

— Je te connais depuis longtemps, et j'aime à penser que nous sommes amis.

— Nous le sommes.

— Je sais que tu as des secrets, et je ne veux pas être indiscret, moi aussi j'en ai. Mais quoi qu'il se soit passé entre toi et Penelope Ashcroft, c'était il y a si longtemps ! Elle s'est mariée, elle est passée à autre chose, mais toi tu restes là à ressasser.

C'est probablement la chose la plus profonde qu'il m'ait dite. Je tiens à ma vie privée, c'est indispensable dans ce monde, mais Noah est très perspicace. Penelope s'est mariée avec un autre acteur, plus célèbre que moi, et vit une vie parfaite dans une parfaite hypocrisie. Je refuse de laisser quelqu'un voir sous la surface, parce que je n'y survivrai pas.

— J'y travaille, je lui réponds.

— Ah ouais ?

Je veux une fille qui ne me laissera pas tomber. Qui restera malgré les obstacles, parce que la vie en est pleine. Les actrices sont aussi fausses que leurs personnages, je veux une vraie femme.

Je souris, car je sais exactement quelle femme je veux. Une blonde qui ne quitte pas mes pensées. La fille qui n'hésite pas à me fermer la porte au nez, à me demander de partir, à me tenir à distance, tout en m'incitant à rester.

Je finis ma bière et je tape Noah dans le dos.

— J'ai quelqu'un en tête.

Il secoue la tête.

— Elle doit être différente, pour te donner envie de t'y arrêter.

Elle est plus que différente. Heather est l'opposé de toutes les femmes que j'ai connues jusque-là. Elle est forte, elle est sexy, elle est déterminée et je me fiche qu'elle ait des idées préconçues sur notre relation. Sa vision est entièrement contradictoire avec la mienne, tant pis pour elle. En persévérant, elle finira bien par accepter ma vision des choses.

CHAPITRE ONZE

HEATHER

Les semaines passent, et j'arrête enfin de regarder par-dessus mon épaule, en imaginant Eli apparaître comme par magie sur le pas de ma porte. Il devient évident que le coup de cœur qu'il croyait avoir pour moi n'était que passade. Je ne suis pas surprise. Eli ne semble pas briller par sa patience. Amis, mon cul.

Mais ce n'est pas grave, je n'ai pas besoin d'amis. Je suis parfaitement heureuse seule, sans les complications made in Ellington Walsh.

Après avoir parlé à Stephanie de l'état détérioré de la maison, elle m'a incitée à me lancer dans les projets. Il y a beaucoup à faire, mais j'ai décidé de me concentrer sur les pièces de vie. Je rebouche les trous de clous, je repeins les placards de la cuisine et du salon et je change quelques appliques lumineuses. Nicole m'a parlé de quelques meubles provenant de son travail dont elle voulait se débarrasser, et je les ai récupérés. Et heureusement, mes meilleures copines sont venues m'aider, accompagnées de leurs idiots de maris. Je déteste Scott et Peter, mais ils savent bricoler, alors je vais être gentille pour l'après-midi.

La sonnerie retentit et je me précipite pour ouvrir la porte à mes amies.

— Salut ! je lance tout sourire et nous nous tombons dans les bras les unes des autres.

— Bonjour, Heather, me salue Peter en m'embrassant sur la joue.

— Merci d'être venus, je déclare à tout le monde. C'est vraiment chic de votre part.

Scott entre en grognant et en bousculant tout le monde.

— On attaque ? Je n'ai pas que ça à faire, il y a un match tout à l'heure.

Voilà pourquoi il me gonfle. Peter, au moins, fait semblant d'être sympa quand on est là. Mais le mari de Kristin ne s'encombre pas d'apparences.

— Ne faites pas attention à lui, il est grognon parce que son équipe a perdu, s'excuse-t-elle à sa place une fois qu'il a disparu.

Je la prends par le bras et je secoue la tête.

— Pas de souci, j'apprécie votre aide, et j'ai appris à l'ignorer.

Nicole arrive, flanquée de deux hommes.

— J'ai de la main-d'œuvre !

J'espère du fond du cœur que ce sont des artisans avec qui elle travaille, mais avec Nicole, on ne sait jamais.

— Je vous présente Jake et Declan, ils ont bossé avec moi sur mon dernier projet et ils ont proposé de venir ici bénévolement.

Il est impossible qu'ils aient offert d'eux-mêmes ; ils ont été persuadés, j'en suis sûre. Mais à cheval donné, on ne regarde pas les dents. Mes idées de rénovation pour la maison sont nombreuses, et mon budget limité.

— Génial.

Je les accueille avec le sourire.

— Nous avons amené les quelques meubles que je t'ai promis, ils sont dans le camion. Je pense que les tables iront bien chez toi. Et je t'ai trouvé un tapis.

— T'es la meilleure, – je la remercie d'un baiser sur la joue. – merci.

— De rien. Tu aurais dû m'en parler avant, je t'aurais donné tout ce que tu voulais.

Elle entre dans le salon et pousse les gars sur le côté.

— Un instant s'il vous plait, je dois m'imprégner de l'aura

d'un Dieu, déclare-t-elle avec grandeur avant de se laisser tomber sur le canapé et de se frotter dessus.

— Nicole ! je crie en la tirant par le bras.

— Laisse tomber, je t'avais prévenue que je le ferais.

Elle est déchaînée.

— Mais qu'est-ce qui cloche chez toi ? Pourquoi tu te roules sur le canapé d'Heather ? s'interroge Danielle.

Nicole lève les yeux au ciel et éclate de rire.

— Ah, le cul d'Eli Walsh était posé juste ici, et maintenant je peux dire que je l'ai touché.

Danielle et Kristin se retournent d'un coup vers moi, les yeux écarquillés.

— Quoi ?

Danielle a presque hurlé.

Merde. Je ne leur en ai pas parlé. Je vais tuer Nicole. J'adore mes copines, mais je voulais garder ce secret plus longtemps pour moi. Maintenant, impossible d'expliquer pourquoi il était chez moi sans entrer dans les détails. Pas sans mentir comme une arracheuse de dents. Elles ne me croiraient pas de toute façon, car je suis une piètre menteuse.

— C'est une longue histoire, je tente faiblement tout en menaçant Nicole du regard. Une histoire que je promets de vous raconter, mais pas aujourd'hui.

Kristin s'approche d'un pas.

— Tout va bien ? chuchote-t-elle. Pourquoi serait-il venu chez toi ? Qu'est-ce qui ne va pas ? Qu'est-ce qui s'est passé ? Tu as couché avec lui ?

Les questions fusent si rapidement que je ne pourrais jamais lui répondre, même si je le voulais.

— Je vais bien, je te promets. La soirée a été folle après le concert, et Eli est venu me rendre une chose que j'avais perdue.

L'histoire n'était pas si longue finalement.

— Il y a un truc que tu nous caches, observe Danni en penchant la tête. Comment savait-il où tu habites ?

J'implore Nicole du regard pour me sauver. Elle me le doit bien.

— Et si on se mettait au boulot ? demande Nicole en élevant

la voix. J'ai amené deux hommes qui m'ont promis une nuit très divertissante en échange de leur coup de main ici. On s'y met ? J'ai hâte de tester le plan à trois.

Oui, on peut dire qu'elle a changé le sujet.

Danielle grogne et frissonne.

— Beurk.

— Tu dis ça parce que tu es jalouse.

— Danielle ! crie Peter de la cuisine. J'ai besoin de toi.

Dieu merci, on peut passer à autre chose. Je ne sais pas combien de temps j'aurais tenu sans lâcher le morceau.

Nous passons les heures suivantes à bricoler. Les placards sont repeints, merci, Danni et Kristin. Apparemment, j'avais un dégât des eaux sur un mur. Les associés de Nicole ont tout arraché et remplacé le placo, avant d'aider à repeindre le salon.

Nous travaillons tous dur et le résultat est fabuleux. La maison paraît transformée.

C'est lorsque j'ai vu Eli assis dans cet espace que j'ai eu la motivation de tout embellir.

Tout le monde s'en va en se promettant de s'appeler, et d'après les regards de Danni et Kristin, je prévois de leur parler d'autre chose que de la pluie et du beau temps.

Je vais sous le porche avec un thé glacé et je m'assieds sur la balancelle que papa a installée la semaine avant sa mort. Je me sens toujours apaisée quand je me balance ici, comme si la douce brise qui souffle sur mon visage était remplie de son âme. Papa était un homme calme, et d'une grande sagesse. Il aimait ma mère plus que tout au monde. C'est difficile à admettre, mais si ma mère avait été seule dans cette voiture, mon père l'aurait quand même suivie jusqu'aux portes de la mort. Il n'aurait jamais survécu dans ce monde sans elle. C'est l'histoire d'amour que je veux vivre. Je croyais l'avoir trouvée avec Matt. Mon Dieu, quelle erreur.

Je repose la tête sur le dossier les yeux fermés et essaie de retrouver le calme.

Au lieu de ça, j'entends quelqu'un s'éclaircir la gorge.

Mes yeux s'ouvrent et je tombe face à face avec celui que je ne croyais plus jamais revoir.

— Eli ! je m'exclame en manquant de faire tomber mon verre.

— Salut, me répond-il en montant les escaliers. Je suis content que tu sois chez toi.

— Que fais-tu ici ?

— Je t'avais dit que je te reverrais, explique Eli comme si tout était normal.

C'est insensé. Je pensais en avoir fini avec lui. Il a disparu de la circulation un moment, je n'avais aucun moyen de le contacter, et même si j'en avais eu un, je ne l'aurais pas fait. J'avais fait une croix sur lui, je ne comprends pas pourquoi mon cœur s'emballe à sa vue.

Je ne sais pas pourquoi son jean serré et son T-shirt gris qui épouse les lignes de ses muscles me donnent envie de les lui arracher. Il ne me fait aucun effet, en général. C'est ça. Aucun effet. J'explique ma réaction par la fatigue accumulée dans la journée.

J'éloigne de mes pensées la possibilité de lui retirer ses vêtements et je bois une gorgée de mon thé.

— Effectivement, mais c'était...

Je fais semblant de réfléchir.

— ... il y a environ dix jours ?

C'était il y a huit jours, mais je n'avouerai jamais avoir compté.

Il prend place à côté de moi en souriant.

— À ce propos...

Je me déplace légèrement avec l'espoir qu'en augmentant l'espace entre nous, mon cœur se calme un peu.

— Tu te baladais dans le coin, et tu t'es demandé comment j'allais ?

Je ne contrôle plus mes paroles. Oh bon Dieu, juste tais-toi.

— Non, répond-il en riant, je viens juste de rentrer de New York, mon agent avait besoin de moi pour régler quelques problèmes avant la prochaine saison.

— Oh.

Je prends une autre gorgée et il se rapproche imperceptiblement.

Mon cœur bat la chamade alors que nos corps se touchent légèrement.

— Je ne suis jamais allée à New York, je lui avoue. Je n'ai plus voyagé depuis la mort de mes parents.

Eli donne un peu d'élan à la balancelle.

— Tu viendras avec moi une autre fois ?

— Avec toi ? je répète d'une voix aiguë.

— Oui, s'esclaffe-t-il.

— C'est un peu présomptueux.

— Pourquoi ? On peut partir ensemble si tu en as envie.

— Qu'est-ce qui te fait croire que je veux partir en voyage avec toi ? On se connait à peine. Nous ne sommes même pas amis.

Tout me rappelle mon statut de groupie avec lui. Il n'y a pas d'amitié possible, juste un coup d'un soir et une pizza. C'est rien du tout. En plus, j'ai déjà assez d'amis comme ça. J'ai mes copines, Brody et Stephanie. Je suis au complet.

— Écoute, tu ne me connais pas et je ne te connais certainement pas non plus.

Eli place ses bras sur le dossier de la balancelle et ses doigts caressent mon cou.

— Je crois que je te connais plutôt bien.

— Tu crois ça ? je l'interroge.

— Je sais que tu es belle, que tu aimes la pizza, que tu portes un poids énorme sur les épaules, et que tu as beau faire tous les efforts possibles pour me détester, tu n'y arrives pas.

Je souris et je joue avec la bague sur mon pouce.

— N'importe quoi. Je ne pense pas à toi.

C'est un mensonge colossal. Je pense à lui tout le temps, et la nuit dernière, il s'est faufilé dans mes rêves, une nouvelle fois. C'est vrai que je me disais être contente qu'il arrête de venir me voir, mais en fait, j'étais triste. Lorsque l'on passe du temps ensemble, j'ai toujours envie de plus, ce qui est la chose la plus conne que je puisse souhaiter.

Eli m'attrape le menton avec son pouce et me force à le regarder.

— Je suis sérieux. Je n'arrête pas de penser à toi, depuis la première fois que je t'ai vue.

— Eli, j'essaie de l'interrompre, je ne veux pas penser à ça.

— Pourquoi tu crois que je t'ai fait monter sur scène ? Ou que je t'ai demandé de me rejoindre au *meet and greet* ?

— C'est parce que tu voulais coucher avec moi, je rétorque en essayant de m'éloigner de lui.

Il garde mon visage dans le creux de ses mains sans me quitter des yeux.

— Non, parce que pour la première fois depuis toutes ces années, j'ai enfin trouvé quelqu'un qui réussisse à me déstabiliser. Il a fallu que j'aille à New York pour le comprendre. Tu me manquais, j'avais besoin de voir ton visage. Le soir du concert, j'ai dû me retenir de courir pour te rejoindre. Je n'ai jamais ressenti ça.

Je veux le croire, mais c'est difficile.

— Arrête avec tes phrases toutes faites.

— Ce ne sont pas des phrases toutes faites, c'est toi qui me fais dire toutes ces choses. Je ne peux pas me l'expliquer, mais tu m'obsèdes. La façon dont tu caches ton visage quand tu doutes, la façon dont tu souris me hantent. Même en ce moment, avec ton visage plein de peinture, tu me fascines. Tu ne comprends pas ? J'ai essayé de ne plus venir te voir, mais c'est impossible, mes jambes me portent toutes seules.

Ma poitrine se serre, et je me demande si je suis dans un univers parallèle. Comment se fait-il que l'un des hommes les plus sexy de la terre pense que j'ai quelque chose de spécial ? Au mieux, je suis dans la moyenne. Au pire, il est extraordinaire.

— Tu n'es pas sérieux.

— Je suis entièrement sérieux, je n'ai jamais courtisé une fille comme ça, je ne suis jamais allé chez l'une d'entre elles, plusieurs fois. Je n'ai jamais ressenti ça.

Personne ne m'a jamais dit des choses pareilles. Tout d'un coup, j'oublie toutes les bonnes raisons que j'avais pour le faire partir. Je ne peux plus m'opposer. J'ai toujours cru que les actes pesaient plus lourd que les mots, et il est ici. Même si je n'ai rien fait pour lui faciliter la tâche, il est encore revenu.

Je me déplace légèrement, pour ne plus le toucher, parce que je ne peux plus me mentir, je ressens plein de choses. Quand il me touche, je perds un peu la tête. Eli me fait oublier à quel point je suis abimée, et je préfère ne pas l'oublier.

— Maintenant, reprend-il en laissant tomber sa main. Que veux-tu savoir à mon sujet ? Je ne veux plus que tu utilises cette excuse à nouveau.

— OK.

J'entre dans son jeu avec un peu de trac.

— Quand es-tu revenu ?

— J'ai atterri il y a une heure. J'avais besoin de te voir.

— Tu es venu directement de l'aéroport ? je demande, abasourdie. Tu ne peux pas ressentir toutes ces choses pour moi. Tu n'as pas idée à quel point ma vie est compliquée. Je n'ai pas le temps de jouer.

Il retire sa main du dossier pour se masser la nuque.

— Je ne joue pas. Nous ne sommes plus des gosses, Heather. Nous sommes tous les deux trop vieux pour tout ça. Si tu ne veux pas de moi ici, je m'en vais.

Il commence à se relever, et je panique.

— Non ! je m'écrie, puis je plaque ma main contre ma bouche.

Mais qu'est-ce que j'ai dit ? Oh non, je lui envoie des signes contradictoires.

Eli se réinstalle à côté de moi et le vert de ses yeux s'assombrit.

— Non ?

— Je ne sais pas pourquoi j'ai dit ça. Je sais que mon comportement est déroutant et stupide, mais tu peux comprendre pourquoi je suis anxieuse.

Un frisson me remonte le dos et j'inspire profondément. Il se lève et se poste devant moi.

— Je pense que tu as peur parce que tu sais que je dis la vérité, et que tu ressens la même chose.

— Tu te trompes, je réponds sur un ton que je veux sans appel.

Mais il a raison. Quand il a menacé de partir, il allait vraiment le faire, et je voulais qu'il reste. Eli est le premier à chambouler mes sentiments depuis Matt. Il me regarde sans pitié ni tristesse. Il ne sait pas quelles épreuves je traverse, et pour lui, je suis normale.

Il me regarde de la façon dont je me regardais dans le miroir, avant. C'est plus fort que moi, j'aime ça.

— Dis-moi que tu ne penses pas du tout à moi, m'ordonne-t-il. Dis-moi que pendant ma semaine d'absence, je ne t'ai pas manqué. Prouve-moi que je suis le seul à ressentir ces sentiments, Heather. Dis-moi tout ça, et je partirai. Tu ne me reverras plus jamais.

Eli me caresse la joue et je me perds dans ses yeux. Le désir remonte à la surface et me fait oublier toutes les raisons que j'ai pour le repousser.

— Je ne peux pas, dis-je sans réfléchir. Je ne peux pas le dire, ce serait un mensonge.

Ses lèvres se rapprochent des miennes et mon cœur s'emballe. Il va m'embrasser. J'ai envie qu'il m'embrasse. Je n'ai pas l'excuse d'être ivre ce soir. Je ne pourrais pas dire que j'avais trop bu pour expliquer mon geste. Je suis sobre, et je veux vivre à nouveau, grâce à lui.

— Je me disais bien, murmure-t-il avant de presser ses lèvres contre les miennes.

Je ne m'inquiète plus de rien, je ne pense qu'à nous. La bouche d'Eli caresse délicatement la mienne et ses mains sont sur mes joues. Il me serre fermement contre lui, et nos lèvres restent collées. C'est aussi bon que dans mes souvenirs. C'est meilleur que dans mes souvenirs. Mes mains s'agrippent à son T-shirt et je le serre aussi fort qu'il me serre. Je m'affranchis de toute prudence en m'autorisant une histoire avec un homme qui ne restera jamais à mes côtés, mais je n'ai plus l'énergie de me battre.

Pour l'instant, il est là.

Pour l'instant, il est vrai.

Pour l'instant, il m'embrasse.

Pour l'instant, ça me suffit.

Il glisse sa langue contre la mienne dans ma bouche. Aucun homme ne m'a embrassée ainsi. Ce baiser restera à jamais mon point de comparaison pour tous les autres. Eli m'embrasse comme s'il était affamé, c'est absurde, mais c'est ainsi que je le ressens.

Trop vite, il se détache, les yeux brûlants alors qu'il détaille chacun des traits de mon visage, les lèvres rougies par notre étreinte. Je ne veux pas me réveiller.

— Demain, me dit-il d'une voix tendue. Je passe te prendre demain matin.

— Non, je réponds en secouant vivement la tête.

Je peux penser à énormément de choses que je ne peux pas faire avec lui. Je ne peux pas me retrouver dans un magazine people. Je ne peux pas chambouler toute ma vie pour lui. Je ne peux pas fréquenter une célébrité qui me brisera le cœur. Et plus que jamais, je ne peux pas le repousser.

— Tu travailles ? me demande-t-il.

— Non, je voulais dire qu'on ne peut pas se voir dans le cadre d'un rendez-vous. Je ne sais pas ce que nous sommes en train de faire, mais je ne peux pas souffrir encore. Eli, ma vie est vraiment compliquée, je ne te mentais pas.

Pendant un quart de seconde, je peux voir que je l'ai blessé. Il se reprend rapidement et sourit.

— Qui a parlé de rendez-vous ? Je te jure que personne ne nous verra ensemble. Nous parlerons de tes problèmes et verrons comment m'inclure parmi eux.

— Je ne recoucherai pas avec toi.

Il éclate de rire et m'embrasse.

— Tout ce que tu voudras. Mets des baskets et un maillot de bain.

Eli a descendu les escaliers avant que j'aie pu lui répondre.

— Pourquoi est-ce que tu insistes autant ? Je te repousse clairement. Pourquoi est-ce que tu reviens ? je lui demande.

Il s'arrête, remonte les marches et m'attire contre lui.

— Parce que tu es différente. C'est la première fois depuis longtemps que je passe du temps avec quelqu'un qui n'attend rien de moi.

Il repousse une mèche de cheveux de mon visage.

— Tu me regardes comme un homme, pas comme une

machine à sous. Tu es superbe, obstinée, et tu as un petit truc en plus, insaisissable. Je ne te promets pas l'amour éternel, mais je veux tenter ma chance et voir où ça nous mène. Pas toi ?

Tout ce qu'il a dit résonne en moi. Je ne veux rien de lui. Peut-être que ça ne marchera pas, mais je n'ai plus envie de le repousser.

— Sans obligation ? je lui demande.

— Pas d'obligation, juste une chance.

Je ne suis pas spontanée. Je suis le genre de fille qui prévoit tout. J'aime que ma vie soit en ordre parce que le chaos règne partout ailleurs. Je ne peux pas mettre la maladie de ma sœur dans une boite, mais je peux m'assurer que mon emploi du temps ne présente aucune faiblesse. Je ne pouvais pas prévoir la mort de mes parents l'année de mes vingt et un ans, mais je peux veiller à être présente tous les jeudis soir pour donner mon cours d'autodéfense dans une association de jeunes. Eli est un électron libre. Je ne peux pas le faire rentrer dans une boite, il ne peut pas rester dans ma vie.

À ce moment-là, je sais avec certitude que c'est la dernière carte qui va faire s'effondrer mon château.

CHAPITRE DOUZE

HEATHER

Le réveil affiche quatre heures du matin et je m'étire en gémissant. Je sais déjà qu'il est inutile d'essayer de me rendormir. Mon cerveau est trop occupé à passer en revue tout ce qu'Eli pourrait avoir prévu. Je n'ai même pas pensé à lui demander à quelle heure il venait me prendre. Il est très plausible qu'il n'arrive qu'en fin de matinée, ce qui va me laisser sur les nerfs la majeure partie de la journée.

Je décide que je serai prête à parer à toute éventualité. Je ne me laisserai plus surprendre lorsque je ne suis pas à mon avantage. Non, aujourd'hui je vais veiller à être le plus sexy possible. Je sors du lit et j'allume la cafetière.

Deux heures plus tard, j'ai pris ma douche et je porte mon bikini violet foncé, un haut dos-nu blanc et un short en dentelle noire. Je veux avoir l'air naturelle, et pas du tout comme si j'avais consacré plus de deux heures à choisir cette tenue. J'ai bouclé mes cheveux qui tombent en vagues souples et je me suis même maquillée. Nicole serait fière de moi.

Je compose son numéro sur mon téléphone. Il est seulement six heures du mat', mais je m'en fiche. C'est elle qui m'a persuadée de me détendre, à elle de gérer mes névroses maintenant.

— Allo, sa voix est enrouée et endormie.

— Réveille-toi !! je hurle.

— Que se passe-t-il ? demande-t-elle inquiète. Tout va bien ?

— J'ai un rendez-vous avec Eli ! Voilà ce qui ne va pas !

Elle grogne et je l'entends s'étirer dans ses draps.

— Sérieux ? Tu m'appelles à l'aube pour me dire ça ?

— Oui, je réplique dans un souffle, c'était ton idée de génie de coucher avec lui, et maintenant il vient à la maison, il m'embrasse et il me force à aller à un rendez-vous.

Nicole ricane.

— Mais oui, il te force. J'imagine que ça doit être si dur de dire oui à l'un des hommes les plus sexy de la planète, selon le magazine *People*. Quelle torture.

D'accord, peut-être que « forcer » n'est pas le bon mot. Mais ce n'est pas moi qui ai eu l'idée de cette sortie. Je ne sais même pas où on va aller, mon seul indice est le maillot de bain, ce qui veut probablement dire que l'eye-liner n'a pas été une bonne décision. Je suis nulle à ce jeu. Je préfère tellement quand c'est moi qui commande.

Comme au travail.

— Je ne vois pas le rapport. Et ça date d'il y a trois ans. J'ai besoin que tu m'aides à me calmer. Je vais finir en PLS.

— Je croyais qu'il ne te plaisait pas, rétorque-t-elle.

— C'est vrai !

— Ce n'est pas du tout vrai.

Pour l'instant, j'aime tout chez lui. L'unique chose qui me chagrine, c'est la célébrité et le pognon. Il vit sur Harbour Island, et je n'ai pas assez d'argent pour ne poser ne serait-ce qu'un orteil sur cette île. La seule fois où j'y suis allée, c'était pour le boulot.

La panique m'envahit, et je commence à avoir du mal à respirer.

— Heather ?

— Je... ne..., je tente laborieusement,... peux pas.

— OK, – la voix de Nicole s'adoucit et se raffermit – inspire, relax. Rappelle-toi que c'est lui qui te cherche. Tu es superbe, tu es drôle et tu as une arme à feu. Tu pourras toujours lui tirer dans la queue si ça tourne mal.

Doucement, je reprends le dessus alors que j'éclate de rire à la fin de sa phrase.

— Mais qu'est-ce que j'ai dans la tête ?

— Tu penses enfin un peu à toi, ma puce. C'est bien. Tu mérites d'être heureuse et de t'amuser un peu. Arrête de trop réfléchir.

Ce qui m'inquiète le plus, c'est de me retrouver entraînée dans sa fausse vie, et de ne pas supporter le retour à la vie normale. On ne voit pas des arcs-en-ciel et du soleil tous les jours dans la vraie vie. Au contraire, il y a des nuages et des tempêtes qui m'arrachent tout ce que j'aime.

— Que se passera-t-il quand il découvrira ma vie de merde et s'enfuira ?

— Et s'il restait à tes côtés ?

À mon tour de me moquer.

— Mais bien sûr, les hommes adorent les femmes qui n'ont pas de temps pour eux.

— Tu trouveras le temps ! Tu t'inquiètes pour un truc qui ne sera peut-être pas un problème. S'il ne comprend pas ta vie, alors ouste !

— Tu as raison.

Nicole soupire.

— Je sais. Écoute, tu es ma meilleure amie, et je t'aime quand tu ne m'appelles pas au petit matin.

— Désolée.

Je m'affale sur le canapé, me détestant pour ma faiblesse.

— C'est si dur de douter de soi.

— Ne sois pas désolée, sois Heather. Sois cette fille qui n'a peur de rien, qui a confiance en elle, et qui sait exactement à quel point elle est géniale. Parce que tu l'es. Tu n'es pas cette loque que Matt a laissée derrière lui.

Encore une raison pour le détester. Quand il m'a quittée, j'ai perdu toute estime de moi-même. Bien sûr, dans une partie de mon cerveau je sais que c'est un con, mais je n'arrive pas à ne pas douter de moi. Je lui ai donné mon cœur, et il s'en est servi de paillasson.

Tout ça parce que ma sœur avait plus besoin de moi que lui.

— J'aimerais savoir où cette fille est passée, j'admets.

— Tu la retrouveras. À quelle heure il arrive ?

— Aucune idée, j'ai oublié de lui demander.

Nicole éclate de rire.

— Ça va être une journée grandiose.

Nicole me coache encore un moment et je retrouve le contrôle de mes émotions. Inutilement, car je reperds tout dès que j'entends Eli frapper à la porte.

J'inspire trois fois profondément avant d'ouvrir.

Eli est là, lunettes de soleil aviateur miroir, T-shirt blanc et short de bain bleu foncé. Ses cheveux bruns sont coiffés sur le côté. Je le trouvais sexy jusqu'à présent. Maintenant, je le trouve irrésistible. Devant moi se tient l'homme qui fait fantasmer toutes les femmes. Il respire le sex appeal.

Et aujourd'hui, j'ai un rendez-vous avec lui.

— Bonjour.

Je m'enivre de sa voix rauque et j'essaie de rester calme.

— Bonjour.

— Soulagé de voir que tu es réveillée.

Je souris.

— Nous n'avions pas convenu d'une heure, mais je suis une lève-tôt, même les jours de congé.

Ce n'est pas faux, même si je ne me lève jamais à quatre heures du mat'.

Eli baisse ses lunettes de soleil, charmeur.

— Tu es prête ?

Sa question appelle plusieurs réponses. Est-ce que je suis prête et habillée ? Oui. Est-ce que je suis prête à avoir un rendez-vous avec lui ? Non, absolument pas. Je ne suis pas prête du tout. Je suis terrifiée. Mais j'ai encore plus peur de tourner le dos à ce rendez-vous et de le regretter pour toujours.

Au lieu de partager cette pensée, j'opine.

— Je suis prête.

— Super.

— Tu peux me dire où nous allons ?

Je reste perplexe à ce sujet.

— Non, répond Eli les yeux pétillants de malice.

— OK, dis-je en cachant à peine mes réserves, qu'est-ce que je prends ?

— Rien.

Ça ne me rassure pas du tout, mais j'ai décidé de suivre son élan aujourd'hui, alors je dois lâcher prise. J'empoigne mon sac à main, je laisse mon pistolet dans le coffre-fort et je fais de mon mieux pour ne pas laisser son sourire m'éblouir.

Il me tend la main et je la prends, sachant qu'aujourd'hui, c'est lui qui mène la danse.

Je ne vois sa Bentley noire nulle part. Il me guide vers une Audi Q5 grise garée devant la maison. Il m'ouvre la porte et je grimpe. Lorsqu'il prend place près de moi, je ne peux pas détacher mes yeux de lui. Il n'est pas rasé, ce qui lui donne une allure plus sombre que le soir du concert. Je le préfère comme ça.

Eli se tourne vers moi, et je me détourne rapidement. Lorsque je le regarde à nouveau, il est clair qu'il m'a grillée en train de l'observer.

— Tu as combien de voitures ? je lui demande pour briser le silence inconfortable qui s'est installé entre nous.

— Quelques-unes.

— Ça veut dire trois ou trente ?

Eli sourit sans quitter la route des yeux.

— Quelque chose comme ça.

Je ne devrais pas être surprise, le montant de sa fortune est sur Wikipédia. Mais c'est quand même dur d'avaler qu'il gagne une année de mon salaire en une semaine.

J'essaie de trouver un nouveau sujet de conversation, un peu moins risqué.

— Tu as fait quoi à New York ?

— J'ai signé un contrat pour la nouvelle saison de *A Thin Blue Line*.

— Oh, génial !

J'avais entendu dire sur un ou deux sites de fans que la série allait peut-être s'arrêter.

— J'espère qu'ils te trouveront un nouveau partenaire. Je ne sais pas pourquoi ils s'entêtent avec cette intrigue. Tina ne va pas bien avec Jimmy. Je fais équipe avec Brody depuis sept ans, et je préférerais me jeter d'une falaise plutôt que de l'embrasser. Il faudrait que Jimmy tombe amoureux d'une femme qu'il a sauvée par exemple. Le scénario serait plus intéressant. Et d'ailleurs, ton frère dans la série *doit* arrêter de coucher avec ce mannequin. Twitter s'est enflammé quand il est retourné avec elle. Quelle salope.

Eli se tourne lentement vers moi et sourit.

— Je croyais que tu ne regardais pas la série.

Oh merde, c'est vrai, j'ai dit ça. Je ronge l'ongle de mon pouce et je hausse les épaules.

— J'ai dû voir quelques saisons, dis-je en baissant la voix graduellement pour chuchoter le dernier mot, espérant qu'il ne l'entende pas.

— Saisons ?

Pas de chance.

— Oui, bon, je voulais juste te voir charcuter ma profession.

Eli secoue la tête et me prend par la main. Ses doigts s'entre-lacent avec les miens et il les serre légèrement.

— On dirait que ça te passionne un peu plus que ça.

— D'accord, j'admets enfin. Je suis une fidèle spectatrice.

Il porte ma main à ses lèvres et embrasse les jointures.

— Je savais que tu m'aimais bien.

Je ris et je le tape gentiment sur la poitrine de nos mains jointes.

— Tu perds la tête. J'aime bien ta série, mais il faut vraiment que tu préviennes les auteurs.

— Donc toi et ton partenaire, vous n'avez jamais...

— Beurk, je me tortille dans mon siège, jamais ! Première-ment, il est marié et en plus j'étais mariée avec notre lieutenant, donc Matt n'aurait jamais laissé faire, mais...

— Tu étais mariée avec ton boss ? il m'interroge.

C'est vrai que je ne lui ai pas beaucoup parlé de moi, mais je n'en ai pas vraiment eu l'occasion non plus. J'ai mentionné mon ex-mari, mais pas en détail.

— Oui, j'ai été mariée, mais nous sommes divorcés depuis presque cinq ans. Nous sommes restés en relativement bons termes, j'imagine, sûrement parce que nous nous voyons tous les jours. Nous sommes obligés d'être décents l'un envers l'autre.

— Tu le vois tous les jours ?

— C'est mon patron. Malheureusement, cela veut dire que je dois interagir avec lui au quotidien. J'espérais que l'un de nous deux soit transféré, mais Matt a des amis haut placés dans le département.

Je peux voir qu'Eli se tend légèrement, mais s'il a d'autres sentiments, il les cache avec brio. Il doit bien savoir que j'ai un passé, tout comme lui. Autant en parler tout de suite.

En plus, je voudrais découvrir quel genre d'homme il est avant d'aller trop loin avec lui. Matt n'a pas su accepter ma relation avec Stephanie, qui est non-négociable. Si Eli peut supporter de savoir pour Matt, j'aurai le courage de lui parler de ma sœur.

— J'aurais du mal à garder contact avec mon ex. Surtout si je suis armé.

J'éclate de rire.

— C'était très tentant au début. Mais Matt n'est qu'un connard égoïste, il ne vaut pas la peine d'aller en prison.

Il me caresse de son pouce et ma peau réagit au quart de tour. Comme je m'en étais doutée, nous arrivons au portail de Harbour Island. Je vois bien le contraste entre sa vie et la mienne. Eli scanne sa carte qui permet l'ouverture des portes.

Mon niveau d'anxiété remonte. Les raisons pour lesquelles j'aurais dû refuser affluent toutes à la surface. Je suis assise dans l'une de ses nombreuses voitures, entrant dans un quartier rempli de bâtisses si luxueuses que je ne pourrais même pas m'en payer un mètre carré. Je suis entièrement hors de mon élément. J'ai été folle de penser que quoi que ce soit puisse arriver entre lui et moi. Je n'ai rien à faire ici.

Nous remontons une rue ; les maisons sont de plus en plus grandioses, et mon désespoir de plus en plus palpable.

Il arrête le véhicule et se tourne vers moi.

— Tu vas bien ?

— Oui. Non. Je ne sais pas vraiment, finis-je par admettre.

Il lâche ma main et me fait face.

— Tu m'expliques ?

Sa voix est légère, mais je peux lire l'inquiétude dans ses yeux.

Mon estomac se creuse quand je vois la gigantesque demeure qui doit être la sienne. Je la désigne d'un geste.

— Ça. Je vis dans une maison délabrée, qui rentrerait probablement dans ton allée. Ce n'est qu'une seule des raisons qui font que je te repousse. Nous vivons dans des mondes si éloignés, et ça me fait très peur.

Eli soupire, sort de la voiture et fait le tour pour venir de mon côté.

Ça, je ne m'y attendais pas. Il va me demander de sortir de sa bagnole ? Il faut que j'appelle un taxi ? Il va me laisser plantée là ?

Ma portière s'ouvre. Il me prend par la main pour m'aider à descendre. Après un long soupir, il retrouve la parole.

— Je ne t'ai pas amenée ici pour te montrer à quel point nos mondes sont différents. Pour être honnête avec toi, j'ai vécu dans les mauvais quartiers de Tampa, mais je crois que tu le sais déjà. L'argent ne nous définit pas, c'est ce que l'on a dans le cœur qui compte.

— Ce n'est pas ce que je voulais dire, j'essaie de rectifier en me détestant pour ce que j'ai laissé entendre.

Eli a été un parfait gentleman depuis le début, et mes insécurités sont en train de tout gâcher.

— Je voulais seulement passer la journée avec toi, discuter. Et on sera tranquille ici. Je suis une personne comme une autre, Heather. Au bout du compte, tu penses peut-être le contraire, mais je suis juste un homme.

— Je suis sincèrement désolée, je réponds immédiatement. Je ne voulais pas péter un plomb.

Nos corps se touchent pratiquement, et je lâche une de ses mains pour lui caresser la joue.

— Tu es plus que juste un homme à mes yeux. Tu es un homme qui me rappelle que je suis une femme. Tu me regardes comme si j'étais spéciale, et c'est dur à admettre. Tu es encore plus que ça. Tu es l'homme dont j'ai rêvé toute ma vie, mais là, c'est la réalité.

Les bras d'Eli se resserrent autour de ma taille.

— J'ai envie d'être Ellington aujourd'hui. Pas Eli Walsh, l'acteur et le membre de FBD. On peut essayer ? D'être juste... nous-mêmes ?

Quelle idée parfaite. On laisse tomber tout ce qui nous entoure et on apprend juste à connaître la personne devant nous. Je désire ardemment savoir qui il est réellement.

— On sera juste nous deux ?

— Nous deux et personne d'autre, répond Eli en effleurant mes lèvres.

— Alors, ravie de faire ta connaissance Ellington.

Je soupire dès que son nom tombe de ma bouche.

— Moi aussi, Heather.

Je me penche en avant et je l'embrasse légèrement sur la bouche. Je sens la chaleur de son sourire sur le mien, et il me relâche tendrement. Eli me prend par la main et me guide vers la maison.

Il ouvre la porte et je reste bouche bée. Je n'ai pas de mots pour décrire ce que je vois.

Son entrée est encadrée de deux énormes escaliers qui desservent un balcon. Je vois deux pièces de chaque côté de l'endroit où je me trouve, dont l'une est une bibliothèque. Pas quelques livres sur une étagère. Non. Les murs sont entièrement recouverts. Nous franchissons un autre palier et pénétrons dans ce qui semble être un salon formel.

— Waouh, dis-je impressionnée.

— J'ai acheté cet endroit il y a quelques années. J'aime bien rendre visite à ma mère ici à Tampa, et Randy vit sur Sanibel Island. Ça m'a paru un bon moyen.

— Il n'y a rien de moyen ici, Eli. Cette demeure est monumentale.

Ma voix faiblit un tantinet alors que nous continuons notre progression dans le couloir.

J'arrête de compter les pièces, car le nombre dépasse celui que je croyais être vu de l'extérieur. La maison semble s'étendre de plus en plus, et lorsque nous atteignons l'arrière, de grandes baies vitrées s'ouvrent sur la mer.

— Tu as besoin de quelque chose avant d'y aller ? me demande-t-il.

— D'y aller ?

— Oui, répond-il en rigolant.

Il me désigne la jetée.

— C'est mon bateau, nous allons passer la journée en mer.

Je me tourne vers lui, tout sourire. J'adore l'eau. Mes souvenirs préférés sont sur un bateau avec papa quand j'étais gosse. Toutefois, le bateau n'avait rien à voir avec l'engin énorme amarré sur la jetée.

Eli s'approche et repousse mes cheveux en arrière.

— Ça te convient ?

J'opine.

— C'est parfait.

Il me montre la salle de bain. Une fois la porte refermée, je remets de la crème solaire, je retouche mon maquillage et j'adresse une prière silencieuse à Dieu pour ne pas avoir le mal de mer. Ça fait longtemps que je ne suis pas sortie sur l'eau, et ça ne serait vraiment pas de bol.

Nous montons à bord, et je visite les deux chambres, la cuisine, la salle de bain et le salon. C'est une maison qui tangue. Après m'avoir tout montré, Eli prend les commandes du bateau.

Je le regarde barrer et me retiens de soupirer. Tout ce qu'il fait est sexy. La façon dont ses muscles roulent sous sa peau quand il manœuvre. La façon dont ses sourcils se froncent lorsqu'il se concentre. Je pourrais juste rester là des heures à le contempler. Je suis tellement fascinée que je ne remarque même pas que nous sommes sortis du chenal.

— Tu veux venir aux commandes ? me propose-t-il en interrompant mes pensées.

— Je n'ai jamais conduit un bateau.

— Je vais te montrer, m'encourage-t-il dans un sourire.

Il fait un pas en arrière pour me laisser la place devant lui.

Je suis trop excitée pour refuser, alors je me dirige vers lui et me faufile dans cet espace. Mes mains s'agrippent sur le gouvernail et je me retourne rapidement.

— C'est bien, tiens-le fermement, et tourne lorsque tu veux changer de direction.

Eli est derrière moi, sa poitrine contre mon dos, et je m'appuie contre lui.

— Tu t'en sors très bien, murmure-t-il dans mon oreille.

— Je n'ai aucune idée de ce que je suis en train de faire, je lui avoue.

— Va vers la droite, je connais un excellent spot de pêche par là.

Les mains d'Eli viennent se poser sur les miennes. Il ne dirige pas le bateau, il est juste là. J'ai envie de fermer les yeux et de me laisser aller. Nos corps sont collés et ses bras puissants me rassurent.

Nous restons immobiles quelques instants, sans vraiment conduire, à la dérive.

Eli ralentit le bateau et m'attire à lui alors qu'il tient la barre.

Je songe à voix haute, les yeux perdus sur l'horizon :

— J'ai l'impression que nous sommes seuls au monde ici.

Il m'embrasse sur l'épaule.

— C'est le cas.

Je me retourne vers lui dans un sourire.

— Résumons : tu es marin, chanteur, acteur et pêcheur ?

— Je suis un homme aux multiples talents.

J'éclate de rire sans retenue.

— Tu es un sacré numéro.

— Viens, on va voir si on arrive à attraper notre déjeuner.

Nous nous déplaçons vers la proue, où deux cannes à pêche sont déjà installées. Nous tirons nos lignes et appâtons nos hameçons, avant de les lancer au large. Je me repose sur un banc et j'observe l'océan. Les reflets bleus et verts du soleil jettent des éclats d'argent tout autour de nous. Le ciel est très dégagé et les nuages parsemés sont gros et cotonneux. Je désigne un nuage en forme de dinosaure, mais les mots restent coincés dans ma gorge. Eli est torse nu, et j'en ai l'eau à la bouche.

Oh mon Dieu.

Son corps ravive le souvenir de notre première nuit. Seulement là, il fait jour. Le soleil brille sur sa peau parfaite et cette vision me coupe le souffle. Je l'observe se déplacer sur le bateau, tirer quelques cordes sur le pont tout en me délectant de sa poitrine. Les tatouages dessinés sur ses bras, son épaule et sa hanche soulignent son sex appeal. L'encre ne m'a jamais semblé si sexy. Mes doigts brûlent de tracer leur contour sur sa peau, de sentir ses muscles, sa chaleur et de m'y perdre.

— Viens t'asseoir près de moi, m'invite Eli en me tendant la main.

Je me force à regarder ailleurs alors que je lui donne la mienne. Il me guide vers un canapé sous un auvent rétractable, et s'installe dans un coin en m'attirant près de lui. Je repose naturellement ma tête sur sa poitrine en respirant l'air marin à pleins poumons.

— Je suis heureux que tu sois venue.

Sa voix profonde vibre à travers moi.

— Moi aussi.

— J'aimerais savoir quelque chose, réclame-t-il.

— Quoi donc ?

— Une vérité, je n'ai pas souvent droit à la vérité avec les gens.

Une vague de tristesse m'envahit à ses mots. J'ai du mal à imaginer sa vie. Une bataille constante contre la sensation que les autres cherchent seulement à profiter de lui. Je suppose que les gens sont rarement honnêtes avec lui, ou qu'ils veulent obtenir quelque chose de lui. J'en suis désolée ; il doit se sentir seul.

Je me redresse pour le regarder droit dans les yeux.

— Je ne te mentirai pas, demande-moi ce que tu veux.

Il sourit et s'approche encore plus de moi.

— Pourquoi ta vie est-elle compliquée ?

Je soupire et j'évite son regard.

— Il y a des tas de choses.

— Ton ex.

Je ris jaune.

— Si seulement il n'y avait que lui.

— Heather, – Eli prononce doucement mon nom – je veux te connaitre, vraiment. Je suis sûr que tu sais déjà les choses que les magazines racontent sur moi, mais ce n'est pas vrai.

— Qui es-tu alors ?

Je préfère largement parler de lui plutôt que de lâcher le morceau sur moi.

— Je suis un frère, un oncle et un fils. Mon père est mort quelques années après nous avoir abandonnés. Nous étions terriblement pauvres, et j'ai fait tout ce que j'ai pu pour ne jamais revivre ça. La plupart du temps, je préfère être acteur plutôt que chanteur, mais FBD fait partie intégrante de ma vie. Je suis vieux et croulant, et je suis fatigué d'être tout le temps en colère, surtout au sujet de choses sur lesquelles je n'ai aucun contrôle. Et c'est la première fois que j'ai autant de mal à courtiser une fille, surtout après une première nuit comme celle qu'on a connue.

Je rigole doucement et je lui tape la cuisse.

— Je ne te mentais pas quand je te disais que je n'étais pas habituée à ça. Je n'ai pas de rendez-vous galants. Je n'ai pas le temps pour un homme. J'ai abandonné l'idée de refaire ma vie quand mon ex est parti.

— Moi aussi, répond-il sincèrement. Nous avons tous eu mal, Heather.

Je me souviens qu'il y a quelques années, la rumeur d'un mariage courait à propos d'Eli. Mais il ne faut pas croire tout ce qu'on lit. Je ressens une pointe de curiosité et j'essaie de contenir le flic en moi qui voudrait l'interroger.

— Tu as eu une histoire sérieuse, non ?

Eli se décale, et je me tourne entièrement vers lui.

— Je n'en parle pas souvent. Elle s'est foutue de moi. Penelope était très forte à ce jeu. J'ai découvert qu'elle couchait avec mon ancien agent, un jour où je suis rentré plus tôt que prévu d'un voyage pour la surprendre. Nous faisions face à une crise personnelle, et au lieu de se confier à moi, elle est allée vers un autre homme. Elle m'a démoli.

— Je suis désolée, c'est horrible.

Je serre sa main pour le réconforter.

Il expire bruyamment.

— Je ne vais pas te mentir. Je n'avais aucunement l'intention de m'engager à nouveau avec une femme. C'est probablement de là que viennent toutes les rumeurs qui me décrivent comme un tombeur. Je ne triche pas, et je suis honnête. Mais, on me prête des tonnes de liaisons. C'est plus facile de garder une certaine distance, et les filles savent toujours à quoi s'en tenir.

J'ai déjà entendu tout ça. Du coup, je me demande ce que nous faisons ici. Je n'attends pas quelques promesses magiques, mais je ne veux pas d'un mec qui a d'autres relations.

Mon cœur s'accélère alors que je me prépare à poser ma prochaine question.

— Mais qu'est-ce que tu veux avoir avec moi, alors ?

Je peux lire toutes ses émotions dans ses yeux grand ouverts.

— Plus, je veux plus.

— Et quand tu comprendras que je ne vaux pas plus ?

Il secoue la tête.

— Et si tu valais encore plus que tout ça ?

— Tu as seulement passé quelques heures en ma compagnie, tu ne peux pas...

— Je te donne ma vérité, m'interrompt-il doucement. Tout ce que je te demande en retour, c'est un peu de la tienne.

Ma vérité, c'est que j'ai peur de tomber amoureuse de lui. Ma mère et mon père sont partis, mon mari m'a quittée, ma sœur partira bientôt, et ce qui m'effraie le plus, c'est de m'attacher à quelqu'un qui me quittera également. À cet instant, Eli ne sait rien de moi. Il a à peine effleuré la superficie. Dès que je lui donnerai ma vérité, je lui donnerai un bout de moi.

Et puis merde. Ce n'est pas comme s'il pouvait s'échapper, nous sommes au milieu de l'océan. Et puis si je me lance, si on se donne une chance, il faut qu'il sache.

— Ma sœur est mourante. Elle a vingt-six ans et la maladie de Huntington, c'est une maladie dégénérative rare.

Ses yeux s'écarquillent, et il inspire bruyamment.

— Je ne sais pas quoi dire... Est-ce qu'on peut faire quelque chose ?

Je secoue la tête.

— Non, c'est terminal. La maladie de Stephanie occupe chaque minute de ma vie. Stephanie *est* toute ma vie.

Eli prend ma main dans la sienne.

— Je suis désolé. Je ne sais pas ce que ça doit être.

Je pars d'un rire sarcastique :

— Ha ! C'est atroce. Elle a eu son diagnostic à dix-neuf ans et depuis, son état n'a fait que de se dégrader. Mon mari m'a quittée parce que je devais m'occuper de Stephanie à temps plein. Je ne pouvais pas être la femme parfaite pour lui, car je passais trop de temps auprès de ma sœur mourante.

— Il est parti pour cette raison ? demande Eli sur un ton qui trahit son dégoût.

Je plonge dans ses yeux vert émeraude et soupire.

— Il n'a pas supporté.

— C'est un gros connard.

C'est une façon de le décrire.

— Je t'en parle maintenant, parce que quoi qu'il se passe plus tard entre nous, je refuse que ça ait des conséquences sur ma sœur.

La main d'Eli se resserre, et il se tourne brusquement vers moi.

— Des conséquences ?

— Oui, je ne pourrai pas te suivre à New York, ou passer du temps loin d'elle. Je ne peux pas me laisser entraîner dans cette... relation avec toi, et rater le peu de temps qu'il me reste avec elle. C'est ce qui me fait peur. Ça et le fait que tu es... toi. Je ne fais pas partie de ton univers. Je ne veux surtout pas avoir de regrets concernant ma sœur.

— Je ne te demanderais jamais une chose pareille. Je ne te demanderais jamais de faire un choix. Et ton ex, c'est un gros con. Il n'aurait jamais dû te mettre dans cette position de choisir entre ta sœur et un homme. C'est ridicule. J'ai un frère, et si c'était lui, je ne le quitterais pas d'une semelle.

Un petit bout de mon cœur se raccommode. Je regarde au fond de ses yeux et j'attends de voir s'il change d'avis. N'importe quel signe qui me montrera qu'il ment. Mais rien ne vient.

— Tu ne peux pas être si parfait Eli.

Il éclate de rire.

— Je suis loin d'être parfait, bébé.

— Tu es gentil, tu es drôle, et tu es incroyablement sexy.

— N'oublie pas que je suis aussi un Dieu du sexe.

Je secoue la tête.

— Vantard.

— Continue à me lister mes extraordinaires qualités, me taquine-t-il.

Au lieu de ça, je me penche en avant et je l'embrasse doucement sur les lèvres.

— Ne me fais pas croire que tu es génial, pour me briser le cœur ensuite.

Les doigts d'Eli caressent mes cheveux.

— Ne me fais pas trop galérer pour te conquérir.

Mes défenses gisent au sol, et il attire ma tête vers lui.

— Qu'est-ce que tu es en train de me faire ?

— Je te fais ce que tu me fais : je te désarme.

CHAPITRE TREIZE

ELI

Embrasser Heather est une toute nouvelle expérience pour moi. J'ai embrassé beaucoup de filles, mais elle me fait perdre toute conscience de tout ce qui nous entoure. C'est comme si le monde s'arrêtait de tourner quand elle est avec moi. Le premier soir, j'ai cru que cet effet provenait des endorphines du concert et des applaudissements.

Je me suis dit que je l'oublierais vite et que je passerais à autre chose.

Aujourd'hui, c'est pire.

Elle s'ouvre à moi, elle me montre qui elle est sous la surface, et putain, c'est magnifique.

Tout en elle me donne envie de me mettre à genoux. Comment est-ce que les gens peuvent passer à côté d'elle sans la voir ? Je n'y comprends rien. L'idée que son gros con de mari puisse la quitter est inconcevable. Qui pourrait quitter quelqu'un d'aussi merveilleux ? Cela va au-delà de sa beauté. Elle est intelligente, drôle, solide, parfois trop solide. Elle fait souffler un vent d'espoir sur ma vie alors que je pensais que c'était impossible.

— Mon Dieu, tu embrasses bien, lâche Heather dans un souffle avant de recoller ses lèvres aux miennes.

J'empoigne ses cheveux blonds et je pousse ma langue au fond de sa bouche. Je sens le goût de menthe du chewing gum qu'elle mâchait tout à l'heure. La main douce d'Heather remonte ma poitrine et vient caresser ma mâchoire. Je m'appuie sur le dossier et l'attire à moi. Je suis pratiquement allongé, et je sens son poids sur moi.

Nos langues se caressent, se repoussent dans une bataille constante pour le contrôle de l'autre. Je ne la laisse pas faire. Je la combats pour la dominer. Je veux qu'elle se laisse aller et qu'elle me donne les rênes. Honnêtement, au plus elle résiste, au plus j'ai envie d'elle.

Je serre les doigts dans ses cheveux, excité par son gémissement dans ma bouche. Ses bruits me chauffent encore plus, à tel point que ma queue risque d'exploser juste en s'embrassant. Ça ne serait pas du tout gênant... Je vois d'ici les gros titres : La Star du Rock Éjacule Partout Pendant La Baise, voir page sept. Heureusement, je me contrôle, car le seul endroit où j'ai envie d'éjaculer, c'est en elle. Et cela me sera peut-être fatal si je n'y arrive pas très vite.

Mes lèvres glissent sur la peau de son cou et de ses épaules.

— Tu es magnifique, je murmure contre elle. Chaque centimètre de toi est parfait. Je peux fermer les yeux et revivre cette nuit comme si c'était hier.

Elle lâche un son rauque quand ma main vient caresser sa somptueuse poitrine. Sentant son poids remplir ma main, je pétris la chair et effleure le téton.

J'aime les seins, je les ai toujours aimés. Les nichons sont un cadeau du ciel. C'est normal que les hommes n'en aient pas. Si on en avait, on jouerait avec toute la journée. Assis sur les toilettes, je me tripoterais, et sous la douche, je n'en finirais pas de me les savonner. Je sais que ça a l'air dingue, mais c'est vrai.

— Dis-moi que je ne rêve pas, demande-t-elle.

— Tu ne rêves pas, je lui confirme en détachant le nœud de son bikini.

Je le garde en place, parce que je veux que ce soit elle qui prenne l'initiative. Si elle veut baiser et s'enfuir, j'espère qu'elle sait nager.

Sa main rejoint la mienne et elle tire les ficelles, se découvrant pour mon plus grand plaisir. Sa poitrine me met l'eau à la bouche ; je rêve de la goûter à nouveau. Je me décale pour qu'elle me chevauche et je frotte ma queue contre la moiteur de sa chatte, désespéré de ne rien sentir d'autre que cette chaleur. Ma bouche attrape un téton, enfiévré par sa main qui me dirige exactement où elle veut. La sensation de ses mains et de son désir me fait sucer plus intensément.

Sa tête retombe en arrière et je sens les pointes de ses cheveux me caresser les cuisses alors qu'elle se presse contre moi.

— J'ai envie de toi, confesse-t-elle.

J'ai tellement envie d'elle que j'oublie de respirer. Mais je ne veux pas l'effrayer. Nous avons franchi une étape décisive hier. Elle ne m'a pas demandé de partir et ne m'a pas repoussé. Comme si elle acceptait finalement de nous donner une chance.

Je ne veux surtout pas revenir en arrière. Toutefois, je ne vois pas comment je pourrais lui dire non. Ma queue est dure comme de la pierre, c'est impossible.

— Regarde-moi, bébé.

Ses yeux plongent dans les miens et je peux voir son désir brûlant. Au-delà de ce désir je lis une profonde inquiétude.

Cette inquiétude me va droit au cœur et je me sens soudain idiot. Je vais le regretter plus tard, mais il n'est pas question que je lui fasse du mal. Mon seul objectif est de l'amener à m'accepter, je dois y travailler encore. Il me faut gagner sa confiance, au point que, quand je regarde dans ses yeux, je n'y voie que du désir. Pas de l'appréhension.

Ces mots me semblent étrangers, mais c'est exactement ceux que je dois lui dire. Je ne vais pas lui sortir une phrase toute faite, je vais lui confier la vérité.

— J'ai envie de toi, j'ai tellement envie de toi que je vais regretter ce que je vais te dire, mais je ne veux pas juste te baiser.

— Quoi ? demande-t-elle les yeux écarquillés.

Elle se couvre rapidement la poitrine.

Je vais très certainement me botter mon propre cul tout à l'heure.

— J'ai l'impression qu'on avance, et je t'ai promis que nous ne coucherions pas ensemble. Je t'ai promis un rendez-vous.

Heather me fixe avec curiosité, souhaitant très probablement m'humilier et me jeter par-dessus bord. Bordel, je le ferais si c'était moi. Mais je vois autre chose sur son visage.

Une pointe d'hésitation.

Une pincée de doute.

Un soupçon de respect.

Pour la première fois depuis un long moment, je m'en réjouis longuement.

Elle décroche ses jambes et se décale pour s'asseoir à côté de moi. Je la regarde réajuster son bikini, ce qui me désole intérieurement, et j'attends qu'elle parle. Quand elle se tourne finalement vers moi, elle sourit.

— Merci.

— Ne me remercie pas ; je commence à sérieusement regretter ce que j'ai dit, je réponds dans un sourire.

Je le regrette, mais je parle avec légèreté.

Heather rit timidement. Elle ramène ses jambes sous elle.

— Je ne sais pas si tu comprends vraiment ce que tout ça signifie pour moi Ellington.

Ma queue reprend du service dans mon short lorsqu'elle prononce mon nom entier.

— J'aurais...

Elle fixe l'horizon avant de reprendre.

— Je ne t'aurais pas dit non, et je me serais probablement détestée pour cette faiblesse à ton sujet.

— Je dirais que ce n'est pas toi qui es faible.

La voilà, la vérité. Je suis l'idiot qui courtise une fille. Ce n'est pas Heather qui est venue chez moi, ou qui a passé une semaine à négocier un contrat, pour finalement accepter moins d'argent car elle ne pensait qu'à rentrer chez elle. Je pourrais mentir et dire que cela n'avait rien à voir avec elle, mais fini les mensonges. J'avais l'impression d'être aimanté et ramené à elle par un champ magnétique. Heather ne s'en rend peut-être pas compte, mais je suis bien dans la merde.

Heather confesse dans un soupir :

— Je m'attends à me réveiller de ce rêve à tout moment.

Qu'un homme comme toi puisse remarquer une femme comme moi... Mais il y a autre chose. Je veux être avec toi, même lorsque je ne le devrais pas, alors ne fais pas l'erreur de croire que si je te repousse, c'est parce que je suis solide.

Je me relève et je l'attire dans mes bras.

— Je ne le crois pas. Je sais que tu en as autant envie que moi. Je sais que ta bataille contre moi est aussi rude que ta bataille contre toi-même. J'ai entendu ce que tu m'as dit sur ta vie, mais je ne vais pas m'enfuir.

Ses mains sont posées sur mon torse et elle renverse la tête en arrière pour me regarder.

— J'espère que tu es sincère, parce que j'aime l'idée que tu fasses partie de ma vie.

— Aaah, je lâche en la serrant encore plus fort. Je savais que je finirais par gagner.

— J'imagine que mon type d'homme idéal, c'est un acteur qui, par le passé, a fait partie d'un boys band qui déchire.

— Par le passé ?

Elle hausse les épaules. Je lui en foutrais des « par le passé ».

— Je te signale que j'ai plusieurs disques de platine à mon actif. Mon groupe fait bien plus que déchirer.

— Si tu le dis, réplique-t-elle en faisant la moue.

Oh elle va payer son insolence.

— Ça suffit !

Je la soulève rapidement dans mes bras et je me déplace vers le bord du bateau.

— Dis que tu es désolée !

— Tu n'oseras jamais, hurle Heather.

— Ah, tu crois ça ?

Je ne la jetterais pas par-dessus bord, mais je serais capable de sauter pour nous mettre tous les deux à l'eau.

— Eli !

— Dis-le Heather, dis : « Eli est le meilleur chanteur du monde et tous les autres artistes lui envient son talent. »

Je ne fais pas dans la dentelle, mais je veux l'entendre prononcer ces mots.

— Tu es complètement fou !

Elle rit aux éclats alors que je me rapproche du bord.

— Eli ! Stop ! Je t'en prie !

— Tout ceci pourrait prendre fin si facilement, je la réprimande en riant.

Elle s'agrippe à la taille de mon short et hurle à nouveau.

— Je t'en prie, je ne sais pas nager !

Je la pose immédiatement et je la tiens par les épaules.

— Je ne savais pas, je ne l'aurais jamais fait.

Elle éclate de rire en se tenant le ventre.

— Nomme une seule personne qui vit en Floride et ne sait pas nager. Tu es trop naïf !

Je fais un pas en avant, mais elle esquive rapidement. Nous jouons au chat et à la souris pendant un moment, et je finis par l'attraper. Quand nos lèvres s'effleurent, je comprends enfin que cette fille qui m'obsède est en train d'élire domicile dans mon cœur.

— Bonjour, dis-je en souriant à la réceptionniste. Je rends visite à quelques patients aujourd'hui, dont Stephanie Covey.

J'espère qu'elle a le même nom de famille qu'Heather.

Ses yeux s'écarquillent et elle reste bouche bée. J'attends patiemment qu'elle se reprenne.

— Hum, oh, hum Eli, je veux dire, M. Walsh, bien sûr.

Elle tape quelques mots sur son clavier d'ordinateur, en essayant de masquer la rougeur de ses joues avec ses cheveux.

— Prenez le temps qu'il vous faut, je lui assène avec mon petit sourire désarmant que je réserve pour les concerts et les photos.

Elle mordille sa lèvre et lâche un rire nerveux.

— Stephanie Covey, oui, chambre 334.

La célébrité confère certains avantages, l'un d'entre eux est que les gens en face de soi tendent à oublier certaines choses comme la confidentialité. C'est pourquoi le jour où j'aurai besoin de soins médicaux, j'irai dans une clinique privée.

— Merci, mademoiselle !

Je dépose une des fleurs du bouquet de Stephanie devant elle avec un clin d'œil.

Je ne connais personne qui fait des clins d'œil dans la vraie vie, mais apparemment, quand on est célèbre, c'est un moyen testé et approuvé de séduire une femme.

La réceptionniste serre la fleur contre sa poitrine avec de grands yeux. Ça marche à tous les coups.

Peu après avoir déposé Heather chez elle, j'ai élaboré un plan. J'ai un événement important qui approche et je veux en faire quelque chose de spécial pour elle. Elle prend soin des gens. Elle sacrifie tout pour ceux qu'elle aime.

Son ex-mari est un putain d'idiot, mais je lui suis reconnaissant, parce qu'il m'a laissé une chance de la connaitre. L'erreur d'un homme devient la chance d'un autre, et en ce qui me concerne, Heather, c'est le trésor au bout de l'arc-en-ciel.

Je prends mon téléphone et je lui envoie un message :

Moi : Tu penses à moi ?

Heather : Oh mon dieu ! Tu n'as quand même pas enregistré ton numéro dans mon téléphone sous le nom **Don du ciel fait aux femmes** *??!*

J'ai dû programmer moi-même mon putain de numéro dans son téléphone après notre journée en mer. Elle refusait de le faire, arguant qu'elle aimait bien quand j'arrivais par surprise.

Moi : Ce n'est que la vérité. Toutefois, tu ne m'as toujours pas dit si tu pensais à moi.

Heather : Non, pas une seule fois. D'ailleurs, qui êtes-vous, monsieur ?

Je lâche un éclat de rire.

. . .

Moi : Menteuse. Tu sais exactement qui je suis, bébé. Mes oreilles sonnent ou grattent depuis tout à l'heure. Ce qu'elles sont censées faire quand les gens pensent à toi. Je me suis dit que je devais régler ce problème.

Heather : C'est un ORL qu'il te faut. On dirait que tu es malade.

Moi : Touché en plein cœur.

J'adore qu'elle puisse se moquer de moi sans arrière-pensée. Les autres filles prendraient des pincettes, mais pas elle.

Heather : En fait, je pensais à toi tout à l'heure. Cette fille m'a appelée pour me dire combien elle adorait les Four Blocks Down, une chouette nana.

Moi : Tu vois ? Si tu avais pris mon numéro, sans que j'aie besoin d'agir dans ton dos, tu aurais pu m'appeler. J'aurais pris grand soin de cette fan.

*Heather : C'est bon à savoir. Je te promets de t'appeler chaque fois que quelqu'un te compare à un Dieu. *excédée**

Je l'imagine prononcer ces mots, jusqu'à la pointe de sarcasme dans sa voix. À ce moment précis, je l'apprécie plus que je ne le croyais possible.

Moi : Je passerai te prendre à sept heures du matin jeudi.

Heather : Ah bon ?

Moi : Oui, je voudrais te montrer quelque chose.

Heather : J'imagine que je peux libérer un créneau.

Moi : Ça me touche.

Heather : Sérieusement, ça dépend si Stephanie sort de l'hôpital. On peut improviser ?

Je ne me tiendrai jamais en travers de sa relation avec sa sœur. C'est pourquoi je suis ici. C'est une chose de faire de grandes promesses, c'en est une autre de passer à l'action. Elle n'aura jamais à douter de moi, c'est ce que je cherche à lui prouver.

Moi : Bien sûr. Je te rappelle.

*Heather : Merci Eli. Et je pensais vraiment à toi. (Ne prends pas la grosse tête) *clin d'œil**

Je souris encore lorsque je me décide enfin à laisser le mur contre lequel j'étais appuyé pour longer le couloir. Un sentiment de trac auquel je ne suis pas habitué m'envahit alors que j'approche de la chambre de Stephanie.

Et si elle ne savait pas que sa sœur et moi étions... quelque chose. Est-ce que je vais mettre Heather en colère ?

Au lieu de me prendre la tête, je me jette à l'eau. Je tape à la porte et je prie pour que tout se déroule comme prévu.

— Qu'est-ce que c'est ? Je dors.

La voix est glacée et provient du lit.

— Désolé, je m'excuse.

Elle regarde dans ma direction et produit un son aigu.

— Putain de merde !

— Salut Stephanie, j'ajoute. Je peux entrer ?

— Oh. Mon. Dieu, hurle une fille qui ressemble comme deux gouttes d'eau à Heather, mais en brune. Tu es Eli Walsh, tu as couché avec ma sœur !

Voilà qui répond à ma question de tout à l'heure.

— Merde !

Elle plaque une main contre sa bouche dans un geste qui me rappelle énormément Heather.

— Le seul et l'unique, à moins qu'elle ne collectionne les mecs qui s'appellent Eli Walsh ?

Elle secoue la tête, la main toujours sur son visage.

— Je voulais te rencontrer, j'espère que je ne te dérange pas ?

Je sais que la sœur d'Heather est primordiale, et je veux qu'elle sache que je comprends. Contrairement à son gros con d'ex-mari.

Elle glisse une mèche de cheveux derrière son oreille et se redresse.

— Pas du tout ! Enfin, non ça ne me dérange pas. Je n'arrive pas à croire que tu sois ici, dans ma chambre d'hôpital, et que tu connais mon nom.

— Ta sœur parle beaucoup de toi, je lui explique.

— Elle a besoin d'une vie à elle.

J'ignore cette dernière pique, car ce n'est pas mon rôle de critiquer. Je sais à quel point il est facile de se laisser dépasser dans la vie.

— Dis-moi, comment vas-tu ?

— Mmmh, hésite-t-elle en faisant la moue. Moi ? C'est une bonne journée. Je rentre chez moi demain.

— C'est une excellente nouvelle, mais je crois qu'Heather pensait que tu rentrerais aujourd'hui.

Stephanie se mordille la lèvre en regardant par la fenêtre.

— Ils me gardent un jour de plus parce que j'ai passé une mauvaise nuit.

Merde, je ne sais pas si mon plan va marcher.

— C'est embêtant.

— Non, ça va. Mon traitement me donnait des palpitations, mais tout va bien depuis douze heures. S'il te plaît, n'en parle pas à ma sœur. Si je fais la moindre allusion au plus petit incon-fort, elle va me bassiner des heures sur toutes les raisons pour lesquelles je dois l'appeler dès que j'ai un pet de travers. Ma vie entière se résume à l'enchaînement de problèmes médicaux. Il faut croire qu'elle a envie de passer toute la journée pendue au téléphone.

Stephanie parle si vite qu'elle reprend à peine sa respiration.

Je laisse échapper un éclat de rire malgré moi. Il est certain qu'Heather serait furieuse. Elle est si généreuse et protectrice envers Stephanie. Mon frère agirait pareil avec moi. Randy peut sembler être un trou du cul à première vue, mais si un jour j'avais besoin de lui, il serait là pour moi.

— Tu peux être tranquille, je ne dirai rien.

Je m'approche du lit et lui tends le bouquet.

— C'est pour toi.

— J'y crois pas, tu as amené des fleurs. Tu dois vraiment apprécier ma sœur.

— Oui, je l'apprécie énormément.

Je n'ai jamais compris l'expression « Quand ça t'arrivera, tu sauras ». J'ai toujours cru que c'était un truc à l'eau de rose. Pourtant, au fil des années, j'y trouve une part de vérité. J'ai toujours su au fond de moi que les filles qui partageaient mon lit n'en valaient pas la peine. Je ne les ai jamais présentées à ma mère.

Peut-être que je vieillis.

Peut-être qu'elle est différente.

Quelle que soit la raison, je sais.

Stephanie rayonne, et sa bonne humeur est contagieuse.

— Elle a besoin de quelqu'un qui prendra soin d'elle. Je sais qu'elle fait comme si ce n'était pas le cas, mais c'est vrai.

Ces deux-là prennent à cœur le bonheur de l'autre.

Stephanie s'inquiète pour Heather qui passe son temps à se faire du souci pour elle.

— On a tous besoin de quelqu'un, pas vrai ?

Elle opine.

— J'adorerais rester là à prétendre que tu es ici parce que je suis si formidable, et que tu brûles de me connaitre mieux, mais dis-moi la vraie raison de ta présence.

Je m'approche d'elle avec un sourire. Heather n'a pas idée

de la surprise que je suis en train de lui préparer, et j'espère qu'elle lui dévoilera une nouvelle facette de ma personnalité. Je fais beaucoup de choses qui n'ont rien à voir avec la musique ou Hollywood. Et je voudrais que sa sœur fasse partie de la surprise.

J'ai hâte de voir la tête d'Heather quand elle comprendra.

— Est-ce que tu sais mentir à ta sœur pour la bonne cause ?

CHAPITRE QUATORZE

HEATHER

— Qu'entends-tu par « Je ne voulais pas que tu passes aujourd'-hui ? », je demande à Stephanie en essayant de réarranger ses affaires dans sa chambre exactement comme elles l'étaient la semaine dernière.

Elle est revenue à Breezy Beaches hier, et ne m'a pas laissé le faire dans la soirée. Elle m'a dit qu'elle avait besoin d'être seule et m'a pratiquement mise à la porte. Aujourd'hui, je l'ai ignorée, et je suis venue même si son niveau d'agressivité affiche le max.

Elle est assise sur son lit et me fixe méchamment.

— Tu ne m'écoutes jamais bordel ! Je ne voulais pas que tu viennes. Je suis fatiguée, je suis enfin rentrée chez moi et je voulais juste...

Elle s'arrête de parler et gémit.

Elle passe une mauvaise journée. Elle a du mal à enchaîner les mots et ça la frustre. J'attends que ça sorte.

— M'installer ! Je voulais rester seule dans ce trou à rats.

Je tente de lui expliquer :

— Je t'écoute. Je t'ai un peu délaissée ces derniers temps, je t'aime Steph.

Elle se met à tousser et repousse ma main.

— Tu es venue tous les jours à l'hôpital. Je te demande une

j-j-journée pour moi seule ! Qu'est-ce que t-t-u ne comprends pas ? Laisse-moi être seule.

Je m'assieds sur le côté du lit et soupire.

— Je suis désolée. Je fais ce que je peux. J'essaie de faire de mon mieux.

Elle me brise le cœur quand elle est comme ça. Je ne sais jamais comment ça va se terminer, et je n'ai pas la force de me battre avec elle. Il n'y aura peut-être pas de lendemain, et je ne veux pas que cette conversation soit la dernière. Lorsque les choses prennent cette tournure, je dois ravaler ma colère et ma tristesse. Je colle un sourire sur mon visage et j'essaie de retourner la situation. Je sais ce que c'est qu'un regret, et je ne veux pas de ça pour nous.

Stephanie reste muette quelques instants, et touche mon épaule en expirant bruyamment.

— Je hais cette p-p-putain de maladie.

Ses yeux se remplissent de larmes et je l'attire dans mes bras.

— Tu ne devrais pas avoir à rester auprès de moi, je suis si méchante !

Je la berce dans les bras, et ce mouvement apaisant me permet de ravaler mes larmes. Ce n'est pas sa faute si elle passe une mauvaise journée. C'est ainsi. Ses symptômes empirent, nous en sommes toutes les deux conscientes. Ses sautes d'humeur sont de plus en plus fréquentes, sa diction se dégrade et son traitement pour les tremblements devient inefficace. Hier, le docteur m'a parlé sans détour : c'est le début de la fin.

— Tu n'es pas méchante, tu fais de ton mieux, je la rassure.

Je sais qu'elle n'y peut rien.

— Je ne voulais pas revenir ici, je voulais rester à l'hôpital plus longtemps.

— Pourquoi ? je l'interroge, tu détestes cet hôpital.

— Anthony me manque. J'aimais bien le voir tous les jours. J'aimais savoir qu'il passerait pour discuter, pas pour rendre visite à une pauvre fille en train de m-mourir. Il me considérait comme une fille, une femme normale quoi... Il me voyait *moi*,

Heather, pas les spasmes, les articulations coincées, les trous de mémoire...

C'est très dur de penser que les autres ne la voient qu'à travers sa condition médicale.

— Tu l'as appelé ?

Anthony a été gentil avec elle. Il est venu dans sa chambre tous les jours à la fin de sa journée avec des comics ou des fleurs. Ce bouquet déclinant une palette de violet foncé avec des roses assorties à de fabuleuses hydrangées était à couper le souffle. J'ai essayé de ne pas en faire tout un plat mais son attention m'a profondément touchée.

— Je ne vais pas lui demander de me regarder mourir, répond Stephanie d'un air buté.

Elle a toujours été obstinée, et j'ai peur qu'elle ne le repousse et s'interdise ainsi toute possibilité d'être heureuse. D'un autre côté, je ne sais pas ce qu'elle ressent, sachant qu'elle est mourante entourée des gens qu'elle aime.

Que puis-je répondre à ça ? Elle a le droit de faire ses propres choix, et je dois les respecter. Même si je pense qu'elle a tort.

— Tu devrais lui dire ce que tu ressens pour lui. Il t'a offert des fleurs et on dirait vraiment qu'il t'aime bien.

Je sais que Stéphanie a ses problèmes. Bien plus que je ne puisse comprendre, mais cela ne signifie pas qu'elle devrait abandonner.

Elle ricane.

— Oui, c'est ça... Premièrement, les fleurs ne viennent pas de lui, je te l'ai répété trois fois. Je t'ai expliqué qu'elles sont arrivées dans ma chambre comme par magie. Deuxièmement, tu fais ça toi, avec Eli ? Tu lui racontes que tu veux passer plus de temps avec lui ? Est-ce que tu lui laisses même entrevoir que tu éprouves le moindre sentiment pour lui ? Non, je ne crois pas.

Il n'y a plus aucune trace de colère dans sa voix, seulement de la provocation.

Je suppose que je devrais la fermer, des fois. Mais c'est différent pour moi. Sa vie est compliquée, il est riche, célèbre et il ne vit pas ici. Vais-je me laisser emporter par ce tourbillon ? Non, certainement pas.

Est-ce qu'il me plait ? Oui.

Est-ce que je préférerais que ce ne soit pas le cas ? Oui.

Est-ce qu'il comprend ce que je lui dis en matière de futur et d'attentes dans notre relation ? Absolument pas.

Il s'est infiltré dans ma vie, et il a l'intention d'y rester.

— Ce n'est pas la même chose, je suis dans le flou en ce qui le concerne.

— Tu as le droit de tomber amoureuse. Tu m'aimes, et tu es aussi dans le flou à mon sujet.

Je n'ai jamais fait le choix d'aimer Stephanie. C'est juste une évidence. Et même en connaissant la fin de notre histoire, je ne changerai rien à notre vie commune. Je n'en suis pas là avec Eli. Et je n'en arriverai jamais là. Quand on aime, on remet sa vie dans les mains de l'autre. C'est magique et épanouissant, mais si je perds à nouveau à ce jeu, je ne m'en relèverai pas.

Je joue avec le tissu de ma chemise, je sens son tissage se relâcher, et j'apprécie pleinement la métaphore. Dès que je me sens solide et en sécurité, un événement vient tout gâcher, et je me déchire.

— Je ne vais pas tomber amoureuse de lui, Steph. Je ne vais pas te mentir, je l'aime bien, mais il ne va pas rester. Sa vie n'est pas à Tampa. Et je ne bougerai pas. Je ne peux pas te laisser.

— C'est moi qui ne vais pas rester, Heather. Je ne sais pas quand ni comment, mais tu sais que ça va arriver.

Une larme coule le long de sa joue, suivie par une autre.

— Ne parle pas comme ça, je la supplie.

— C'est la réalité et tu dois l'accepter.

J'ai du mal à refouler mes sanglots. Je ne veux pas perdre ma sœur. L'idée de vivre dans un monde sans elle m'est insupportable. J'ai subi plus de deuils que de raison et pourtant, la mort n'en a pas fini avec moi. Stephanie fait partie des miens. Je l'ai élevée, je l'ai regardée grandir, je lui ai préparé ses goûters, je l'ai aidée à choisir sa robe pour le bal de fin d'année, et je ne peux pas me faire à l'idée de devoir vivre sans elle.

Parfois, le déni, ça soulage.

— Nous avons le temps d'y penser.

Je le souhaite si fort.

— Je te dis juste que quand l'heure aura sonné pour moi, je veux être sûre que tu iras bien. Tu comprends ? Je sais que tu m'aimes, et moi, je t'aime encore plus. Tu es tout mon cœur, et tu ne peux même pas concevoir toute la colère que je renferme au sujet de cette m-maladie. Tu lui as tout sacrifié, Heather. Ton argent, ton mari, ta vie entière. J'ai besoin de savoir que tu as quelqu'un à tes côtés !

— Arrête ! Tais-toi ! Tout de suite ! je hurle en essuyant les larmes de mon visage. Nous n'en sommes pas là !

— Si nous en sommes là. Nous devons en parler.

Je ne veux pas. Je veux tout oublier et profiter du temps qui nous reste. Je me lève et je parcours la chambre, en essayant de stopper le flot de larmes qui inonde mes joues. Je lui tourne le dos, et regarde par la fenêtre. D'accord, je fuis, mais c'est plus facile que de lui faire face.

— Je ne peux pas te perdre.

Ma voix est tellement chargée de douleur qu'elle en est éraillée.

— Heather, regarde-moi.

Je me retourne et plonge mon regard dans ses yeux bleus larmoyants.

— Tu ne me perdras jamais. Nous n'avons pas perdu papa et maman, c'est juste qu'on ne peut plus les voir.

C'est à mon tour d'avoir les mains qui tremblent. Je m'approche d'elle pour lui caresser le visage.

— Je t'aime tellement.

— Je sais, répond-elle dans un murmure.

— Je n'en peux plus de tout ça.

— Moi non plus.

— Tu me pardonnes d'avoir crié ? Tout va bien ?

Stephanie sourit et me prend par la main.

— Si tu veux que j'aille bien, tu dois arrêter de repousser tous ceux qui tentent de s'approcher. Tu dois me promettre d'ouvrir ton cœur. Tu peux me faire cette promesse ?

Je n'ai jamais menti à Stephanie, c'est l'une des choses dont je suis le plus fière dans ma vie. Je lui réponds en toute honnê-teté, croix de bois, croix de fer. La parole est d'or et les promesses doivent être honorées.

— Je te promets d'essayer.

Stephanie plisse les yeux.

— D'essayer ?

— Oui, je vais essayer d'être ouverte. Je vais essayer de m'ou-vrir un peu à Eli, ou si ce n'est pas lui, à un autre tocard qui ne fera que m'embrouiller.

C'est vraiment la base. Les hommes sont des menteurs. Ils disent une chose et font son contraire. Matt a promis de m'aimer et de me chérir, et au premier petit problème, il est parti comme une fusée. Jusqu'à ce que la mort nous sépare, mon cul.

— Ma parole, au plus tu vieillis, au plus tu deviens drama-tique. Il me semble différent.

— Tu te bases sur tout le temps que vous avez passé ensemble ?

Je la provoque, car elle ne l'a jamais rencontré, je ne vois pas pourquoi elle prend subitement sa défense. Peut-être parce que c'est le premier gars après Matt.

— Non je me base sur la façon dont ton visage s'illumine quand tu parles de lui.

Mais non, mon visage ne s'illumine pas ? Il s'illumine ? Non, je suis sûre que non.

Elle éclate de rire et me pointe du doigt.

— Tu le fais même quand tu penses à lui !

— N'importe quoi.

Je vais devoir travailler là-dessus. J'espère qu'il n'a rien remarqué. Il arrive déjà assez bien à m'amener exactement où il veut. Je ne peux pas en plus le laisser lire dans mes sentiments. Je pense à notre dernier rendez-vous et à sa douceur. Peu de mecs refuseraient une occasion de baiser, mais lui, il l'a fait. Il m'a fait fondre.

C'était la première fois depuis longtemps que quelqu'un plaçait mes besoins avant les siens. Habituellement, c'est moi qui me sacrifie. C'était agréable d'être de l'autre côté pour une fois.

— Allô, la lune, ici la terre !

Stephanie agite une main devant mon visage.

— Désolée, j'étais perdue dans mes pensées.

— Mmoui... Tu peux m'aider ? demande-t-elle.

Je passe mes bras sous ses aisselles, et elle descend lentement de son lit. Dernièrement, son kiné l'encourage à utiliser ses muscles le plus possible. Elle était en fauteuil roulant depuis quatre mois, mais à force de travail, elle arrive à faire quelques pas avec un déambulateur. Toutefois, ce progrès semble éphémère comme le reste. Elle s'assied et s'étire.

Je regarde ma petite sœur reléguer ses douleurs au second plan et se mettre debout sur des jambes flageolantes. Je me précipite à ses côtés pour la soutenir. Ses yeux expriment ce que ses mots ne disent pas. Elle est reconnaissante de ma présence et elle se désole d'avoir tant besoin de moi. Ses pensées sont claires comme de l'eau de roche. Nous faisons quelques pas et elle s'empare du déambulateur. Nous longeons lentement le couloir en discutant d'Anthony.

Une heure plus tard, elle est épuisée.

— Je vais rentrer. Je peux venir demain ?

Je sais que j'ai prévu de passer la journée avec Eli, mais j'ai besoin de la voir. Notre conversation de tout à l'heure me montre que nous avons toutes les deux besoin d'être rassurées sur le futur. Ma mère nous conseillait souvent de garder les choses sur lesquelles nous avions le contrôle, et de laisser le reste suivre son cours. Elle insistait aussi sur le fait qu'il ne fallait pas gaspiller son temps. Elle avait raison. Je ne peux pas contrôler la maladie de Stephanie, mais je peux décider comment partager les moments qui nous restent. Je vais en profiter à fond, et les chérir. Et je croise les doigts pour en ressortir intacte.

Steph sourit et me caresse le bras.

— Je suis sûre qu'on peut s'arranger.

— Ce serait possible de se voir dans l'après-midi, la prochaine fois ? je demande à Eli, qui se trouve dans mon salon alors que je me sers un autre café.

J'ai passé une mauvaise nuit. Je n'ai pas réussi à m'endormir avant deux heures du matin, et comme je ne voulais pas avoir une sale tête, je me suis levée tôt pour réparer les dégâts avec du maquillage.

— Oh, il y aura une prochaine fois ? me taquine-t-il de sa voix grave. Je croyais que je ne te plaisais pas, je croyais que nous allions rester amis ? Je savais que tu ne me résisterais pas.

Je sors de la cuisine en levant les yeux au ciel. Au diable lui et son arrogance.

— C'est toi qui me harcèles au téléphone et qui viens tout le temps chez moi. Si quelqu'un n'a pas résisté, c'est plutôt toi !

Tiens, prends ça. Je ne lui cours pas après, il a besoin que je lui rafraichisse la mémoire.

Il hausse les épaules et m'attire contre lui.

— Je ne t'ai jamais caché que j'avais craqué pour toi.

Mes bras reposent légèrement sur ses épaules et je lui souris.

— J'ai encore du mal à croire que tout ça n'est pas un rêve.

— Tu me croirais si je te disais que je ressens la même chose ?

Je secoue la tête parce que je ne comprends pas de quoi il parle. Pour moi, Eli *est* un rêve qui se réalise. Il peuple les fantasmes les plus fous des filles. Et il est dans mon salon. Je ne sais pas combien de fois j'ai fait ce rêve.

— J'attends de découvrir quelque chose qui ne me plait pas à ton sujet. Mais même les trucs qui m'ennuient en temps normal, comme le fait de me repousser sans relâche, je les trouve attirants chez toi. Je suis content que tu commences à faiblir.

— Qui t'a dit que je faiblissais ?

Je me moque gentiment. J'adore quand on se cherche.

— Je dirais que la journée sur le bateau a été une bonne indication. Nous sommes davantage que des amis désormais.

— Je peux te remettre dans la friend-zone si tu préfères ?

Ce n'est pas comme si nous avions une relation sérieuse. Nous avons seulement eu deux rendez-vous, et une nuit torride.

Mais nous sommes évidemment plus que des amis. Par exemple, Brody est mon ami, et il est certain que nous ne nous amusons jamais à nous retirer nos vêtements. Nous sommes sortis pêcher une fois, et je n'ai pas fini à cheval sur lui, chaude comme la braise.

Les bras d'Eli se resserrent et me rapprochent encore un peu plus de lui.

— Je ne crois pas y avoir été à un moment donné, et les amis ne font pas ça.

En un instant, ses lèvres se plantent sur les miennes et les papillons dans mon ventre s'affolent. Le parfum musqué d'Eli m'enveloppe. Je veux me souvenir pour toujours de cet instant, chaque détail, chaque sensation. La douceur de ses lèvres sur les miennes, la texture de la peau calleuse de son pouce sur ma joue, son goût. Cannelle, avec une pointe de dentifrice. Si ça ne marche pas entre nous, j'aurais toujours ce souvenir pour me tenir chaud la nuit.

Je laisse sa langue explorer ma bouche, sans même prétendre l'en empêcher. J'en ai envie. Quand il me touche, je ne peux pas résister à l'envie d'en avoir plus. Je me martèle, à moi-même et aux autres, que rien ne se passe entre nous, mais quand il est là, je ne peux plus faire semblant. Eli regonfle mon cœur du souffle qui l'avait déserté. Un cœur qui se croyait incapable de battre à nouveau si vite.

Il m'embrasse intensément, et mon corps bouge au rythme du sien. Je suis dos au mur et je sens qu'il s'engage pleinement dans le moment. Je suis prise au piège entre la fraîcheur du lambris et la chaleur du corps d'Eli.

Mon cœur oscille entre laisser libre cours à mon désir, et tout arrêter pour pouvoir m'en sortir sans trop de dommage à la fin.

Je veux qu'il parte, et je souhaite ardemment qu'il reste.

Je dis qu'il n'y a rien entre nous, et pourtant la seule idée qu'il puisse me laisser me donne envie de hurler.

Ma tasse tombe à terre, mais je ne sais même pas si elle se brise. Mes doigts s'agrippent à sa nuque et je presse encore mes lèvres sur les siennes.

Je me noie dans ce baiser.

Je meurs dans ce baiser.

Je renais dans ce baiser.

Eli reprend son souffle et rigole.

— Est-ce que tous tes amis t'embrassent comme ça ?

Au lieu de lui avouer la vérité, que personne ne m'a jamais embrassée comme ça, j'inspire et je soupire.

— Ah, on s'embrassait ? Je n'étais pas sûre, ça m'a semblé un peu faible...

— Faible ?

— Ouais, enfin c'était bien, mais bon, rien de transcendant.

— Ah bon ?

Il pousse ses hanches contre les miennes, ce qui me permet de sentir qu'il a vraiment beaucoup apprécié ce baiser. Je laisse ma tête reposer contre le mur, et j'invoque toutes mes forces pour rester dans mon personnage.

— C'est ce que tu crois ?

— Je suis juste honnête avec toi.

Je joue avec le feu, et je n'ai pas peur de me brûler. Je vois la chaleur dans ses yeux, et je donnerais tout pour me rapprocher des flammes.

Eli m'épie comme un lion prêt à sauter sur sa proie. Chacun de ses mouvements est calculé, et je sais que je suis sur le point d'être une gazelle très satisfaite. Ses lèvres sont à quelques centimètres des miennes et je sens la chaleur de son haleine se mélanger à la mienne. Je garde les yeux ouverts, pour rester dans le personnage que je me suis créé. Mon cœur bat la chamade alors qu'il ne me quitte pas des yeux.

Sa main caresse mon cou, mon épaule et descend le long de mon bras.

— Je sais que tu mens, bébé.

Sa bouche effleure à peine la mienne et il bat en retraite, me laissant toute pantelante.

— Je le sais parce que je sens ta chaleur. Je sens chaque cellule de ton corps me désirer, même si tu prétends le contraire. Si je te touchais, Heather, tu jouirais sur place ? Tu te liqué-fierais ?

Je pourrais jouir juste au son de sa voix et des choses qu'il me dit.

— À toi de voir, je le provoque à nouveau.

Eli sourit et recule. Il plaque ses mains sur le mur de chaque côté de ma tête.

J'ai d'autres projets pour aujourd'hui, bébé, mais ce soir... ce soir nous allons découvrir plein de choses.

Je me penche en avant et je l'embrasse tendrement.

— Nous verrons bien.

CHAPITRE QUINZE

HEATHER

— Busch Gardens ? je demande, désemparée.

J'adore ce parc d'attractions, mais Eli n'est pas juste un homme normal. C'est Eli Walsh. Tout le monde le connait, et je pensais qu'aujourd'hui serait une autre journée passée uniquement en sa compagnie. Je ne pensais pas qu'il m'emmènerait dans un endroit bondé de gens armés de téléphones portables.

— Détends-toi, me répond-il en prenant ma main et en entrelaçant nos doigts.

— Eli, je ne suis pas prête à faire ça.

Il penche sa tête.

— À faire quoi ?

Je soupire, il me semble qu'une allusion suffit.

— À avoir une relation publique, alors que je ne sais même pas ce qu'il y a entre nous.

— Je te promets que ce n'est pas ce que tu crois.

Je l'observe prudemment, incertaine du sens de ses mots.

— C'est un parc d'attractions très fréquenté, dis-moi ce que je ne sais pas. Je ne veux pas que tout le monde soit au courant. Ce sera trop dur pour moi. Si des gens nous voient ensemble, la rumeur sera incontrôlable. Je n'ai pas la même vie que toi. Je ne suis qu'une simple policière, je vis dans une maison délabrée et ma sœur est en train de mourir. Je ne nage pas dans l'argent, les photos et le glamour. Tu aurais dû m'en parler avant.

Son pouce effleure le dos de ma main avant de la lâcher et de sortir de la voiture.

Je lui en veux de me faire ça. J'aime savoir à quoi me préparer, et Eli me réserve toujours des surprises. Je vais devoir avoir une franche conversation avec lui.

Je prends quelques minutes pour me ressaisir, et je sors de la voiture. Il est appuyé contre le capot, et tourné vers l'entrée.

— Eli ?

— Je sais qu'il y a des tas d'aspects merdiques dans ma vie. Je sais que ta vie est simple, que tu attaches une grande importance à ton intimité, à ta famille et à tes amis, et que ton travail n'implique pas de se faire prendre en photo par des paparazzi.

Il y a une pointe de tristesse dans sa voix.

— J'ai beaucoup réfléchi à cette journée, je n'ai pas pris cette décision à la légère, et je te garantis que ta vie privée ne sera pas compromise.

J'essaie de m'approcher, mais il recule.

— J'ai d'autres facettes à ma personnalité, Heather. Des choses que je veux partager avec toi. Des choses qui me tiennent à cœur et qui n'ont rien à voir avec la richesse.

Il me laisse m'approcher cette fois, et la culpabilité me tord le ventre. Je ne me rendais pas compte qu'il pouvait se sentir jugé. Ce n'était pas mon intention. Je ne juge pas les gens et Eli ne m'a jamais fait sentir que j'étais inférieure à lui.

— Je suis vraiment désolée, je m'excuse en lui touchant le bras. Je n'aurais jamais dû dire ces choses. Je n'insinuais pas que ta vie n'est que glamour, mais si c'est ce que tu as compris, je suis désolée.

Ses yeux s'attachent aux miens, et il se balance sur ses talons.

— Je veux que tu connaisses le vrai *moi*, Heather. Je veux que tu saches qui je suis vraiment, et ça n'a rien à voir avec la célébrité.

— Je n'ai jamais cru *ça* une seule seconde Eli.

Il me tend la main, et je n'hésite pas un instant avant de la prendre. Il a raison. On s'en fout de ce que pensent les gens.

L'important c'est Ellington et moi. L'important, c'est qu'il soit là pour moi et qu'il me rende heureuse.

Eli m'embrasse sur la joue et soupire.

— Allons-y.

Et pour la première fois depuis que nous sommes entrés dans le parking, je regarde autour de moi. Où sont passées toutes les voitures ? J'en compte douze en tout. Douze véhicules, un mercredi ? Je sais que nous sommes en semaine, mais cet endroit est toujours plein à craquer.

— Mais où sont tous les gens ?

— Je t'ai dit que ce n'était pas ce que tu croyais.

Est-ce qu'il a privatisé tout le parc ? Mon cœur s'emballe alors que mon cerveau liste toutes les possibilités. Qu'a-t-il fait ?

— Eli ? je l'interpelle faiblement. Pourquoi sommes-nous seuls ici ?

Il sourit et me serre la main.

— Relax, je sais que tous tes instincts de flic sont en alerte, mais pour une fois, fais-moi confiance et détends-toi.

Instincts de flic, vraiment ? Maintenant qu'il en parle, je crois qu'il a raison. Je suis naturellement méfiante et j'ai toujours besoin d'avoir plus de détails. Les détails sont importants dans mon travail et garantissent ma sécurité. Si je ne sais rien d'une mission ou d'un appel, je mets ma vie en danger, et ça craint.

— Je peux essayer, je murmure sans conviction.

Eli rit dans sa barbe et je choisis de l'ignorer. J'ai effectivement des instincts de flic, mais ce qu'il ne sait pas, c'est que je suis extrêmement compétitive. S'il doute de ma capacité à faire quelque chose, je trouverai un moyen d'y arriver. Il veut que je me détende ? Il va voir ce qu'il va voir.

Nous approchons du portail principal, et ils nous laissent entrer sans problème. J'ouvre la bouche pour lui poser une autre question, et la referme tout de suite.

Nous attendons à la réception et un homme nous rejoint.

— M. Walsh, bonjour. Je me présente, M. Shea, je vais m'assurer que tout se déroule parfaitement aujourd'hui. Votre publiciste a appelé et nous a donné les noms, nous les avons ajoutés à la liste. Timothy sera là dans dix minutes.

— Parfait, dit Eli d'une voix autoritaire. Voici Mme Covey, elle restera avec moi pour la journée, veillez à ce qu'elle ne manque de rien aujourd'hui.

M. Shea opine.

— Assurément.

— Timothy reste évidemment le point crucial. Je veux qu'il passe la meilleure journée de sa vie. Les harnais sont-ils arrivés ? poursuit Eli.

Je dois avoir l'air d'une folle à essayer de suivre la conversation entre ces deux-là.

— Oui, nous avons tout le matériel requis par son équipe.

— Timothy ? je l'interroge.

Est-ce qu'il a un enfant ? Je vais faire sa connaissance ? La panique m'envahit et je m'agrippe à la main d'Eli.

— C'est un gamin de onze ans de la fondation Make-A-Wish. Timothy a un cancer en phase terminale. Un de ses vœux était de me rencontrer et de faire du manège. Donc j'ai privatisé le parc pour Timothy et pour moi, et nous allons profiter à fond de ces manèges. J'ai prévu une grosse journée pour lui.

Je suis prise de court. Mon cœur déborde. Je ressens un éventail d'émotions. La tristesse pour Timothy, l'admiration pour Eli. Il prend du temps et dépense une fortune pour offrir à ce petit garçon un moment inoubliable.

J'avais tort à son sujet.

Il est différent de tous les autres. Il est tout pour moi.

Sans réfléchir, je me tourne vers lui, je prends son visage dans mes mains et je l'embrasse. Ce n'est pas un long baiser passionné, c'est juste une expression de mes émotions. Je devais l'embrasser, car les mots ne suffisaient plus.

Ses yeux brillent et son sourire est éclatant.

— Je t'avais dit que tu serais surprise, dit-il en posant un doigt sur mon nez.

M. Shea nous conduit dans la salle d'attente pour Timothy. Il ne sait pas qu'Eli sera là aujourd'hui ni ce qui se trame ici pour lui. Il sait juste qu'il va au parc. Eli s'est arrangé pour que sa famille et ses amis de l'équipe de base-ball dans laquelle il jouait avant de tomber malade soient présents également.

Nous nous tenons dans une partie obscure de l'entrée pour qu'Eli se montre au dernier moment.

— Merci de partager ce moment avec moi, je murmure une fois que nous sommes seuls.

— Inutile de me remercier si tu n'aimes pas les manèges, répond-il en riant.

La dernière fois que j'ai mis les pieds dans un parc d'attractions, Stephanie était encore petite.

— Ah bon ?

J'opine.

— Elle est tombée malade pendant sa première année à la fac. C'est compliqué de faire du manège entre deux rendez-vous médicaux. Et puis, il lui arrive de perdre le contrôle de ses mains et de ses jambes.

Eli se détourne en soupirant.

— Tu vas bien ? je demande.

— Oui, je pensais à un truc...

— Il arrive, nous alerte M. Shea avant que j'aie le temps de lui demander à quoi il pensait. Suivez-nous par ici, si vous êtes prêts ?

Eli marque une pause et se tourne vers moi. Je suis si excitée par ce qui est en train de se passer !

— Vas-y, lui dis-je en souriant. Je suis juste derrière toi.

Il suit M. Shea, et je les rejoins. J'ai tellement hâte. J'ai déjà vu des rencontres comme celles-ci, mais à la télévision, jamais en vrai.

La famille de Timothy sourit alors qu'Eli se montre. Je reste en retrait sans en perdre une miette. Timothy nous tourne le dos et Eli l'approche discrètement. Deux ou trois gamins l'ont remarqué et restent bouche bée avant de le pointer du doigt. Timothy retourne son fauteuil roulant et plaque sa main contre sa bouche. La joie, la surprise et l'émerveillement se peignent sur son visage.

Eli se déplace rapidement et s'accroupit devant lui. Timothy passe ses bras autour des épaules, retenant des larmes de joie. Il n'en croit pas ses yeux. Je reste là, les joues inondées. Je pense à ma sœur et aux épreuves que traverse cette famille. Eli fait briller un petit rayon de soleil dans une vie tourmentée. Toutes mes dernières défenses sont tombées à la vue de cet homme qui fait autant d'efforts pour réaliser le rêve d'un petit garçon.

Eli prend le temps de saluer chacun des autres enfants présents et de serrer la main des adultes. Les garçons sont surexcités et prennent des photos de lui et Timothy.

Il se retourne vers moi, et j'essuie prestement mon visage en priant pour que mon maquillage n'ait pas coulé. Il m'invite à m'approcher et je plaque un sourire sur mes lèvres.

— Timothy, je te présente mon amie Heather. Elle adore les manèges comme toi.

Je me baisse et lui prends la main.

— Ravie de te rencontrer, mais je t'avoue, j'ai un peu le vertige. Tu crois que je vais m'en sortir ?

— Oui ! J'adore quand ils montent si haut que ça te soulève l'estomac !

— Ah, merci de me rassurer ! je plaisante.

Il se retourne vers Eli et lui lance un regard admiratif.

— Eli, toi, tu n'as pas peur, pas vrai ?

— Absolument pas. Je crois qu'on devrait faire équipe pour effrayer Heather le plus possible. Ou alors on lui fait prendre tant de manèges qu'elle finira par vomir ! suggère-t-il d'un air conspirateur.

Le visage de Timothy s'éclaire.

— Super idée !

Génial. Maintenant, non seulement Eli, mais en plus Timothy et ses amis vont essayer de me faire vomir.

— Qu'est-ce qu'on attend pour s'amuser, mon pote ? Le parc est à nous, pas de queues !

— Mortel !

C'est vrai que c'est mortel. Si j'étais gamine, ce serait mieux que Noël pour moi. Avoir un parc d'attractions entièrement à ma disposition et celle de mes amis les plus proches, quel rêve !

Timothy et ses amis planifient la stratégie la plus efficace pour essayer tous les manèges pendant que les adultes essaient de les recadrer.

Cindi, la maman de Timothy s'approche de nous et prend Eli dans ses bras, son rire se mélange à ses larmes.

— Je ne sais pas comment vous remercier, il n'aurait jamais pu passer la journée au milieu de la foule, et vous êtes son idole.

— Ça me fait tellement plaisir, il a l'air d'être un gamin génial.

— Il regarde votre série toutes les semaines. Il peut raconter comment vous sauvez le monde en détail.

Eli rigole.

— Moi aussi, je regardais les séries policières avec mon père quand j'étais petit.

— Il a toujours voulu devenir policier, soupire-t-elle en regardant tendrement son fils, mais cela n'arrivera jamais.

Eli la prend par l'épaule.

— Si je peux faire quoi que ce soit.

Cindi secoue la tête.

— Vous n'avez pas idée de ce que vous venez de faire. De passer toute la journée avec vous, sans penser à son cancer. C'est un enfant normal aujourd'hui.

Les sentiments de Cindi me rappellent sans cesse aux miens. Je connais ses craintes, sa colère et son impression de ne servir à rien. Le sourire de son fils face à cet homme à mes côtés lui réchauffera le cœur durant les jours les plus sombres. Il sait que son geste est précieux pour Timothy, mais il ignore qu'il l'est aussi pour ses proches.

Il se retourne vers moi et me prend par la main.

— Ma petite am...

Il s'interrompt brusquement, sans finir le mot.

— Heather est officier de police. Je suis sûr que Timothy va aimer ses histoires vraies.

Elle me sourit.

— S'il découvre quel travail vous faites, il ne va plus vous lâcher.

J'éclate de rire.

— Je vais demander la permission à mon patron de l'emmener en patrouille.

Son sourire s'élargit et elle m'attire dans ses bras.

— Merci à vous deux.

— Maman ! s'écrie Timothy, rompant le charme. Viens vite voir ! Eli, tu viens !

— J'arrive, mon pote, je dois juste régler un truc.

Timothy lui répond d'un geste, et ses amis courent aux côtés de son fauteuil roulant en riant.

Eli se retourne vers moi tout sourire.

— Ça te convient comme rendez-vous pour aujourd'hui ?

— Oh mon Dieu, c'est le meilleur rendez-vous de la terre. Merci de me faire partager ce moment.

Sa main touche ma joue et je me laisse aller contre lui. Il regarde derrière moi.

— J'ai une autre surprise.

— Ah bon ?

— Je suis son regard.

Jamais de ma vie je n'aurais pu deviner la surprise qu'il me réservait.

Ma sœur s'avance vers moi, arborant un immense sourire. Je remarque avec étonnement que c'est Anthony qui pousse son fauteuil roulant.

Stephanie ouvre grand les bras et je cours vers elle.

— Je t'avais dit qu'on se verrait aujourd'hui ! lance-t-elle en riant.

Je la serre fort dans mes bras, en essayant de contrôler mes émotions.

— Mais comment ? je lui demande. Comment se fait-il que tu sois ici ?

Elle sourit et relève le menton vers Eli.

— Il est venu à l'hôpital et m'a expliqué pour aujourd'hui.

Je me retourne vers lui, les yeux écarquillés.

— Tu as rencontré Stephanie ?

— Après notre rendez-vous sur le bateau, confesse-t-il.

— Tu es allé à l'hôpital pour passer du temps avec ma sœur ?

— Elle fait partie de ta vie, et elle est très sympa.

Je lui saute au cou, et je passe mes jambes autour de sa

taille. Il me tient fermement et rigole. Je pose mes lèvres sur les siennes. Il ne saura jamais ce que cela signifie vraiment pour moi. Je me fiche d'avoir de belles choses. Je veux quelqu'un à mes côtés, quelqu'un en qui je puisse avoir confiance. Je suis seule depuis mes dix-huit ans.

Et voilà Eli, un homme si attentionné qu'il prend du temps pour aller voir Stephanie seul.

— Pas de ça ici, il y a des enfants, plaisante Stephanie.

Je glisse le long de son corps et je l'embrasse à nouveau.

— Merci.

— De rien, ma chérie.

Nous entrons ensemble dans le parc et M. Shea se sert de son talkie-walkie pour localiser Timothy. Alors que nous le rejoignons, je souris tellement que j'en ai mal aux joues. Ma sœur est à mes côtés, et nous avons le parc entier à explorer. Eli vient de m'offrir un petit bout de son cœur, et je lui en donne un peu du mien en échange.

Alors que nous approchons le premier manège, j'attrape le bras d'Eli et je le retiens. J'ai l'impression que je dois lui montrer à quel point je lui suis reconnaissante pour ce qu'il a fait.

— Je ne t'ai pas remercié comme il faut.

— Pourtant, il m'a semblé que si, quand tu m'as sauté dans les bras.

— Non, je réponds en secouant la tête. Je crois que tu ne comprends pas tout ce que ça signifie pour moi, que tu aies rencontré ma sœur, et que l'aies invitée ici sans que j'aie eu à te demander quoi que ce soit.

Eli me fait face et prend mon visage dans ses mains en posant son front contre le mien.

Quand il se recule, ses yeux brillent d'une lueur qui ressemble à de l'amour.

— Elle est importante pour toi. Si toi et moi avons la moindre chance d'un futur tous les deux, elle est importante pour moi aussi. Je voulais la rencontrer et lui prouver que je ne m'amuse pas avec toi. Je ne suis pas le genre de mec qui se fout des autres. J'ai toujours été honnête dans mes intentions avec toi. Je veux gagner ton cœur et ta confiance.

— Je crois que tu vas tout gagner, je lui concède automatiquement.

Il sourit.

— C'est mon projet.

Et je suis sûre qu'il va aboutir. Mon cœur bat la chamade en voyant dans ses yeux la détermination qui l'habite. Je n'ai toujours pas compris pourquoi cet homme fabuleux a décidé de me conquérir. Mais j'ai arrêté de me poser la question. Il est doux, attentionné, prévenant et je sais que je n'ai plus aucune chance de lui résister.

— Eli ! Viens voir ! Il faut qu'Heather vienne là-dessus ! crie Timothy.

Eli le suit en riant.

— On arrive, lui répond-il en me prenant par la main.

Nous nous approchons de lui et Eli s'arrête pour se masser le mollet.

— Tu vas bien ? je l'interroge.

— Oui, je vieillis, c'est tout.

Je rigole en le tapant dans le dos.

— Oh, Monsieur La Star du rock'n'roll ne tient pas la distance ?

Il se redresse et me gratifie d'une grimace.

— Toi, tu ne perds rien pour attendre.

Une vague de chaleur envahit mon ventre lorsqu'il me fait cette promesse pour ce soir. Je n'ai pas le temps de lui répondre, Timothy intervient.

— Venez voir ! Heather va pleurer si on lui fait prendre celui-là !

Eli se marre devant les montagnes russes.

— Ça, c'est sûr, mon pote. Mais j'ai peur que Madame La Policière soit trop une trouillarde pour monter là-dessus, se moque Eli pour me rendre la pareille.

Je suis prête pour le challenge.

— Je parie vingt dollars que vous allez tous les deux hurler comme des fillettes !

— Pari tenu.

Et pour le reste de la journée, je passe plus de temps sur les montagnes russes que nécessaire, pour le plus grand plaisir de Timothy. Il ricane chaque fois que je pâlis devant l'inclinaison des rails et s'écroule de rire dès que j'ai besoin d'une minute pour soulager mon estomac. Pourtant, Timothy pense que puisque je suis flic, je ne connais pas la peur. Il se moque de moi, et je découvre vite qu'il est impossible de lui dire non.

C'est une journée parfaite. J'embrasse Eli en cachette et je partage des blagues avec Stephanie, après qu'elle a vomi pour de bon sur le Twist.

Elle et Timothy se reposent longuement ensemble, et échangent leurs points de vue sur leurs séjours à l'hôpital et sur leur aversion pour les aiguilles. Je la vois avec mes yeux de grande sœur pour la première fois depuis bien longtemps. En parfaite petite sœur, elle donne à Timothy l'idée de demander une chanson à Eli.

— S'il te plaît, Eli, pleurniche Timothy. Je n'ai pas pu aller à ton dernier concert parce que j'étais hospitalisé.

— Allez, insiste Stephanie, Timothy a vraiment envie de t'entendre chanter. Tu as vraiment envie de le décevoir ?

Eli rit nerveusement et se lève.

— Il n'y a pas de musique, et mon groupe n'est pas là.

— Pas grave, j'ai mon téléphone ! intervient Timothy.

Il sort un téléphone de sa poche et met la chanson qu'Eli m'a chantée au concert.

Le souvenir de notre rencontre m'arrache un sourire. J'ai l'impression que ça fait une éternité, mais ça fait seulement trois semaines. Je m'étonne de voir à quel point mes sentiments pour lui ont changé. Je m'amuse de le voir pirouetter et faire de son mieux pour divertir le public de ce concert privé.

Apparemment, être au centre de l'attention ne convient pas à Eli. Il décide de m'embarrasser en m'attirant vers lui devant tout le monde. Encore une fois, Eli me chante une sérénade. Seulement, cette fois-ci, c'est bien plus intime, et je ne suis pas ivre. Il s'agenouille et entonne les paroles. Fidèle à moi-même, je rougis comme une adolescente. Je ne sens plus mes membres, et si j'essaie de m'éloigner, il me ramène à lui.

La chanson se termine et il salue le public sous un tonnerre d'applaudissements. Timothy est le plus enthousiaste. J'enfouis ma tête dans la poitrine d'Eli pour ne faire face à personne.

Nous retournons ensuite profiter encore des manèges. Le soleil entame sa descente vers l'horizon, et je voudrais pouvoir arrêter le temps. Je voudrais que cette journée ne se termine jamais. Aujourd'hui, nous avons célébré la vie, sans nous concentrer sur la maladie et les handicaps qui en découlent.

Stephanie se dirige vers Timothy qui a l'air si fatigué qu'il pourrait s'endormir sur le champ.

— Alors, tu t'es amusé ? lui demande-t-elle.

Il ouvre grand les yeux en souriant.

— J'ai passé une journée mortelle.

— D'accord avec toi !

— Le cancer me fatigue tellement, et j'en ai dans mes os maintenant, dit-il en se massant le bras, ce qui lui arrache une grimace.

Stephanie lui caresse la main.

— Je comprends, je vais devoir me reposer toute la journée demain.

— Ça valait le coup, répond-il en bâillant. C'est la meilleure journée de ma vie.

Stephanie se retourne vers Eli et moi en souriant.

— Anthony et moi allons vous quitter. Je suis épuisée, j'ai besoin de me reposer. J'ai mal à la tête et j'ai des courbatures.

— Tu veux que je te ramène ? je lui propose.

— Non ! répond-elle vivement avant de s'écrouler de rire. Non, je vais me passer de toi ce soir, Heather. Reste avec Eli, et viens me voir demain ou après-demain, d'accord ?

Eli l'embrasse sur la joue et elle porte la main sur le baiser.

— Merci. J'espère vraiment que tu vas rester dans le coin.

— C'est mon projet, réplique-t-il en souriant.

— Je t'aime, me dit-elle.

— Je t'aime encore plus, je lui réponds en l'embrassant sur le front.

Je la regarde s'éloigner accompagnée d'Anthony qui s'occupe d'elle. Puis, main dans la main, nous nous dirigeons vers Timothy.

— Je suis ravie d'avoir passé la journée avec toi, lui dis-je.

— Moi aussi, répond Timothy avant de se tourner vers Eli. Je me suis tellement amusé !

Eli attire son petit corps dans ses bras et le serre fort.

— Merci pour cette journée Timothy, je ne l'oublierai jamais.

Timothy lève les yeux vers lui.

— Quand j'irai au paradis, je raconterai cette journée à Dieu. Je lui dirai que c'était la plus belle journée de ma vie.

Je touche ma poitrine de la main, et je fais de mon mieux pour ne pas pleurer. Eli n'y arrive pas aussi bien que moi. Il attire Timothy à lui encore une fois et secoue la tête.

— J'espère que ce jour n'arrivera pas avant longtemps.

Cindi, qui se tient là, pleure entourée de sa famille. Nous savons tous que ce jour arrivera plus tôt qu'il ne le devrait.

Eli le repose tendrement dans son fauteuil roulant et lui murmure quelque chose à l'oreille avant de l'embrasser sur la tête. Puis il se tourne vers Cindi et essaie de son mieux de la consoler. Elle le remercie à plusieurs reprises et il revient vers moi.

Nous les regardons partir, sans bouger, sa main enserrée dans la mienne.

Quelques minutes plus tard, je me tourne vers lui. Son bras est passé autour de mes épaules et je le tiens par la taille.

— Aujourd'hui a été...

J'ai du mal à trouver les mots, mais je vais essayer.

— ... entier. Pas juste parce que tu as fait quelque chose d'extraordinaire pour moi, mais pour tout ce que tu as fait. Je chérirai pour toujours le souvenir de te voir passer du temps avec Timothy et sa famille.

Eli tourne son visage vers moi, et ce que j'y lis me prend par surprise. Il est ouvert comme un cadeau. Il me donne accès à son âme, et je n'ai jamais rien vu de si beau.

— Je te disais vrai, Heather. Je veux que tu me connaisses. Je veux passer chaque minute qui me reste à Tampa avec toi. Je veux ton cœur, Heather.

Il m'enlace par la taille.

— J'ai quarante-deux ans, et c'est la première fois que je veux partager la vie de quelqu'un. Randy m'a toujours dit que je perdais mon temps à passer de fille en fille, mais je crois qu'en réalité, j'attendais de rencontrer la bonne personne.

Je touche sa joue, pour m'assurer qu'il est bien réel. Les hommes comme lui sont généralement le fruit de l'imagination.

— Et tu crois que c'est moi que tu attendais ? je l'interroge.

— Je n'ai jamais ressenti ça pour personne. Je veux te donner des choses que je n'ai jamais données à personne, et je veux que tu sois fière de me connaître. Je découvre tous ces sentiments.

— Tu n'es pas le seul à découvrir des sentiments, je lui avoue. Après mon ex, je m'étais promis de ne jamais laisser un homme entrer dans mon cœur. Je perds tous ceux que j'aime. J'y arrivais très bien jusqu'à ce que je te rencontre. J'ai pu rester fermée jusqu'à présent, mais avec toi, je n'y arrive pas.

Eli réussit toujours à me faire oublier que je ne dois pas tomber amoureuse de lui. Il s'en va. Il est célèbre. Il va me briser le cœur... Et pourtant, je suis là et je le désire tout de même. Il va compliquer ma vie au-delà de tout ce que je peux imaginer. Ça me fait peur, mais peut-être que cette peur me fait du bien. Peut-être que c'est comme ça que je comprends qu'il en vaut la peine.

— Je suis content que tu n'y arrives pas.

— Moi aussi.

CHAPITRE SEIZE

HEATHER

Eli se tient sur le pas de ma porte et je sais de quoi j'ai envie, sans l'ombre d'un doute. Je veux être avec lui. Je veux être avec lui de toutes les façons possibles.

— Je vais voir mon frère la semaine prochaine, et je voudrais que tu le rencontres, m'annonce-t-il alors que je cherche mes clés.

Nous sommes restés dans un silence confortable pendant tout le trajet retour. Je réfléchissais aux événements de la journée, à la façon dont il avait tout prévu, et comment il avait voulu que cette journée soit spéciale pour moi. Je ne comprends toujours pas pourquoi.

— Ce serait sympa. Et puisque je vais rencontrer ton frère, tu vas devoir faire connaissance avec mes amies.

— Ah bon ? demande-t-il en inclinant la tête.

— Ce serait équitable.

— Je ne voudrais pas faire pencher la balance de mon côté.

Il est indescriptible.

— Danielle, une de mes meilleures amies, organise son barbecue annuel ce week-end. J'aimerais que tu viennes.

Je n'ai pas de famille à lui présenter, mais mes copines sont tout aussi importantes. Nous sommes inséparables, et je veux qu'il les connaisse. Il est temps qu'elles sachent ce qu'il y a entre nous.

— Tu m'invites à une fête ?

— On dirait que oui.

— Une fête qui va se dérouler dans quelques jours ?

Il adore vraiment me chercher.

— Oui, Eli, une fête, avec mes amis, dans trois jours.

— Je savais que tu m'aimais bien.

Je secoue la tête en souriant.

— J'imagine que tu es une perle rare.

Les doigts d'Eli remontent mon dos et s'arrêtent sur mes épaules. J'arrive enfin à ouvrir la porte malgré mes mains qui tremblent.

— Heather.

Eli parle d'une voix basse teintée de désir.

— Pourquoi es-tu si nerveuse ?

Je plonge mes yeux dans les siens.

— Je voudrais que tu restes dormir, je lâche avant de me dégonfler. Je voudrais que tu restes.

— Tu es sûre ?

— Oui.

Et je le suis vraiment. Il ne s'agit pas que d'aujourd'hui. Il s'agit de lui. Tout en lui me bouleverse. Eli voulait que je le connaisse, je le connais. Et maintenant, je veux le garder.

Il m'approche rapidement, me soulève et passe le pas de la porte. Je l'embrasse alors qu'il la referme d'un coup de pied. Je passe mes mains dans ses cheveux épais, mes lèvres toujours soudées aux siennes.

— La chambre ? grogne Eli en se cognant contre la table.

Je m'esclaffe et lui indique la direction à prendre. Nos visages souriants se font face, et sa bouche retrouve la mienne. Il rentre dans un mur.

— Aïe !

Je ris.

— Désolé, je te jure que je vais me rattraper dans le lit, si on y arrive.

— Des promesses, encore des promesses, je me moque.

— Tu sais que je tiens les miennes.

— Oh que oui !

Nous arrivons dans la chambre sans nous faire plus de mal, et il me pose en face de lui. Le clair de lune inonde la chambre et illumine son visage. Mes doigts caressent sa barbe naissante sur une joue, puis l'autre, imprimant chacun de ses traits. Le bout de mon index effleure le petit grain de beauté sous son œil, puis sa fossette avant de souligner sa bouche.

Mes yeux plongent dans les siens, et sans un mot, nous nous disons tout, nos questions, nos promesses, nos soucis. Je l'entoure de mes bras. J'espère qu'enlacés ainsi, nous trouverons les réponses.

— Je sais que tu as souffert Heather, mais je ne te ferai aucun mal. Je veux que tu puisses compter sur moi. J'ignore comment on va se débrouiller, mais je ne vais pas te laisser t'éloigner de moi. Pas sans me battre.

— Je m'inquiète pour demain, je lui avoue.

Eli repousse mes cheveux et pose ses lèvres sur les miennes.

— Ne nous inquiétons pas pour demain, la nuit nous appartient. Et ce soir, je vais te montrer à quel point nous sommes bien ensemble. Et quand tu voudras t'enfuir, je veux que tu te souviennes de ça.

Je ne pourrai jamais oublier ces mots. Il y a des souvenirs que je garde précieusement en mémoire, et c'en est un. La façon dont il me regarde efface tous les doutes que j'ai pu avoir à son sujet. Sa tendresse abolit toutes mes craintes à propos du futur.

Et même si cette nuit est la dernière, je ne la regretterai jamais.

— Je n'ai plus envie de m'enfuir, lui dis-je sincèrement.

— Je ne te laisserai pas.

Je tiens son visage dans mes mains, et nous unissons nos lèvres. Eli prend le contrôle et caresse ma langue de la sienne. Nous respirons profondément et nous repaissons l'un de l'autre. Ses baisers sont incomparables.

Eli me pousse sur le dos et mon cœur s'emballe. Je regarde ses mains sur mes hanches, puis sur ma poitrine. Il retire ma chemise.

— Tu es la plus belle chose qui m'ait été donné de contempler, murmure-t-il en m'admirant.

Je sens une pointe de nervosité, mais il me suffit de me plonger dans ses yeux pour me calmer. La passion s'y lit clairement, et en dessous, je distingue tant de sincérité que j'en ai le souffle coupé.

— Tes yeux, quand tu me regardes… je commence.

— C'est toi qui me fais ça, termine Eli à ma place.

Mon cerveau est vide, je ne réfléchis plus, je n'arrive plus à me concentrer. Tout ce que je sais, c'est que j'ai besoin de lui. J'ai besoin de le toucher, j'ai besoin qu'il ressente la même chose que moi.

— Embrasse-moi, je réclame.

Il ne se fait pas prier, sa bouche est sur la mienne en un instant. Sa main caresse ma joue avec une douceur qui équilibre la violence de son baiser. J'essaie de relever son haut, et de coller ma peau contre la sienne, mais je n'y arrive pas.

Eli fait ce geste typiquement masculin d'empoigner son T-shirt dans son dos pour le retirer en un seul mouvement. Mon Dieu, qu'il est sexy ! J'adore voir ses muscles onduler sous sa peau alors que je parcours son corps de mes mains.

J'admire ses tatouages, qui me font tellement d'effet. Les flèches sur l'intérieur du biceps, les mots inscrits sur sa hanche et sur son bras, la croix sur son épaule ; je devine les oiseaux dans son dos. Ma main glisse vers celui qui orne sa hanche.

— Raconte-moi la signification de celui-ci, je lui demande d'une voix douce.

— Il me rappelle que je n'ai pas le droit de juger les autres. À chacun sa vie.

— Et les oiseaux ?

Eli repousse quelques mèches de mon front et hésite.

— Il me rappelle que même si je me sens pris au piège, je suis libre.

Sa voix est si triste que j'en ai le cœur serré.

— Tu te sens pris au piège ?

— Pas quand je suis avec toi.

— Tant mieux, je lui réponds en déplaçant ma main plus haut.

J'adore qu'il me laisse le toucher librement.

— Et celui-là ?

— Perspective.

Je le regarde, étonnée. Je ne m'attendais certainement pas à ça. Je ne suis même pas sûre de ce que ça veut dire. Eli comprend ma confusion et il frotte doucement son nez contre le mien.

— Lorsque la vie envoie des épreuves, on se met facilement en colère, on blâme les autres et on oublie tout ce qui va bien. Tous les jours, je regarde ce tatouage, et ça me donne de la force, de l'humilité et la motivation de vivre la vie que j'ai choisie.

— Pourquoi es-tu si parfait ? je l'interroge.

Ses doigts glissent le long de ma gorge et ses lèvres effleurent les miennes.

— C'est seulement parce que tu es faite pour moi, bébé. Je ne suis pas parfait, nous sommes parfaits ensemble.

Sa bouche vient s'écraser sur la mienne avec tellement de passion que je la ressens jusque dans mes orteils. La puissance de ses mains me pénètre au plus profond. Notre connexion est bien plus intense que le soir du concert. Ce soir, je ne couche pas avec Eli Walsh. Je suis avec Ellington, l'homme qui a volé mon cœur en un clin d'œil. L'homme dont je suis probablement amoureuse.

Il fait doucement glisser les bretelles de mon soutien-gorge, en me déposant de légers baisers dans le cou, puis le retire entièrement. Ses mains caressent mes seins et nos bouches se retrouvent. Il pince le téton et le fait rouler entre ses doigts pour me faire gémir.

— J'adore tes gémissements, déclare-t-il avant de m'embrasser plus bas.

— Ce que tu me fais est tellement bon.

Il répond d'un grognement, et me jette un coup d'œil pendant que sa langue glisse sur ma peau.

— J'adore ton goût, je vais te savourer toute la nuit.

La douceur a déserté son regard, éclipsée par le désir.

Je souffle son nom :

— Eli...

Sa langue tourne autour de mon téton, et il le prend dans sa bouche. Ma main empoigne ses cheveux et je le garde là pendant que son autre main descend dans mon short.

Je me retrouve nue, sous lui, sans m'en être rendue compte.

Il revient vers ma bouche, et m'embrasse fougueusement tout en continuant son manège avec sa main. J'inspire une bouffée d'air quand son doigt trouve mon clitoris et le caresse en petits cercles. Mon corps prend le contrôle et je sens la chaleur envahir mes veines.

Tous ses gestes me procurent du plaisir. Je me presse contre lui, j'en veux encore, mais je veux qu'il aille plus lentement.

— Putain, ce que tu m'excites quand tu es comme ça, murmure-t-il au creux de mon oreille. Quand je pose mes mains sur ton corps, que je te donne du plaisir, ça m'excite, bébé.

La caresse d'Eli s'intensifie, et il me glisse un doigt. Ma tête retombe alors qu'il continue à me stimuler.

— Vas-y, je le supplie.

— Vas-y comment ? me demande-t-il en mordillant mon lobe.

Je ne réponds pas, car je ne connais pas la réponse. Je le veux, simplement. Je veux plus de lui. Mes doigts se mêlent à ses cheveux alors qu'il continue à me doigter en caressant mon clitoris.

Ma bouche s'ouvre alors que l'orgasme est à son paroxysme, et je tombe dans le vide. Il gémit dans mon cou pendant que je hurle son nom.

Eli se penche vers moi, satisfait de lui-même.

Je veux lui donner le même plaisir qu'il m'a donné. Je veux le rendre dingue. Ma main descend le long de sa poitrine et je lui retire son short, libérant sa queue. Je le repousse sur son dos sans effort.

— Putain, grogne-t-il au moment où je l'empoigne.

— Cette fois, je veux t'entendre faire du bruit, bébé.

Je relève mes cheveux blonds, et j'embrasse son torse, ma langue laisse une trace brillante qui pointe dans la direction qui m'attire.

Il se redresse sur ses coudes, et garde les yeux sur moi pendant que je descends plus bas.

— Je veux te regarder me sucer, déclare-t-il, la voix chargée de désir.

— Et bien...

Je promène mes lèvres le long de ses abdos.

— ... on dirait que c'est ton jour de chance.

Eli fait exactement comme il le désire, et me regarde embrasser la pointe de son sexe. Je veux qu'il fonde de plaisir. Je sais qu'il veut que cette nuit soit mémorable, et je veux la même chose. Notre relation est pleine d'obstacles qui vont nous faire tomber à terre. Je sais que rien n'est sûr, mais je peux lui faire ce cadeau. Je peux me faire ce cadeau.

J'encercle sa queue de ma bouche, et je l'attire tout au fond en va-et-vient, tout en le caressant de ma langue. Les bruits qu'il laisse échapper répondent parfaitement à mes attentes. Il murmure et gémit alors que je le prends encore plus profondément.

Je creuse les joues et je l'aspire tout au fond de ma gorge. Eli empoigne mes cheveux pour me faire aller encore plus loin. Il perd le contrôle de lui-même et ça m'excite terriblement. Je me délecte du fait que mon corps, ma bouche et notre connexion lui fassent perdre la tête.

— Heather, putain, bébé, arrête, m'interrompt-il d'une voix faible. Je veux te pénétrer.

Tout à fait d'accord avec lui.

Il me relève et me retourne si rapidement, que je ne sais pas comment il a fait. Il s'empare de mes jambes et les passe sur ses épaules. À mon tour de le regarder.

— D'abord, je veux te goûter, je veux t'entendre crier mon nom pendant que je m'enfouis dans ta chatte.

Mon Dieu.

Eli fait exactement ce qu'il a promis de faire. Sa langue caresse mon clitoris sans relâche, et je crispe mes mains sur les draps. Il alterne les vitesses, et je sens un nouvel orgasme arriver.

— Oh mon Dieu ! je lâche dans un souffle, alors qu'il fait durer le plaisir.

Je veux qu'il continue pour toujours. Je me retiens, je veux que cette nuit ne finisse jamais. Je veux faire l'amour jusqu'à l'aube, mais Eli tient à ce que jouisse ici et maintenant. Il lèche et suce avec persistance jusqu'à ce que je devienne une masse nerveuse, incohérente et pantelante. Puis il me pénètre du doigt, qu'il recourbe, et je tombe en pièces.

— Eli !

Ma peau est luisante de transpiration et j'ai du mal à respirer. Les vagues de mon deuxième orgasme continuent de se succéder sans fin. Je l'entends ouvrir un préservatif, et lorsque j'ouvre les yeux, il est au-dessus de moi.

Je lui caresse la joue, et il me plante un baiser sur le nez.

Eli se positionne et se prépare à me pénétrer.

— Je veux être à l'intérieur de toi. Je ne peux plus attendre, dis-moi que tu en as aussi envie.

Ce que je ressens va au-delà de l'envie. Je sais que, cette fois, notre connexion sera différente. Je lui donne tout ce que je suis ce soir. Ce que nous faisons est spécial, ça a du sens et une partie de mon âme restera avec lui pour toujours. Je ne pourrai jamais l'oublier, et je ne le veux pas. Quelles que soient les épreuves qui nous attendent, je sais que ce soir, mon cœur lui appartient.

— Je te veux, je veux tout, je veux nous deux.

Eli me remplit entièrement. Mon corps, mon cœur et mon âme sont à l'unisson de notre désir. Cette connexion éthérée qui nous unit depuis le premier jour s'intensifie à chaque coup de rein.

Ses yeux sont plongés dans les miens pendant l'amour. Je ne me suis jamais offerte de cette façon. Il n'y a aucun obstacle autour de nous qui nous empêche d'être entièrement ouverts. Chacune de mes émotions lui appartient, et il partage les siennes avec moi.

Je relève mes hanches vers lui et je l'attire au plus profond de moi. Eli serre sa mâchoire en accélérant le rythme.

— Bébé, souffle-t-il, merde, je ne peux plus me retenir.

Aussi incroyable que cela puisse paraître, je sens un nouvel orgasme arriver.

— Continue ! je lui ordonne, haletante et le corps vibrant de plaisir.

Les hanches d'Eli s'emboîtent dans les miennes et il me pénètre puissamment. Des gouttes de transpiration perlent sur son visage et ses doigts rejoignent mon clitoris. Je ferme les yeux, je n'en peux plus, je hurle son nom alors qu'il jouit en même temps que moi.

— Heather ! crie Eli avant de s'écrouler sur moi.

Quelques instants plus tard, je suis toujours allongée, les yeux clos, et je le sens glisser hors du lit. Il ne part pas longtemps, et une fois de retour, il me prend dans ses bras. Nos jambes sont entremêlées, ma tête repose sur sa poitrine et ses doigts caressent légèrement mon dos. Nous restons muets, allongés, encore perdus dans ce que nous venons de vivre.

J'ai trente-huit ans, et pourtant, je n'ai jamais eu une expérience sexuelle semblable à celle-ci. Nos deux corps se sont unis pour n'en former qu'un seul. Un seul cœur qui bat, dans une seule seconde qui s'est prolongée à l'infini.

— Ça va ? s'enquiert Eli.

— Ça va fabuleusement bien. Et toi ?

Eli répond d'un gémissement satisfait. Je me relève pour observer son visage.

— Tant que ça ?

Il ouvre les yeux et me lance un clin d'œil.

— Je suis à peu près sûr que tu viens de me ruiner.

J'éclate de rire.

— Tu m'as ruinée également.

C'est la vérité, je ne me remettrai jamais de cette nuit.

— Tu as faim ? je lui demande en entendant son estomac gargouiller.

— Je n'ai pas l'intention de bouger pour le moment.

Ça me va parfaitement bien.

Je lui caresse l'épaule et je soupire.

— On est trop bien.

— Tu aimes les câlins ?

— J'aime les câlins avec toi.

Il rit doucement.

— Tu aurais pu en avoir la première nuit, mais tu t'es enfuie en courant.

Je rougis en repensant à la façon hystérique dont j'ai récupéré mes vêtements et suis descendue du bus.

— Parce que je venais de coucher avec toi !

— Nous venons encore de coucher ensemble, me fait-il remarquer comme si j'avais pu l'oublier.

— Rien à voir.

— Nous ne pouvons pas revenir en arrière.

Je glisse mon pouce sur sa lèvre inférieure.

— Je t'en prie, ne me fais pas tomber amoureuse de toi si tu comptes me quitter.

Voilà la source de tous mes soucis. Tous les gens que j'aime me quittent. Si je tombe amoureuse de lui, et que je le perds, je ne sais pas si je m'en remettrais.

— Je ne vais nulle part.

— Parfait.

— Donc, ce soir était mieux que notre première fois ? Et si on recommençait juste pour être sûrs ?

Ses sourcils se relèvent de façon suggestive et je le tape sur la poitrine.

— Eli, ta performance a été sidérale.

— Tu veux dire que je mérite une médaille ?

Je me relève sur un coude, mais il me repousse.

— Tu es vraiment un numéro.

— Je l'espère bien, et je crois que je viens de te le prouver. Combien d'orgasmes ? Deux ?

Trois, mais il ne le saura jamais. Son ego est déjà bien trop flatté.

— Tu devrais le savoir, puisque tu les distribues.

— Je suis le père Noël, mais je distribue les cadeaux toutes les nuits.

J'éclate de rire, et je roule à ses côtés. Il se décale pour se retrouver juste en dessus de moi et me gratifie d'un sourire éclatant.

— Tu as de la chance d'être si sexy. Si tu continues à raconter des bêtises pareilles, aucune femme ne voudra de toi.

Ses yeux vert émeraude me fixent.

— Il n'y a qu'une seule femme qui m'intéresse.

Je souris et je lui passe les bras autour du cou avant de l'embrasser.

— Bonne réponse.

Son estomac gronde à nouveau. Il me regarde avec une faim différente dans les yeux.

— Finalement, qu'est-ce que tu as dans tes placards ?

— Quelle est ta position sur les cochonneries sucrées ?

J'enfile le T-shirt d'Eli et je saute du lit. Je suis secrètement accro aux sucreries.

Quel que soit le nombre d'heures que je dois passer à la salle de gym pour les éliminer, je n'arrive pas à oublier les cookies. Nous passons par la cuisine pour faire des provisions, et nous allons nous affaler sur le sofa.

— Ne me juge pas, je lui lance, mais j'aime manger.

Il lève les mains.

— Pas de ça entre nous.

Je m'empare d'un Oréo et sépare les deux biscuits. Toute personne normalement constituée lécherait la crème, puis mangerait les biscuits. Pas moi. Je prends un cookie aux pépites de chocolat et je le place entre les deux pour faire un sandwich Oréo-cookie. J'aime les cookies au chocolat, j'aime la crème des Oréo. Pour moi, c'est le cookie idéal.

Eli me regarde mordre dans ma création, et gémir de plaisir. Le paradis du cookie.

— Tu viens encore de jouir ? m'interroge-t-il avec un rire rauque.

— Tu voudrais bien le savoir !

J'engloutis encore deux cookies de la même manière, sans une pointe de culpabilité. Eli ne me fait pas douter de moi ou ne sous-entend pas que je ne devrais pas manger ça. Matt me rappelait sans cesse que je n'étais plus une jeune fille et que je finirais par prendre du poids. Encore une différence de taille entre les deux.

— Ta sœur avait bonne mine, me dit Eli avant d'avaler une chips.

J'acquiesce.

— Aujourd'hui, c'était une bonne journée. Hier, c'en était une mauvaise.

— Elle a plus de bonnes journées que de mauvaises ?

Je soupire et je repose mon Oréo revisité. Je voudrais pouvoir lui dire que c'est le cas. Mais ces derniers mois ont été éprouvants et tendent désormais vers le mauvais.

— La maladie de Huntington ne va pas en s'améliorant. Elle va en s'empirant. Steph était si jeune quand elle a eu ses premiers symptômes, on nous a prévenues que le déclin serait comme de tomber d'une falaise.

Eli me prend par la main, il entend probablement la tristesse dans ma voix.

— Qu'est-ce que ça veut dire ?

— Ça veut dire que dès qu'elle commencera à aller mal, tout ira très vite. Au moins, elle n'aura pas à souffrir pendant des mois. Elle dit que c'est un point positif. Je ne sais pas si c'est vraiment mieux. Les premières années ont été assez faciles, avec des symptômes légers. Mais c'est si dur de la voir lutter. Je ne sais pas comment j'ai tenu le coup. Quand mes parents sont décédés, c'est arrivé par surprise. Nous n'avons pas eu le temps de nous inquiéter. Toutefois, avec Stephanie, je peux voir la vie quitter son corps, minute par minute. J'ai tout supporté toute seule, sans personne à mes côtés.

Sa main perd sa tonicité, il la retire de la mienne pour la masser de l'autre.

— J'aimerais pouvoir te rassurer.

Je hausse les épaules, même si notre conversation n'a rien de nonchalant.

— Dis-moi que tu ne me quitteras jamais, Eli. Parce que je ne peux pas me permettre de tomber amoureuse de toi si notre histoire va mal se terminer.

— Viens près de moi, me demande-t-il en ouvrant les bras.

Je n'hésite pas un instant, me réfugie près de lui et il me tient fermement contre lui.

— Je ne vais pas te quitter.

C'est effrayant d'être si vulnérable. C'est dur de donner ce pouvoir sur ma plus grande faiblesse à quelqu'un, surtout à Eli.

Je vis seule depuis longtemps, et j'ai appris à m'en sortir. Mais cette situation ? J'ignore comment la gérer. J'ai à peine goûté à l'affection d'Eli mais je suis déjà accro. Au plus nous passons du temps ensemble, au plus j'ai envie de sa présence.

— Tu pars bientôt.

C'est l'évidence dont personne ne veut parler. On peut tous faire semblant qu'Eli va rester, mais ce n'est pas le cas. Nous devons faire face à la réalité. Il doit retourner à New York dans moins de deux semaines. Le temps nous est compté. Il y a trois semaines, j'aurais pu lui dire au revoir et reprendre ma vie là où je l'avais laissée, mais aujourd'hui mon cœur est lié au sien, ça complique un peu les choses. Pourquoi ne suis-je pas tombée amoureuse d'un mec normal ? Fallait-il vraiment que je choisisse le seul qui me mette en face de chacune de mes insécurités ? Je suis vraiment trop bête.

Les bras d'Eli se resserrent autour de moi.

— C'est la partie compliquée, mais ça ne durera pas. Nous avons des pauses au cours du tournage, je peux revenir, ou tu peux venir à New York. Je ne t'ai pas menti, Heather, je veux trouver des solutions.

— Je dois travailler, et m'occuper de Steph.

— Je sais, je ne te demande pas de tout laisser tomber, fais-moi juste un peu de place.

Présenté comme ça, ça semble si simple.

CHAPITRE DIX-SEPT

ELI

— Nicole, Kristin et Denise, je l'interroge en essayant de me rappeler des noms.

Les copines d'Heather sont aussi sa famille, et je voudrais éviter de passer pour un blaireau en leur présence.

— Danielle, ou Danni. Cette maison est à elle, me corrige-t-elle en se garant devant une demeure dans le quartier de West Chase.

C'est une maison à étage modeste dans une impasse, avec une clôture en bois blanc, le cliché total. Je sais m'adapter, mais ma vie n'a rien de normal. Je ne sais pas si j'ai bien fait d'accepter.

Heather me lance un regard, et je sais pourquoi j'ai dit oui, pour elle.

— Ça va ? me demande-t-elle.

— Ça va être une super journée, bébé. Ils savent que je suis là ?

J'aurais dû lui demander avant.

— Mmm, en fait, je n'ai rien dit.

Je ne sais pas si c'est parce qu'elle ne pensait pas qu'on serait encore ensemble ce week-end ou parce qu'elle ne voulait pas que ses amies pètent un plomb. Bon ben, quand faut y aller.

Je prends sa petite main dans la mienne et je lui souris.

— Allons leur faire la surprise.

Je me souviens de l'une de ses amies. Rien de spécifique, mais c'est celle qui est venue en coulisses et qui a poussé Heather à me suivre. Il faut que je pense à la remercier.

Quelques gars sont postés sur le jardin à l'avant de la maison et parlent d'un truc qui se trouve par terre. L'odeur du barbecue emplit mes narines. Je suis en banlieue résidentielle, complètement hors de mon élément.

Nous sortons de la voiture, et les deux gars qui discutaient s'arrêtent pour nous regarder.

— Heather ! l'apostrophe le premier.

— Salut Peter.

Elle lui fait un signe de la main en souriant.

Ils nous rejoignent tous les deux et Peter me tend la main.

— Bonjour, je m'appelle Peter Bergen.

— Eli Walsh, je réponds en la serrant.

Je vois dans ses yeux qu'il me reconnaît.

— Oui, bien sûr.

Il se tourne vers l'autre gars.

— Eli, je te présente Scott McGee.

Nous nous serrons tous la main, et Scott me regarde d'un air agressif. C'est quoi son putain de problème ?

— Heureux de vous rencontrer.

J'essaie de ne rien laisser voir de mon antipathie instinctive.

Je passe le bras autour des épaules d'Heather et je l'attire vers moi. Je ne les aime pas, surtout le deuxième.

— Pareillement. Les filles sont derrière, dit Peter à Heather.

— Merci, répond-elle avec un sourire forcé.

On dirait que je ne suis pas le seul à ne pas apprécier ces faces de cul.

— Ils ont un problème ? je lui demande dès qu'ils sont hors de portée.

Elle éclate de rire.

— Nicole et moi, on les déteste. Scott surtout. Kristin lui trouve des excuses. Peter n'est pas si con, mais c'est un suiveur.

Nous contournons la maison, et je m'imprègne du décor.

Des enfants courent partout avec des pistolets à eau. Les femmes nous tournent le dos. Elles rient et s'occupent des plats qui sont sur la table. C'est exactement comme les fêtes qu'organisait ma mère quand Randy et moi étions petits.

— Heather ! interpelle une d'entre elles, avant de laisser s'échapper le bol qu'elle tenait entre les mains. Putain de merde !

Heather s'avance et me tire à ses côtés.

— Danni, je te présente Eli. J'espère que ça ne te dérange pas que j'aie amené un ami.

Je lui adresse un de mes sourires séducteurs et je m'approche d'elle. Ses yeux sont toujours sur mon visage, et je crois qu'elle tremble.

— Merci de me recevoir, Heather m'a dit que tes barbecues étaient les meilleurs de la saison.

— Je-je-je... bégaie-t-elle, t-t-u dans mon... Eli.

Heather rigole et taquine Danielle.

— Je voulais vous le présenter officiellement.

La fille dont je me souviens se dirige vers moi.

— Moi, c'est Nicole, on s'est déjà croisés, tu ne t'en souviens peut-être pas parce que tu étais très occupé à essayer de coucher avec ma copine. Tu as réussi d'ailleurs. Bravo !

— Merci, je réponds en riant. Je me souviens que tu as escaladé la barrière.

Elle inspire bruyamment et jette un regard méchant vers Heather.

— Oui, je lui en veux encore pour ça. Mais on dirait que tu es passé de l'autre côté de la barrière également ? Ne fais pas d'erreur, et je n'aurai pas besoin de t'arracher les testicules.

— Nicole ! s'écrie Heather avant de se retourner vers moi. Désolée j'aurais dû te prévenir à son sujet. Selon nous, elle a un handicap mental qui l'empêche de réfléchir avant de parler.

J'éclate de rire.

— Je l'aime bien.

— Oh mon Dieu, répond-elle en se couvrant le visage. Ne l'encourage pas Eli, ou tu pourrais bien le regretter.

Je salue son autre amie. J'imagine que c'est Kristin, étant donné qu'elle reste là, paralysée et muette. Ses yeux font des allers-retours paniqués entre moi et Heather. Je n'ai jamais compris cet effet que font les célébrités. Nous avons les mêmes problèmes que les autres. La seule différence, c'est que je voyage, je n'ai pas d'amis et je côtoie d'autres connards célèbres. Rien de bien fabuleux.

Heather et ses deux copines vont à l'intérieur pour s'occuper du repas et probablement pour parler de moi. Nicole éclate de rire quand elles demandent si elle va les aider. Au lieu de ça, elle vient s'asseoir à côté de moi armée de deux bières.

— Tu vas en avoir besoin, me prévient-elle en me tendant une des bouteilles.

— Merci.

— Je veux que tu saches qu'Heather est différente.

J'imagine que puisqu'elle n'a pas de père ni de frère, c'est la meilleure amie qui va me faire son petit discours.

— Je suis d'accord avec toi.

Elle boit une gorgée et acquiesce.

— Je pense que tu lui fais du bien. Je la connais depuis qu'on est gosses, et un truc a changé chez elle depuis que tu es dans sa vie.

— Tu ne serais pas en train d'enfreindre le code d'honneur des copines ? je lui demande.

Je ne sais pas comment ça marche chez les filles, mais si je me base sur la relation que j'ai avec Savannah, elles sont toutes cinglées. Elle et ses amies parlent de façon incompréhensible. Randy et moi avons essayé de décoder une fois, mais sans succès. Nous avons abandonné et décidé que ça n'en valait pas la peine. Mais je me souviens quand même qu'elle avait mentionné un code qu'il ne fallait jamais enfreindre. C'est tout ce que je sais.

— On se connaît trop bien. Pas besoin de code.

— Ça, c'est bon à savoir, je réplique en riant tout en buvant une gorgée de bière.

— J'ai appris ce que tu as fait pour sa sœur.

Je sais que c'est un test. Selon ce que je réponds, Nicole

peut m'aider, ou me torpiller. Pour l'instant, elle a été plutôt de mon côté. Mais elle peut changer d'avis, je ne suis pas un idiot.

— Ce qui est important pour Heather devrait l'être aussi pour celui qu'elle fréquente, tu ne crois pas ?

Elle laisse échapper un sourire avant de se reprendre.

— Les hommes ne pensent pas tous comme toi. Certains imaginent pouvoir passer avant. Je suis sûre que tu vois souvent ce comportement dans ta ligne de travail ?

Des fois, j'aimerais bien que les autres voient ce que je dois endurer tous les jours. Vu de l'extérieur, tout le monde se figure que c'est trop de la balle d'être moi. Mais ça a ses limites. Je suis traqué par la presse et les paparazzi. Je n'ai pas de vie privée. La seule raison pour laquelle Heather est restée secrète, c'est parce qu'on est à Tampa. Ici, je peux relâcher un peu mon attention. Mais si Heather et moi décidions de sortir dîner, alors des photos seraient prises, les gros titres publiés, les questions posées et tout le tralala. Mais je ne crois pas qu'elle parlait de ça. Je crois qu'elle faisait référence à son gros con d'ex-mari.

Je compose prudemment ma réponse.

— Ça arrive, mais pas quand les gens que j'aime sont concernés. C'est sûr que les personnes qui veulent profiter de moi me traitent différemment, mais si tu connaissais mon frère et sa femme, tu saurais ce que je veux dire. Je sais tout de la situation dans laquelle Heather se trouve, et seul un gros con égoïste lui demanderait de choisir.

Nicole suit les enfants du regard puis se retourne vers moi.

— J'ai tendance à la protéger.

— C'est une bonne chose.

— Je ne te laisserai pas lui faire de mal, me prévient-elle.

— Je ne veux pas lui faire de mal.

C'est plutôt le contraire, je veux la préserver, je veux la conforter, et je veux qu'elle puisse compter sur moi. Je ressens l'instinct primitif de m'occuper d'elle. Mais je ne sais pas si elle va me laisser faire.

— Vouloir et pouvoir sont deux choses différentes, et les gens ont tendance à faire passer leurs besoins avant ceux des autres.

Ses mots font mouche. Est-ce que c'est ce que je suis en train de faire ? Lui cacher des choses pour me protéger ? Pour avoir tout ce que je veux, et lui faire payer les pots cassés ?

À ce moment précis, je me déteste.

CHAPITRE DIX-HUIT

HEATHER

— Te voilà !

Je retrouve Eli assis à côté de Nicole dans le jardin. Lorsqu'il se tourne vers moi, ses yeux sont remplis de chagrin.

— Eli ?

En un clin d'œil, la tristesse a disparu.

— Salut.

— Qu'est-ce qui se passe ? je demande en fusillant Nicole du regard.

Si elle a dit un truc pourri, je vais la tuer.

— Je n'y suis pour rien, se défend-elle en secouant la main. J'étais juste en train de lui énumérer les choses que je lui ferais s'il te faisait du mal.

Sérieusement. Je me demande si elle ne devrait pas être suivie par des professionnels de la santé. Je sais qu'elle se comporte en amie, mais bordel, qu'est-ce qu'elle est chiante.

— Tu pourrais attendre un peu avant de le faire fuir ? je l'implore.

Eli m'attire à ses côtés.

— Tout va bien, il m'en faut plus pour me faire fuir. En plus, je suis sûr que Nicole adorerait rencontrer un certain membre du groupe, pas vrai ? lance-t-il de façon nonchalante avant de planter un baiser sur mon épaule.

Je ris sous cape.

Lors d'une conversation récente, je lui ai confié comment Kristin avait eu les billets pour le concert, comment Danielle léchait les posters, et l'obsession de Nicole pour son frère. Il a appelé son publiciste sur le champ et a commandé un petit quelque chose pour chacune d'entre elles. Quelle crise de rire quand il m'a dit pour la photo de Shaun léchant son propre poster pour Danielle ! Je suis sûre que la face de pet qui lui tient lieu de mari sera ravi.

— C'est pas vrai, s'exclame Nicole, tu lui as dit ?

Je hausse les épaules.

Elle se retourne paniquée vers Eli pour se justifier.

— Je sais qu'il est marié, et tout ça, mais honnêtement, ton frère a toujours été mon préféré.

Eli et Nicole sont assis à une table de pique-nique, et il m'attire à lui pour que je me retrouve assise entre ses jambes. Je pose ma main sur sa cuisse et je les écoute plaisanter sur la façon dont sa belle-sœur rigolerait si fort qu'elle en ferait pipi dans sa culotte si elle savait ce qui se raconte sur Randy. Il a essayé de prévenir Nicole qu'il n'avait rien de spécial, mais elle ne lâche rien, et reste convaincue du contraire.

Nicole va chercher une boisson à l'intérieur et les gars nous rejoignent, pour bavarder avec Eli. Je reste assise, je m'ennuie et je l'encourage à aller voir le truc sans intérêt dont ils parlent. Je les regarde s'éloigner en souriant. Il a l'air tellement domestiqué, c'est adorable.

— Regarde ce que j'ai trouvé ! s'exclame Nicole en me montrant sa célèbre sangria.

— Tu es la meilleure.

Je prends un verre, et nous nous écartons un peu des autres.

— Je crois qu'il est vraiment amoureux, lance Nicole en me regardant fixer Eli.

— Ah bon ?

Elle sourit.

— C'est une belle personne, ouvre-lui ton cœur. Je sais que vous n'avez pas la vie facile, mais il a réussi le test de la meilleure amie haut la main.

Je crois que Nicole oublie que nous avons presque quarante

ans et que je n'ai plus besoin de sa bénédiction. Mais je suis quand même heureuse de l'avoir. Et elle ne me l'aurait jamais donnée si elle ne le pensait pas vraiment.

— Je t'aime, je lui confie en l'attirant vers moi.

— Moi aussi je t'aime, même si je suis jalouse que tu couches avec un Dieu du sexe tous les soirs.

— Et ton plan à trois ?

Elle ricane.

— C'est fini avec ces deux-là, je crois qu'ils cherchaient juste une excuse pour se retrouver au pieu tous les deux, je n'étais pas strictement nécessaire. Et si je vais au lit avec deux hommes, je veux être au centre de l'attention. Non, j'ai repéré quelqu'un d'autre.

J'en reste bouche bée, même si je ne devrais pas être si étonnée. Il s'agit de Nicole. Elle a toujours été ainsi, et je serais inquiète si elle se comportait différemment.

— Encore un de tes plans foireux ?

Danielle nous rejoint et pose la main sur mon épaule.

— Je n'arrive pas à croire que tu nous aies caché tout ça !

Je voulais garder Eli pour moi seule le plus longtemps possible. Et puis je ne me confie pas autant auprès d'elles que de Nicole. Leur mariage ne tient qu'à un fil et leurs conseils ne sont jamais adaptés.

— Oh je t'en prie, intervient Nicole, tu n'aurais pas gardé ce secret à sa place ? Regarde ! C'est Eli Walsh. S'il était dans mon lit, il n'en sortirait jamais. Peut-être une pause pipi de temps en temps, et puis retour aux choses sérieuses.

Elle me lance un clin et je lui rends un sourire.

— Bon, ce n'est plus un secret maintenant, tu peux nous révéler tous les détails croustillants, répond Kristin dans un éclat de rire.

Nous restons là, comme quand nous étions gamines et que nous nous racontions notre premier baiser. Aujourd'hui, je leur décris mes premières semaines avec Eli.

— Et si on allait chez moi ce soir ? propose Eli.

Pour l'instant, nous avons dormi chez moi toutes les nuits. Peut-être qu'il essayait de s'intégrer dans ma vie, ou qu'il voulait me prouver qu'il était normal, en tout cas, j'ai apprécié. Mais ce soir, je veux lui rendre la pareille. Son monde et le mien doivent se mélanger, et ça n'arrivera pas si je le force à s'adapter seulement à ma vie.

— Oui, ça me ferait plaisir.

Eli prend ma main et dépose un baiser sur le dos.

— J'ai hâte de te voir chez moi.

Je suis contente qu'il ait envie que j'y passe du temps. Et je veux le rendre heureux aussi. Nous avons passé une excellente journée. Je sais qu'il ne se sentait pas bien au début, mais il a fini par bavarder avec mes copines, il a fait des efforts pour supporter leurs maris, et s'est comporté de façon tout à fait délicieuse. Je l'ai surpris en train de me regarder, tout sourire, ou de trouver des façons discrètes de se rapprocher de moi et de me toucher. Il prenait soin de moi sans même que je m'en rende compte.

— Merci pour aujourd'hui.

— Je me suis amusé, tes amies sont sympas.

— Elles ne passent pas inaperçues.

Eli rigole.

— Nicole est très proche de toi.

— J'ai de la chance de l'avoir.

Elle me rend complètement dingue parfois, mais je ne peux pas imaginer ma vie sans elle.

— J'ai de la chance de toutes les avoir, mais Nicole et moi avons toujours eu une relation spéciale.

Je lui raconte nos enfances en riant. Nous n'étions pas très malines à l'époque. Je ne sais pas comment nous avons échappé à la prison. Ma mère m'aurait mis une belle raclée si elle avait su la moitié des conneries que nous faisions. Kristin a toujours été la plus sage d'entre nous, et nos parents nous laissaient faire tout ce que nous voulions tant qu'elle était avec nous. J'imagine qu'ils espéraient qu'elle nous dissuade de faire des bêtises. Le problème c'est qu'on finissait toujours par la persuader d'en faire.

— Attends, vous avez vraiment essayé d'escalader la barrière pour rentrer dans Busch Gardens ?

— C'était pour un pari.

Il suffisait de dire à Nicole et à moi que nous ne pouvions pas faire quelque chose, pour que nous trouvions un moyen d'y arriver.

— Le petit ami de Nicole y travaillait et nous avait prévenues que c'était impossible.

— Vous avez réussi ?

Nous arrivons dans l'allée d'Eli, et il gare sa voiture.

— Tu as bien vu comment nous escaladons les barrières. Nous n'étions pas meilleures à l'époque.

La voiture résonne des rires d'Eli. Il tape sur le volant.

— C'était la chose la plus drôle que j'aie vue depuis longtemps.

Je lève les yeux au ciel et je croise les bras.

— C'était de l'instinct de conservation.

C'était stupide, je le sais, et j'essaie de ne pas penser au fait que nous devions avoir l'air d'idiotes perchées là-haut. Au moins, j'avais mis une culotte, sinon ça aurait été la honte suprême.

— Tu te protégeais de quoi ?

— De me rendre compte que je venais juste de coucher avec toi.

Eli secoue la tête, n'y comprenant rien.

— Je ne sais pas si je dois mal le prendre. C'était la première fois qu'on me faisait un coup pareil. Que la fille s'enfuie après de multiples orgasmes.

Je voudrais revenir en arrière et modifier plusieurs choses, mais pas celle-là. Bien sûr, j'aurais pu faire différemment, mais cela aurait changé le cours des derniers mois.

— Laisse-moi te poser une question. Si j'étais restée ce soir-là, serais-tu assis ici en ce moment même ?

Il réfléchit quelques instants en passant sa main dans ses cheveux.

— Je voudrais pouvoir te dire que oui, mais ta fuite ce soir-là m'a donné envie de te connaître. Je n'avais jamais connu ça.

— Personne ne fuit l'homme le plus sexy de la terre.

Il rigole.

— Si, toi.

Je me penche vers lui pour lui faire face.

— Et si je devais le refaire, je referais exactement pareil.

— Ah bon ?

— Ouais, parce que je suis avec toi maintenant, et je sais que si j'étais restée dans ce lit, tu ne m'aurais pas couru après.

Le regard d'Eli s'adoucit, et il me lance un sourire narquois.

— On ne saura jamais.

Il s'approche de moi, jusqu'à ce que nos haleines se mêlent et nous restons là, dans le moment.

Je lève la main, et la passe dans ses cheveux bruns sans le quitter des yeux.

Dans son regard, je lis successivement la satisfaction, la crainte et l'adoration. Est-ce qu'il a peur de notre relation ? C'est la deuxième fois aujourd'hui que je vois que quelque chose le trouble. Une partie de moi veut lui poser la question, mais je fais semblant de ne rien voir.

Une sensation d'inconfort m'envahit parce que je sais que je prends la mauvaise décision. J'ai déjà ressenti ce genre de chose, et j'avais choisi l'autre voie. Je suppliais Matt de me parler, de me dire comment il se sentait. Chaque fois que j'essayais de l'approcher, il s'éloignait encore plus. Faire la même chose et s'attendre à un résultat différent, voilà la définition de folie. Pour autant que je sache, ce n'est pas important, mais une petite voix dans ma tête me dit que je me trompe.

Eli se penche vers moi et m'effleure les lèvres. Je me ressaisis et j'essaie d'oublier ce que j'ai vu. Je veux vivre le moment présent. Nos futurs sont incertains, et si je m'engage sur le mauvais chemin, nous allons nous perdre. Je dois rester à ses côtés et espérer que nous saurons franchir les obstacles ensemble.

Il pose son front contre le mien.

— Entrons, je veux te prendre dans mes bras.

— Ça me va.

Nous descendons de la voiture et il semble revenu à la

normale. Le soleil s'est couché et des lumières judicieusement positionnées éclairent la maison. On dirait un putain de palais. Toute cette grandeur a le même effet sur moi qu'à ma première visite. Je crois que je ne m'y habituerai jamais. Il me prend par la main et nous faisons le tour à nouveau, seulement cette fois, il me fait visiter toutes les pièces.

Au deuxième étage, je découvre six chambres d'amis, qui font toutes au moins deux fois la surface de la mienne. Elles ont chacune une salle de bain adjacente et sont décorées jusque dans le moindre détail. Je suis sûre que quelqu'un d'autre choisit tout ça à sa place. Nicole serait folle de joie ici.

Nous entrons dans sa chambre, et je manque de m'évanouir. Ce n'est pas une chambre, c'est une petite maison.

Je vois un salon au fond, entièrement meublé avec à gauche une cheminée vitrée de tous les côtés. Eli reste appuyé contre un mur pendant que je fais le tour.

— C'est incroyable, je lance, impressionnée.

Je fais le tour de la cheminée. La salle de bain est à couper le souffle, avec un jacuzzi sur le côté et une douche qui prend toute la longueur du mur. Je parie qu'on peut rentrer au moins à dix là-dedans.

Eli s'éclaircit la voix, et je me retourne vers lui.

— Tu as l'air parfaitement à ta place ici.

Je secoue la tête, incrédule.

— Je ne crois pas, non.

Il s'avance vers moi.

— Un jour, tu comprendras à quel point tu es belle.

— Un jour, tu comprendras que tu as besoin de lunettes.

Ma blague ne le fait pas rire. Je n'ai jamais pensé que j'étais moche, mais je ne me trouve rien de spécial. Je suis toujours époustouflée qu'Eli puisse penser le contraire.

Il m'entoure de ses bras forts et je me laisse aller contre lui. En un seul geste, Eli me remonte le moral. Quand je suis avec lui, le monde ne paraît pas si déprimant. Bien sûr, les problèmes sont toujours là, mais s'il reste à mes côtés, je me sens capable de les affronter.

— On va se coucher ? me propose Eli, la voix pleine de sous-entendus.

Je lui souris.

— Oui, avec plaisir.

Nous nous préparons pour la nuit dans son immense salle de bain. Je ris intérieurement quand je compare nos deux maisons. J'ai un lavabo chez moi, et le placard occupe les trois quarts de la pièce.

Ensuite, nous nous installons dans son lit king size. C'est agréable d'avoir autant d'espace, mais je crois que je préfère mon lit plus petit, mais plus propice aux câlins. Eli ouvre ses bras et je me blottis contre lui.

— J'aime me coller à toi.

Il approuve d'un grognement alors que je passe un bras sur sa poitrine.

— Je ne m'en suis jamais rendu compte, jusqu'à ce que tu te retrouves de l'autre côté de mon lit.

— Ooooh, trop mignon, tu aimes les câlins, je le taquine.

— J'aime *énormément* les câlins.

Je souris et je lui dépose un baiser sur la poitrine.

— J'aime que tu aimes mes câlins.

— Vous essayez de me séduire, Officier ?

Je bats des cils en le regardant.

— Moi ?

Il se retourne et me relève pour être en face de moi.

— Ça ne me dérange pas, vous savez.

— Vous allez vous laisser séduire, M. Walsh ?

Eli se rapproche de mon oreille et suit ses contours avec sa langue avant de la mordiller.

— À vous de voir.

Je passe la main sous les couvertures, effleurant son corps musclé, jusqu'à son érection.

Il est toujours prêt, et je ne me pose jamais la question de savoir s'il me désire. C'est l'une des raisons pour lesquelles j'aime beaucoup dormir nue.

J'arrache un gémissement à Eli en l'entourant de mes doigts, et mes lèvres vont se planter sur les siennes. Il agrippe mes hanches et m'attire fermement contre lui alors que je commence à le branler.

Mon téléphone sonne dans mon sac, de l'autre côté de la pièce, mais je suis trop perdue dans nos jeux pour y prêter attention.

Ses gémissements sont rauques et je les prends dans ma bouche pendant notre baiser. Je sens ses mains qui massent mes seins avant de tirer le téton. Je n'ai jamais connu pareille symbiose sexuelle. Je n'ai pas une grande expérience dans ce domaine, mais Eli m'accompagne. Je veux lui donner du plaisir. J'aime savoir que c'est mon corps qu'il cherche, qu'il s'approprie et qu'il adore.

— Tu me rends dingue, admet Eli avant de m'embrasser à nouveau.

Ses mains parcourent mon corps et finissent par caresser mon clitoris.

Le téléphone sonne à nouveau.

— Tu devrais peut-être répondre, murmure-t-il contre mes lèvres et je grogne en acquiesçant.

Je repose la tête sur l'oreiller.

— Ne bouge pas, je lui ordonne avant de sauter du lit.

Je lui jette un regard ; il a posé sa tête dans sa main et m'observe parcourir la pièce.

Mon téléphone affiche six appels manqués d'un numéro inconnu. Je ne l'avais pas entendu sonner autant de fois. Quelque chose ne va pas, je le sens dans mes os. Personne n'insiste autant à moins d'une urgence, et j'ai été assez conne pour laisser sonner.

— Allo ? j'appelle avec une voix tremblante.

— Heather, c'est Anthony.

— Anthony.

Je lance un regard à Eli qui est déjà en train de se lever.

— Qu'est-ce qui se passe ?

Il hésite, et je sens l'angoisse monter.

— Viens vite à l'hôpital. Dépêche-toi.

— Est-ce qu'elle...

Mes mots restent coincés dans ma gorge. Les mains d'Eli

sont sur mes épaules. Je ne peux pas dire les mots, je ne peux pas demander si elle nous a quittés, parce que s'il dit oui, je vais m'effondrer.

— Viens.

Le téléphone tombe par terre et les bras d'Eli sont autour de moi. Mille fois, j'ai imaginé ce moment, mais j'avais tout faux, à chaque fois. Je sens mon corps se refermer, mon cerveau bloque toutes les sensations. Je ne sais pas comment j'ai atterri sur le lit ni comment je me suis habillée. Rien ne semble réel. Le temps a cessé d'exister.

Je suis creuse et sans vie.

Eli me porte dans ses bras comme une enfant et descend les escaliers. Il aboie des ordres à quelqu'un pendant que nous montons dans la voiture.

La voiture roule, mais je ne vois rien par la fenêtre. Anthony n'a pas eu besoin de me dire qu'elle était morte sans que je sois à ses côtés. Je le sens.

Ma sœur a quitté ce monde.

Je suis seule.

CHAPITRE DIX-NEUF

HEATHER

— Nous avons fait tout ce qui était en notre pouvoir, Mme Covey, je suis désolé, m'explique le docteur alors que je me tiens devant lui, les joues inondées de larmes.

Ma sœur nous a quittés.

Il y a seulement trois jours, nous étions au parc d'attractions. Nous riions, passions du temps ensemble, et aujourd'hui, elle est morte. Sans prévenir, sans me laisser lui dire au revoir, sans rien sauf une douleur agonisante.

Je me tiens dans une pièce froide et vide, et ils essaient de me donner des réponses.

— Comment est-ce arrivé si vite ? je les interroge. Je croyais qu'il y aurait des signes, un avertissement ?

Anthony s'avance.

— Elle nous a suppliés de ne rien te dire.

— De ne pas me dire quoi ?

Le Dr Pruitt touche mon bras.

— Stephanie a commencé un traitement contre la pneumonie après sa crise. C'est pourquoi nous l'avons gardée quelques jours supplémentaires. Les antibiotiques ne faisaient aucun effet, mais elle nous a demandé d'arrêter le traitement et de la laisser sortir. Nous avons fait de notre mieux dans la mesure de ce qu'elle nous imposait.

La colère m'enflamme le sang et intensifie la douleur dans

chaque cellule de mon corps. Ce qu'elle a choisi ? Elle savait ? Ils m'ont menti ? Ils savent combien ça me coûte ? Ma poitrine se soulève alors que j'essaie de comprendre ce qui a pu se passer.

Je regarde Eli, puis le docteur et j'explose.

— Je ne comprends pas qu'on ne m'ait rien dit ! Pourquoi vous avez cru bon de me laisser dans l'ignorance ! je hurle. J'étais son accompagnante ! Elle ne savait pas ce qu'elle faisait ! Je suis sa sœur ! J'aurais dû savoir !

Eli m'attire dans ses bras et je pleure à chaudes larmes. Je gifle son bras, puis sa poitrine, laissant libre cours à ma colère. J'aurais pu avoir trois jours de plus avec elle. S'ils m'avaient tenue informée, je ne l'aurais jamais laissée passer la journée dans un putain de parc d'attractions. Je l'aurais forcée à recevoir un traitement, et à ne pas se laisser mourir. J'aurais pu faire tant de choses, et maintenant c'est trop tard.

Ma rage se dirige vers Anthony.

— Tu le savais ! j'éclate. Tu savais qu'elle était malade, et tu l'as laissée sortir !

Sa tête retombe, et quand il me refait face, ses yeux sont remplis de larmes.

— Je sais que tu ne vas pas me croire, mais elle était importante pour moi. Elle m'a demandé de l'aider à rester stable afin de pouvoir profiter de la journée avec toi. Elle voulait une journée normale avec toi. Ta sœur savait qu'elle était mourante, et elle ne voulait pas que ça s'éternise. J'étais avec elle, j'ai tenu sa main, et je lui ai donné ce qu'elle voulait.

— Tu la connais depuis combien de temps ? Une semaine ? Je suis restée à ses côtés tous les jours pendant sept ans ! Ça aurait dû être moi à ses côtés. Tu m'as volé ça.

Une larme glisse le long de sa joue, mais je n'ai plus de place dans mon cœur brisé pour la douleur des autres. Je ne ressens que de la haine.

— Tu dois me croire, ta sœur t'aimait tellement qu'elle voulait t'épargner ce moment. C'était par amour.

Je me déteste. Je le déteste. Je déteste tout le monde, et je ne peux plus respirer.

J'inspire profondément et Eli me masse le dos.

— Respire, bébé.

Je le regarde, son visage flou.

— Elle est partie, je n'ai pas pu lui dire au revoir. Je n'étais pas là, Eli, je n'étais pas avec elle.

— Je sais.

Le docteur se racle la gorge.

— Nous avions des instructions spécifiques dans le dossier médical de Stephanie. Elles ont toutes été suivies à la lettre. Je suis vraiment désolé, Mme Covey. Prenez le temps qu'il vous faudra.

Lui et Anthony s'éloignent et me laissent faire la dernière chose que j'ai envie de faire. Dire au revoir à ma petite sœur.

Eli et moi marchons le long du couloir, son bras passé autour de mes épaules. Je voudrais pouvoir le repousser, être seule et m'apitoyer sur mon propre sort. Mais je n'y arrive pas. C'est la seule personne ici qui n'a pas passé les dernières journées à me mentir. Je m'accroche à lui en marchant, suivant la ligne dessinée sur le sol. Nous ne parlons pas, car il n'y a rien à dire. Je ne peux pas remonter le temps. Je ne peux pas changer la façon dont les choses se sont déroulées. Une fois de plus, on ne m'a pas laissé le choix.

La porte est ouverte et je vois son corps sans vie allongé. Je ne suis pas assez forte pour ça. Je croyais être prête, mais je n'avais aucune idée de ce qui m'attendait. On ne peut pas se préparer au deuil.

Au lieu de ça, je me répète que je n'étais pas là pour elle à la fin. J'étais dans le lit d'Eli pestant contre la sonnerie du téléphone. J'aurais dû lui tenir la main, lui rappeler à quel point elle était aimée. Ma belle petite sœur n'est plus là. Et je pleure qu'elle n'ait pas pu entendre ma voix lui dire toutes les choses qu'elle avait besoin d'entendre.

La main d'Eli est dans mon dos, et je me retourne et je m'écrase contre sa poitrine en empoignant son T-shirt.

— Non, non, non !

J'avais presque réussi à me persuader que c'était un mensonge. Tout au fond de moi, je gardais l'espoir qu'elle soit encore en vie. Mais ce n'est pas le cas.

— Je ne suis pas prête ! dis-je en pleurant. Elle ne doit pas mourir, mon Dieu je vous en prie, rendez-la-moi.

Il me murmure quelques mots de réconfort et de soutien, mais je n'entends rien. Je ne peux pas apaiser la torture. Deuil, culpabilité, colère et désolation me consument.

— Tu veux entrer ? Tu n'es pas obligée.

Je sais que je dois le faire. Même si elle n'est pas vraiment là, et qu'il ne s'agit que de ses restes.

— Oui, je veux entrer, je lui réponds en redressant les épaules.

La chaleur de sa main en bas de mon dos me donne un peu de force.

— Je t'attends ici.

Mes pieds s'avancent tous seuls. Je tire la chaise plus près de son lit et mon cœur se brise. Eli reste dans le couloir pour me laisser un peu d'intimité. Je repousse quelques mèches de cheveux de son front. Elle adorait quand je lui faisais ça. Au début de sa maladie, c'était la seule chose qui la calmait. J'ai passé tellement de nuits à caresser ses cheveux.

Je ferme les yeux pour ne pas voir son visage, et je continue à passer mes doigts dans ses cheveux.

— Je suis désolée Stephy. J'aurais dû être là, et je ne me le pardonnerai jamais. Je suis ta sœur, et je devais être à tes côtés. Je ne sais pas si tu as eu peur, ou si tu as eu mal. Je ne sais pas si tu m'attendais.

Je laisse échapper un sanglot étranglé.

Eli fait un pas, mais je le retiens d'un geste. Je veux être seule. Même si elle n'est plus en vie, je prie pour qu'elle m'entende.

— Je voulais être là, ma chérie, je voulais être à tes côtés. Tu étais tout pour moi, Stephanie Covey. Je ne sais pas comment vivre sans toi. Je t'aime plus que ma propre vie. Tu as été la meilleure sœur du monde. Chaque journée que j'ai pu partager avec toi a été un cadeau, et je voulais que ça continue pour toujours. Je voudrais pouvoir te raconter des blagues idiotes.

Mes larmes sont si épaisses que je n'y vois plus rien.

— Je voudrais te prendre dans mes bras et te dire à quel

point tu es spéciale. Tu représentais tout ce qu'il y a de beau dans le monde.

J'essuie mon visage et j'inspire longuement.

— Le monde était un meilleur endroit grâce à toi. J'ai été une meilleure personne grâce à toi.

Ma tête retombe sur le côté du lit et je prends sa main sans vie dans la mienne. Je ne retiens plus mes larmes. C'est moche, c'est douloureux, et je n'ai plus les ressources nécessaires pour me contrôler.

— Ça aurait dû être à moi d'être malade ! Tu ne méritais pas ça !

Je ne sais pas combien de temps je reste penchée sur ce lit, accrochée à elle. Je n'ai pas vraiment connu le deuil jusqu'à cet instant. Je croyais que la douleur ne pouvait pas être pire qu'à la mort de mes parents, mais c'était une goutte dans l'océan. Là, je me noie, et les courants m'emportent dans de troubles profondeurs.

J'ai besoin d'air.

Je ne peux plus respirer.

Mes poumons ne fonctionnent plus. J'inspire, j'essaie de trouver un peu d'oxygène dans cette pièce, mais il n'y en a plus.

— Respire, bébé, respire. Heather, regarde-moi.

Eli s'est agenouillé à mes côtés et me caresse le visage en essuyant mes larmes avec son pouce.

Mes yeux retrouvent les siens. Il me fixe jusqu'à ce que je me calme.

— C'est bien, respire. Contente-toi de respirer. Je suis là.

— Elle est partie.

— Je sais, bébé.

— Elle ne reviendra plus.

Ses yeux sont tristes.

— Je suis désolé.

Le son qui sort de ma gorge est un cri de désespoir.

— Ramène-moi à la maison, Eli. S'il te plait ! Je ne peux plus la voir comme ça. Je n'ai pas pu la sauver, et maintenant, elle est morte !

Ses bras m'empêchent de tomber à terre. Je veux revenir

dans cet endroit où on ne sent rien. Je ne sentais pas la douleur. Je sais que demain, je ne pourrais pas lui envoyer de SMS ni l'appeler, ni la toucher, et cette pensée m'anéantit tellement que je ne pense pas pouvoir survivre.

Eli me maintient contre sa poitrine et nous sortons de la pièce. Je l'entends parler à quelqu'un, mais je suis retombée dans l'obscurité. Je veux y rester.

Je ne pense à rien.

Tout ce que je sais, c'est que les bras d'Eli sont autour de moi. Je ferme les yeux, et je vais là où même la mort ne peut pas me rejoindre.

— Heather.

Une voix douce prononce mon nom.

— Réveille-toi, ma puce.

Stephanie ? Elle est ici ? J'ouvre brusquement les paupières, espérant voir ma sœur, mais ce n'est pas elle. C'est Nicole, penchée sur moi. Désorientée, je regarde autour de moi, et comprends que je ne suis pas chez moi. Je suis dans un grand lit au milieu d'une énorme pièce. Je suis chez Eli. Comment sommes-nous arrivés là ?

— Salut.

Elle me regarde avec des yeux rougis.

Elle sait pour Stephanie.

Il a dû l'appeler.

— Nic...

Son nom reste coincé dans ma gorge et elle me prend dans ses bras.

Dès qu'elle me touche, je m'écroule. Les larmes qui coulent sont énormes comparées à celles que j'ai versées avant. La douleur est de retour, encore plus intense. Nicole me berce d'avant en arrière et je m'accroche à elle comme si j'avais peur de tomber.

— Ma chérie, laisse tout sortir, c'est bien, m'encourage-t-elle. Laisse tout sortir.

Il y a une connexion entre deux personnes qui se comprennent. C'est ce qu'il y a entre Nicole et moi. Nous n'avons pas besoin de mots pour savoir ce que veut l'autre. Parfois, c'est seulement de se laisser aller dans les bras réconfortants de sa meilleure amie.

Nicole se penche en arrière quand elle sent que je me calme.

— Ça va mieux ?

— Non, et ça n'ira jamais mieux.

Elle essuie ses propres larmes, et opine.

— Ça va faire mal, mais tu es solide Heather. Stephanie t'aimait tellement, tu le sais.

— Elle m'a caché des choses.

Toutes les émotions de la nuit précédente reviennent me torturer. Ma sœur savait qu'elle était malade et qu'elle allait mourir. Elle m'a caché son état pour pouvoir passer la journée tous ensemble au parc d'attractions.

— Elle a tout gardé pour elle. Si elle était encore en vie, je lui passerais un bon savon. Elle aurait dû rester au lit, pour aller mieux, et...

— Et faire une nouvelle rechute ? me provoque Nicole.

Elle aimait ma sœur comme si c'était la sienne. Stephanie était toujours dans nos pattes quand nous étions plus jeunes, espérant devenir exactement comme nous. Je me souviens de Stephanie en train d'essayer mes vêtements et de se confier à « sa meilleure amie » Nicole. Ça me gonflait à l'époque. Si j'avais su.

— C'est vraiment ce que tu voulais pour elle ?

Mon premier instinct est de hurler que oui.

J'ouvre la bouche, mais Nicole me regarde sévèrement, comme si elle me mettait au défi de le dire tout haut.

— Je... je ne sais pas.

Je remonte les genoux et les entoure de mes bras. Je voudrais pouvoir rentrer à l'intérieur de moi-même et disparaître. Là, j'ai trop mal pour continuer à exister.

— Je te connais, et je sais que tu ne voulais pas ça. Je ne souhaite même pas penser ce que des mois de son agonie t'auraient infligé.

Oui, j'imagine que je peux y trouver un peu de réconfort. Mais pas tant que ça. Les sept dernières années de la vie de Stephanie n'ont été que des montagnes russes. Nous avons souffert à chaque étape. J'ai vu la vie commencer à la déserter le jour de son diagnostic.

Je tourne la tête vers la porte, et Eli est là, appuyé contre le montant. Il tient un verre d'eau et une assiette. Il hésite avant d'entrer. Je le regarde, les yeux remplis de larmes.

— Tu as dormi longtemps.

Sa voix grave est chargée d'émotions.

— Je me suis dit que ça te ferait du bien de manger un peu.

Mes lèvres tremblent. Nous étions si heureux avant ce coup de fil. Nous étions ensemble, amoureux, pendant que ma sœur agonisait. Je voudrais remonter le temps. J'aurais dû aller la voir après le barbecue, mais j'étais si comblée par lui.

Mon cœur saigne quand je pense à ces précieuses minutes que j'ai gaspillées en ignorant le téléphone. Ce sont ces remords qui me rongent.

Nicole touche mon bras.

— Eli m'a appelée dès votre retour. Je suis venue tout de suite. Mais tu as dormi quinze heures.

— Je suis fatiguée.

Les yeux d'Eli et de Nicole se croisent, et elle me serre tendrement.

— J'en suis sûre. Tu devrais manger un morceau. Tu veux que je m'occupe d'appeler Matt pour le prévenir de ton absence pendant quelques jours ?

— Dis-lui que je ne sais pas quand je reviendrai.

Dans l'immédiat, je ne peux pas réfléchir. Juste l'idée de patrouiller et de parler à des gens m'insupporte.

— Je lui dis que tu restes absente pendant une semaine. Tu verras ensuite.

Sa voix est ferme, et je sais ce qu'elle essaie de faire. Je ferais pareil pour elle, si elle laissait tout tomber.

Je la pousserais.

Mais il est impossible de sortir quelqu'un d'un gouffre en le poussant. On peut juste espérer que cette personne finira par s'accrocher à la paroi pour pouvoir l'en tirer. Mais je n'ai plus de forces, je ne peux plus bouger.

— Tu veux que je reste un peu ? demande-t-elle à Eli.

— Non, je peux m'occuper d'elle.

Je leur lance un regard acéré alors qu'ils parlent de moi comme si je n'étais pas là. Tout ce que je veux, c'est me rendormir et me réveiller dans une autre réalité.

Nicole m'embrasse le front, et ils sortent tous les deux de la pièce. Je m'empare de mon téléphone pour lire mes messages et voir qui a appelé.

Danielle : Je t'aime, je suis là pour toi.

Brady : Rachel et moi pensons à toi. Dis-nous comment nous pouvons t'aider.

Rien. Vous ne pouvez rien faire.

Kristin : Nicole m'a prévenue. Je suis si triste pour toi Heather. Tu veux que je vienne à tes côtés ?

Je réponds à Kristin tout de suite. Je ne veux voir personne.

Moi : Merci, mais je ne me sens pas d'avoir de la compagnie.

Même si je suis chez Eli, elle viendrait. C'est dans sa nature. C'est elle qui a le plus d'empathie dans notre groupe, et je ne veux pas me faire materner. Je ne veux pas qu'on essaie de me faire aller mieux.

J'essaie de me souvenir de mon état d'esprit à la mort de mes parents. Est-ce que je suis tombée si bas ? Je crois que oui, mais je devais aussi m'occuper de Stephanie. Je ne me suis pas laissé dépasser par mon chagrin. Je devais rester solide, lui donner de l'espoir et m'assurer qu'on allait s'en sortir. Mes amies étaient là pour moi, mais nous étions si jeunes. C'était totalement différent.

Eli entre dans la pièce et j'utilise toutes mes forces pour rester assise. Je resserre mes bras autour de moi.

— Tu as mangé quelque chose ? il s'enquiert.

— Je n'ai pas faim.

Le lit bouge légèrement lorsqu'il s'assied près de moi.

— OK.

Je le regarde, étonnée. Je m'attendais à ce qu'il s'oppose à ma chute au fond d'un gouffre sans fin.

— Ne sois pas si surprise. Tu es libre de faire ton deuil à ta manière. J'essaie juste d'être là pour toi, si je le peux.

Les larmes qui remplissent mes yeux troublent ma vue. Je me jette dans ses bras. Je ne sais pas ce qui me passe par la tête, mais j'ai besoin de son réconfort. Il s'allonge et m'attire vers sa chaleur. Mes larmes coulent en silence, et j'écoute les battements de son cœur.

Il est resté près de moi chaque seconde. Même quand je ne pouvais pas m'occuper de moi-même, il a veillé sur moi. Je me retourne pour lui faire face. Eli me sourit tristement, et je lui suis si reconnaissante. Ces dernières heures ont été les pires de ma vie, et il est resté à mes côtés.

— Merci Eli.

Il passe ses doigts dans mes cheveux.

— Ne me remercie pas.

— Nous ne nous connaissons que depuis peu.

— Ce n'est pas pour ça que nos sentiments l'un pour l'autre ne sont pas réels. Je t'ai promis que je resterai à tes côtés, et je tiens ma promesse.

Je ferme les yeux, et une nouvelle larme s'échappe.

— Je vais être triste pendant quelques temps.

Autant le prévenir maintenant, lui laisser sa liberté de s'enfuir avant que les choses deviennent encore plus dures pour moi. Mais c'est à lui de partir, je n'ai pas la force de le faire, même si j'en avais envie.

— Bébé, regarde-moi.

Sa voix est urgente. J'ouvre mes yeux, et il se relève, m'entrainant dans le même mouvement.

— Bien sûr que tu es triste. Je n'étais pas aussi proche de Stephanie que toi, et je suis triste. Je crois que tu ne comprends pas bien ce que je ressens pour nous... pour toi. Je ne vais pas te quitter parce que tu es triste. Je ne vais nulle part. Je reste ici. Avec toi.

— Tu pars dans une semaine, je lui rappelle.

Ses mains se posent sur mes épaules et remontent sur mon cou.

— J'ai prévenu mes producteurs que je serai absent la semaine prochaine. J'irai à New York quand nous aurons surmonté cette épreuve.

Mes doigts s'enroulent autour de son poignet et j'appuie mon front contre le sien.

— Je ne sais pas quoi dire.

— Ne dis rien, murmure-t-il. Laisse-moi juste m'occuper de toi.

Ses lèvres effleurent les miennes avec hésitation. C'est moi qui nous connecte. Il ne s'agit pas de passion. C'est quelque chose de plus profond. Ce baiser est doux, attentionné et réconfortant. Au cœur de toute cette tristesse, il me fait savoir que le soleil brillera de nouveau. Au contact de ses lèvres, j'ai envie de croire qu'il combattra tous les nuages et les tempêtes, pour que je puisse encore sentir les rayons du soleil sur ma peau. J'espère qu'il est assez solide pour les affronter.

CHAPITRE VINGT

Ma sœur est morte depuis soixante-seize heures. Je me suis recroquevillée dans le confort de la maison d'Eli. Il s'est montré patient, attentionné, affectueux et sensible. Si on m'avait dit qu'il était comme ça quand je l'ai rencontré, j'aurais éclaté de rire. Je l'imaginais riche, égoïste, arrogant, centré seulement sur ses propres besoins. Tout ça parce que... c'est l'illusion de la célébrité.

J'avais tort.

Eli n'est rien de tout ça, excepté qu'il est riche. Il est carrément plein aux as, mais il n'est pas égoïste. Nous avons regardé la télévision, fait livrer nos repas, et il m'a tenue dans ses bras pendant que je pleurais.

Je passe mes bras autour de lui et je me blottis dans sa chaleur et son odeur. J'adore ce mélange de savon, de bois de santal et de musc qui lui est personnel. Il est endormi mais il me serre quand même plus fort, instinctivement. Il doit faire un rêve agréable, car il sourit. Je suis les lignes de son visage du bout de mon doigt et je caresse sa barbe naissante.

Il sourit en ouvrant les yeux.

— Salut.

— Salut.

Il se décale légèrement.

— Tu as réussi à dormir un peu ?

Je ne suis pas sûre d'avoir dormi depuis cette première nuit. J'essaie, mais mon corps ne peut pas se détendre. La deuxième nuit, mes sanglots ont réveillé Eli. Je revivais cette soirée à l'hôpital, seulement cette fois-ci j'arrivais à temps pour la voir s'éteindre.

Mon cerveau explorait les pires scénarios possibles. Je ne sais toujours pas si c'est une bonne chose de ne pas avoir été présente. Si mon imagination ne se trompe pas, je ne serais pas en deuil. Je serais morte. Je n'ai jamais été aussi heureuse d'avoir Eli à mes côtés que quand je me suis réveillée, trempée de sueur et de larmes.

— Je crois que oui.

— Super. On va manger un morceau ?

Je n'ai pas beaucoup mangé. La seule pensée d'un bon repas fait gronder mon estomac.

— Je crois bien que j'ai faim.

Il éclate de rire.

— Viens, je suis affamé.

Je le suis dans la salle de bain, et retiens un cri de justesse quand je vois mon visage dans le miroir. J'ai des cernes, mon maquillage a séché sur ma peau, j'espère qu'il ne s'est pas incrusté pour toujours. Je ne vais même pas parler de mes cheveux. Mon Dieu. Je lance un regard vers Eli qui est invariablement parfait. Ses cheveux sont décoiffés de façon sexy, et ses yeux ne sont pas cernés. Les muscles de ses hanches dépassent de son short de basket ample.

Eli se penche vers moi et il paraît me jauger.

— Quoi ? demande-t-il en riant.

Je crois qu'il sait que je me délecte de son apparence, mais je hausse les épaules, je m'en fiche si je me suis fait prendre en flagrant délit.

— Rien.

Il s'approche et plante un baiser sur mes lèvres.

— Quand tu me regardes comme ça, je ne peux pas m'empêcher de t'embrasser.

— Quand je te regarde comment ? je l'interroge.

Tu comprendras bien assez tôt.

Il m'embrasse pour couper court à toute conversation. J'allais lui demander ce qu'il voyait dans mes yeux.

Quand le baiser est fini, j'ouvre la bouche pour lui poser ma question, mais il entre dans la douche, et retire lentement son short. Je me retrouve face à ses larges épaules, ses muscles tendus, son dos, et ses fesses. Je ne peux pas prononcer un mot.

Pour la première fois depuis trois jours, je sens un désir autre que le besoin d'anesthésier la douleur.

Je veux me noyer dans ses yeux verts et je veux qu'il me donne du plaisir. Il a consacré chaque minute à veiller sur moi. Je repense aux paroles de Stephanie : « *Tu dois me promettre d'ouvrir ton cœur, tu peux y arriver ?* »

Elle me demandait bien plus que ça. Elle me suppliait d'abaisser mes défenses pour pouvoir aimer à nouveau.

— Tu viens ? m'invite Eli dans la douche, ruisselant et irrésistible.

Alors que je me dirige vers lui, une pensée m'arrête net. Je n'ai jamais été plus vulnérable qu'au cours des trois derniers jours. Je l'ai laissé voir le pire de moi, et pourtant, il est encore là, la main tendue pour que je le rejoigne.

Je m'approche de cet homme, avec lequel je ne pensais rien partager hormis quelques moments de luxure. Chacun de mes pas me confirme ce qui est en train de se passer en moi. Je suis amoureuse d'Eli Walsh.

Les volutes de vapeur d'eau nous entourent alors que nous nous tenons l'un en face de l'autre. Mon cœur bat au rythme de cet amour naissant. Comment en suis-je arrivée là si vite ? On dit que lorsque deux personnes sont faites l'une pour l'autre, le temps ne compte pas. De tous les hommes sur terre, est-il vraiment mon âme sœur ?

Ses yeux verts se remplissent d'extase, comme si nous partagions la même réflexion. Et là, je sais… Je l'aime.

Je place ma main sur sa poitrine, le battement de son cœur s'accélère lorsque nos regards se croisent.

— À quoi tu penses ?

La voix d'Eli est chargée d'inquiétude.

J'ai peur de lui dire la vérité, et qu'il se mette à rire. J'ai peur de le perdre, comme j'ai perdu toutes les autres personnes qui m'ont été chères. Cette terreur m'interdit de lui parler, mais je lui donne quand même quelque chose.

— Que grâce à toi, je ne suis pas seule. Que j'ai peur de te perdre.

Ses bras viennent entourer mes épaules, et l'eau ruisselle sur nous.

— Je te l'ai déjà dit, bébé, je ne vais nulle part.

Je renverse la tête en arrière. Je le crois.

— Je veux que tu me fasses l'amour.

Il se tend, il a sûrement peur que je ne sois pas prête. Tous les contacts physiques que nous avons partagés depuis ce soir-là ont été réconfortants. Il n'imagine pas le sentiment d'intimité qu'il a fait naître en moi durant ce temps.

— Heather... Je ne...

— Je sais, je l'interromps en posant un doigt sur ses lèvres. Je te dis que j'ai besoin de toi. J'ai besoin que tu me fasses sentir vivante. J'ai besoin que tu me fasses l'amour, parce que j'ai envie de *te* faire l'amour.

Ses yeux sont soudés aux miens, et j'y lis un mélange de désir et d'abandon. Ses doigts parcourent ma colonne vertébrale, et je m'agrippe à son cou. Nos deux corps bougent en harmonie, et nos lèvres se retrouvent. Eli prend le contrôle du baiser, pénètre ma bouche et se livre entièrement dans l'instant. Chaque caresse de sa langue renforce mes sentiments pour lui.

Mes mains suivent le dessin de ses épaules, continuent sur ses bras musclés, et refont le chemin inverse. Je me délecte de sa peau contre la mienne, de l'audace qu'il me donne pour que je m'offre à lui sans limite.

Notre baiser se poursuit alors que nous explorons le corps de l'autre. J'ai l'impression de le toucher pour la première fois. Sa bouche glisse vers ma gorge, et ses lèvres insistent sur l'une de mes zones érogènes qu'il connaît par cœur.

Il revient sur ma bouche et prend ma tête entre ses deux mains. Mon regard croise le sien, et soudain tout est clair. Il m'aime.

Comme moi, il a trop peur, et reste muet. Toutefois, je le sais, et je lui montre que je l'aime aussi.

Ce regard que nous partageons devient si intense. Je suis à bout de souffle, il me lâche pour s'emparer de mes mains.

— J'ai envie de quelque chose, admet-il. Peux-tu me laisser m'occuper de toi ?

— Tu l'as déjà fait.

Je veux tout lui donner, j'ai plus confiance en lui qu'en aucun autre homme. Eli fait couler du savon dans sa main et me déplace pour que je lui tourne le dos. Puis il entreprend de me laver. Il commence dans mon cou, étalant délicatement le savon, puis il descend doucement vers mes épaules.

— Tu ne sais pas l'effet que tu me fais, murmure-t-il contre mon oreille, tu ne sais pas combien je veux apaiser ta douleur. Je veux te faire sourire, bébé. Je veux tout te donner.

Je m'appuie contre lui, et il savonne ma poitrine.

— J'ai tellement besoin de toi, je lui avoue. Tu es si important pour moi que ça me fait peur.

Il fait soigneusement mousser le savon sur ma peau. Nous sommes tous les deux nus, mais ce que nous partageons va au-delà des préliminaires classiques. C'est une métaphore de tout ce que nous partageons. Lorsqu'il a fini de me laver, j'ai désespérément envie de lui.

Son regard déborde de désir, nous ne pouvons pas nous retenir plus longtemps.

Il me pousse dos au mur et m'embrasse. Je lui communique tout l'amour dont mon corps est capable. Je veux qu'il sache à quel point je l'aime. Ma main empoigne sa queue, et je cherche à la diriger en moi. Je suis si impatiente, j'ai besoin de le sentir tout de suite.

— Heather, murmure-t-il contre ma peau, nous n'avons pas de préservatif...

— J'ai un stérilet. Et pas de MST.

Sa tête se pose sur mon épaule et il gémit.

— Moi non plus, mais tu es sûre ?

Je le regarde, ses yeux verts me suppliant de dire oui, et la réponse tombe de mes lèvres, comme une évidence.

— Je t'aime Eli, et je veux que tu me fasses l'amour.

Je suis surprise de mon propre aveu, et j'attends qu'il pète un plomb.

Il repousse les cheveux mouillés de mon visage et sourit.

— Je t'aime. Je t'aime depuis le jour où nous sommes sortis en bateau, depuis le jour où ton visage était plein de peinture. Il est probable que je t'aime depuis le jour où je t'ai entendue crier mon nom en plein concert.

Les larmes qui roulent sur mes joues ne sont pas endeuillées, elles sont chargées d'espoir. Je ne suis plus seule, plus égarée, j'ai trouvé ma place.

— Tu sais, j'ai vécu ma vie entière à Tampa, je ne suis jamais venue ici, je déclare.

Eli rigole alors que nous marchons sur un chemin.

— J'adore ce parc, Randy m'emmenait ici pour pêcher quand notre père était trop ivre pour nous restions dans les parages.

Après une douche intense, Eli m'a proposé de me montrer quelque chose. Je n'étais pas d'humeur à quitter notre cocon, mais il s'est obstiné, et a tenu à ce que nous sortions prendre l'air avant de rencontrer le directeur de la structure de Stephanie.

— Parle-moi de tes parents, je lui demande.

Il n'évoque pas beaucoup sa famille, je sais que sa mère vit à Tampa, mais il ne la mentionne jamais.

Il soupire.

— Je n'ai pas grand-chose à dire. Mon père était un ivrogne. Il battait ma mère et Randy. Je ne me souviens pas s'il a levé la main sur moi, mais Randy m'a dit qu'il prenait les coups à ma place. D'après ce qu'on m'a raconté, il a perdu son boulot, et il est parti.

— Waouh, c'est pour ça que ton frère et toi êtes si complices.

— Oui, mon frère est ce que j'ai de plus proche d'un père. Même s'il n'a que quelques années de plus que moi. Il m'a pris sous son aile. Lorsque nous avons découvert que notre père était décédé, Randy a pris son boulot de protecteur au sérieux.

Ça me rappelle la relation entre Stephanie et moi. Lorsque nos parents sont morts, j'ai endossé leur rôle. C'était différent, parce que nous avions perdu nos deux parents, mais je peux quand même imaginer ce que Randy a éprouvé.

Je repose ma tête sur son bras et nous continuons notre progression dans Lettuce Lake Park. L'ombre des arbres est fraîche et la balade, agréable. Nous sommes en Floride, il fait toujours chaud et humide, mais aujourd'hui c'est supportable.

— Et ta mère ?

— Elle vit ici à Tampa, mais elle passe la moitié de l'année à New York chez sa sœur. Elles migrent au gré des saisons. Je n'ai jamais compris cet attrait pour l'été éternel, mais elles le pratiquent depuis des années.

Eli fait une pause devant une clairière qui mène à un petit étang et me prend par les hanches.

— Je voudrais te les présenter.

Je lui souris faiblement.

— Ça me ferait plaisir.

— Mon frère n'arrête pas d'insister pour t'inviter chez lui. J'adorerais que tu connaisses ma nièce et mon neveu.

Une douleur familière me crève le cœur. Je ne devrais pas souffrir à la simple évocation de la famille d'Eli ; je sais que ma jalousie est irrationnelle. Une petite partie de moi se met en colère rien qu'à cette pensée. Dans mon cœur, je sais tout ça, mais ça ne m'empêche pas de le ressentir.

Il balance mes hanches d'avant en arrière quand il voit que je garde le silence.

— Oui, bien sûr, je suis désolée ; j'étais dans la lune, je réponds avec un rire forcé. Peut-être la semaine prochaine ?

— On est pas pressés, bébé.

— Ok, mais je veux vraiment les rencontrer, ta nièce a l'air adorable.

Le portrait d'Eli le Bad Boy dressé par la presse n'a rien de flatteur, mais en réalité il a un si grand cœur. Le fait qu'il soit si affectueux avec sa nièce en est la preuve. Je me l'imagine facilement en train de se faire mener à la baguette par une petite fille.

Eli passe son bras autour de mes épaules avec nonchalance,

et me serre fort alors que nous marchons. J'ai côtoyé des hommes grands et forts tout au long de ma carrière, mais je ne me suis jamais sentie autant en sécurité. J'ai toujours été indépendante, et j'en suis fière. Avec Eli, je peux presque me détendre. Je ne suis pas à l'affût de la prochaine catastrophe. Je peux juste profiter du moment présent avec lui.

— Cet endroit est si paisible, murmure-t-il.

— Je suis contente que tu me l'aies fait découvrir, Stephanie aurait adoré.

Il me sourit, me plante un baiser sur le front et me caresse le bras.

— C'est la première fois que tu parles d'elle depuis l'hôpital.

— Ça me fait mal de penser à elle, je confesse.

— Peut-être que ça te soulagerait d'en parler ?

Je ne sais pas ce qui pourrait me soulager, mais je sais que je ne veux jamais l'oublier. Si je dois parler d'elle pour garder son souvenir vivant, alors je supporterai la douleur. Ma sœur adorait que l'on parle de nos parents. Elle me racontait qu'elle murmurait leur nom dans le vent pour ramener leur esprit à la vie.

Je m'appuie sur Eli, reconnaissante de son soutien.

— Stephanie voulait devenir une gymnaste professionnelle quand nous étions gamines. Une fois, elle s'entraînait à faire des saltos sur mon lit.

Je souris en me souvenant du désastre.

— Elle a raté le lit et son coccyx a heurté le mur, en laissant une grosse empreinte de fesses.

Il éclate de rire, et je l'imite.

— Ma mère s'est mise en colère, car nous avons essayé de le cacher avec des oreillers.

— Des oreillers ?

— Ouais, comme s'il avait été possible de camoufler cet énorme cul dans le mur, et qu'elle n'en aurait jamais rien su.

Eli secoue la tête et sourit. C'est l'une des histoires que Stephanie adorait raconter. J'ai écopé d'une punition parce qu'elle avait menti et dit que c'était ma bêtise. Comme on était dans ma chambre, ma mère ne m'a jamais crue quand je lui disais que c'était la faute de Steph.

Elle était toujours comme ça. Elle me piquait mes habits, mes cassettes et tous les jeux que je préférais. Je ferais n'importe quoi pour retrouver tout ça. Je lui donnerais toutes mes affaires.

— Tu es prête à rentrer ? demande-t-il. Nous avons rendez-vous avec le directeur.

Je ne sais pas comment je vais faire face. Je dois récupérer tous ses effets personnels et me débarrasser de tout ce qui ne sert à rien. Ça me parait impossible.

— Je crois… je commence, mais une femme m'interrompt en poussant des cris perçants.

— Oh mon Dieu ! Mon Dieu ! Mon Dieu ! hurle une joggeuse, qui ne court plus.

Elle regarde Eli bouche bée.

— C'est bien toi, Eli Walsh ! Je t'adore, je suis ta plus grande fan.

— Eh bien, merci, répond-il avec un sourire.

C'est la première fois que ça nous arrive. J'observe cette femme lui répéter qu'il est génial et encore plus sexy en personne. Un nœud se forme dans mon ventre. Je sais qu'il est beau, je comprends qu'il est célèbre, mais j'ai tendance à oublier tout ça quand nous sommes ensemble.

— Si tu savais, je t'adore depuis toujours. Je savais que tu venais de Tampa, et j'espérais pouvoir tomber sur toi un jour ! Et tu es là ! poursuit-elle d'une voix si haut perchée que j'ai du mal à rester stoïque.

Eli prend ma main dans son dos, et me serre les doigts.

— Ravi d'avoir fait ta connaissance, mais nous devons y aller, lui explique-t-elle gentiment.

— Tu peux prendre une photo ? me demande-t-elle.

C'est la dernière chose dont j'ai envie, mais je dois me rappeler que ça fait partie du jeu. Pour moi, c'est Ellington, la personne qui a regardé des films stupides avec moi pendant ces deux derniers jours. Il les a soigneusement choisis pour éviter qu'ils contiennent des références qui déclencheraient une crise chez moi. Il a veillé à ce que je mange, que je dorme, et que je reste humaine. C'est l'homme qui a ramassé des morceaux de moi et qui m'a aidé à les recoller. Cet homme n'est rien qu'à moi, je ne le partage pas. Mais Eli est aussi une star, et celui-là ne m'appartient pas.

— Bien sûr, je lui réponds en prenant son téléphone.

Il me jette un regard désolé.

La joggeuse s'extasie encore un peu, lui touche le bras et ne me regarde même plus. Je prends sa photo, elle l'enlace une dernière fois, puis elle repart en courant, sans oublier de se retourner à plusieurs reprises. Mais qu'est-ce qui cloche chez ces gens ? Je sais que je l'ai fait aussi avec Eli, mais j'étais ivre, et à un concert. Je ne pensais pas qu'il m'entendrait. Si j'avais été sobre, dans un environnement normal, je lui aurais souri, ou fait un signe de la main. Je ne lui aurais jamais dit que je l'aimais. C'est ridicule.

Moi, je l'aime. Elle, elle ne le connait même pas.

Il me rejoint, et j'ai du mal à comprendre mes émotions.

— Hé, murmure-t-il en me prenant par le menton. Je suis désolé.

— Tu n'as pas à t'excuser, je réponds.

C'est la réalité de sa vie, il ne devrait pas être désolé.

— Je t'ai emmenée ici pour te faire prendre l'air, j'ai oublié que ça pouvait dégénérer.

— Comment peux-tu oublier une chose pareille ?

Je vois qu'il regrette. Il se masse la nuque, et me regarde.

— Quand nous sommes ensemble, je ne suis plus cette personne. Tu me fais oublier toute cette merde qui va avec la célébrité. Je me sens... normal.

— Je me suis laissé surprendre, c'est tout. Si ça s'était passé la semaine dernière, je ne serais pas dans cet état.

— Tu n'as rien à te reprocher, bébé, rien du tout.

Je ne me fais pas confiance en ce moment. Je pleure la mort de ma sœur, et je ressens une pointe de jalousie en plus. Pas du tout le genre d'état d'esprit dans lequel on peut prendre de bonnes décisions. Je range ce moment dans un coin de ma mémoire pour pouvoir y revenir plus tard. Je dois accepter de partager la personne que j'aime. Je ne sais pas comment je vais y arriver.

CHAPITRE VINGT-ET-UN

HEATHER

Aujourd'hui, la commémoration a eu lieu.

Le dernier événement formel dans la vie de ma sœur. Kristin et Nicole se sont occupées des fleurs et de l'organisation. Stephanie savait exactement ce qu'elle voulait et l'avait planifié depuis plusieurs années. Elle avait payé le funérarium, le lieu de la commémoration et son cercueil, en déclarant que si elle me laissait faire, je choisirais un modèle en bois moche et que je serais trop dévastée pour voir la différence. Je pensais qu'elle en faisait trop, mais, en fait, elle avait raison sur toute la ligne.

Je suis ravagée et dans un état pire que je ne l'aurais cru. Je pensais que, puisque je savais que ce jour arrivait, je serais en paix. Mais il n'y a rien d'apaisé chez moi.

Lorsque nous sommes arrivés à Breezy Beach l'autre jour, je n'ai pas tenu le choc. Dès qu'Eli a garé la voiture, je suis tombée en pièces. Il est entré, il a tout géré et il m'a ramenée chez lui. Il m'a forcée à me détendre, alors nous nous sommes posés au bord de la piscine et j'ai lu un livre. En vrai, j'ai fait semblant de lire, je ne me souviens pas d'un seul mot.

Aujourd'hui, je suis de retour chez moi, assise sur mon lit, je me demande quoi faire maintenant.

— Toc, toc.

La tête de Kristin dépasse de la porte.

— Tu tiens le coup ?

À la fin de l'enterrement, j'ai pris la décision de trouver un moyen de passer à autre chose. Ma vie s'est résumée à m'occuper de ma sœur pendant les vingt dernières années. Je suis passée du rôle de parent à celui d'infirmière. Je ne me rappelle pas d'un seul moment où elle n'était pas au centre de mon existence, et cette absence est ce qui me fait le plus peur.

Je n'ai plus à m'inquiéter vingt-quatre heures sur vingt-quatre. Comment vais-je occuper ce temps ? Où vais-je aller après le travail ou le samedi ? Je n'ai plus à prendre de décisions en fonction de son bien-être, sur quoi vais-je baser mes choix maintenant ? Je comprends pourquoi Stephanie m'a suppliée d'ouvrir mon cœur. Elle savait que je serais perdue après son départ.

— Je vais un peu mieux tous les jours.

Kristin sourit.

— Je crois que c'est le mieux qu'on puisse se souhaiter, nous devons apprendre à accepter et à trouver une nouvelle normalité.

— C'est ce que j'espère. Je vais devoir prendre une décision concernant mon retour au travail.

— Il te reste beaucoup de vacances, tu devrais prendre du temps pour toi. Partir en voyage, passer du bon temps, pour changer.

Je ne me souviens plus de mon dernier voyage. C'était sûrement ma lune de miel, mais de toute façon nous l'avons passée dans les Keys, car Stephanie était trop jeune pour que je la laisse seule bien longtemps. Nicole devait la surveiller, et donc, elles ont fait une fête chez moi.

— Peut-être bien. Je ne sais pas quand Eli devra aller à New York. Il devait partir la semaine dernière, mais il n'a pas voulu me laisser seule.

Kristin sourit et me prend la main.

— Vous allez vraiment bien ensemble.

— Je lui ai dit que je l'aimais, je confesse à voix haute pour la première fois.

— C'est énorme, surtout pour toi.

— Je sais, je soupire. J'ai mis un an pour le dire à Matt, je n'étais même pas sûre de mes sentiments, mais il me l'a dit, alors je lui ai rendu la pareille. Avec Eli, je ne pouvais pas me retenir plus longtemps. Il fallait que je lui dise, sinon j'explosais. Je ne lui ai pas redit, et lui non plus. Peut-être qu'il ne le pensait pas vraiment.

Kristin rigole.

— T'es cinglée. Tu penses vraiment qu'il ne t'aime pas ? Réfléchis un peu, ce type a mis de côté son boulot, tu vis pratiquement chez lui, il s'occupe de toi, il a tout payé pour aujourd'hui...

— Quoi ? je l'interromps. C'était payé d'avance, il ne pouvait pas.

— J'imagine que cet homme peut faire à peu près tout ce qu'il veut. Il a dit que tout l'argent avait été remboursé il y a quelques jours.

Comment a-t-il pu ? Nous avions pris les fonds dans l'assurance-vie de nos parents. Stephanie ne voulait pas utiliser tout l'argent pour ses soins médicaux et me laisser sans rien.

Je m'empare de mon téléphone, et je consulte ma banque en ligne.

— Oh mon Dieu, je souffle en posant ma main sur ma bouche. Tout l'argent est sur mon compte.

J'ai dorénavant plus de dix mille dollars sur mon compte. Il l'a vraiment fait.

— Un homme ne fait pas ça pour une femme quelconque. Je vois bien comment il te regarde, reprend Kristin en me tenant la main. Scott me regardait comme ça autrefois. Ne te fie pas à ce qu'il te dit, Heather, mais plutôt à ses actes.

Elle a raison. Depuis le début de notre relation, il montre son jeu. Il n'a pas besoin de me dire ce qu'il ressent, ses sentiments transparaissent dans chacun de ses gestes.

Je suis vraiment idiote de m'être inquiétée.

— Je suis désolée qu'il ne voie pas à quel point tu es fantastique, je lui avoue.

J'espère qu'un jour, Scott opérera une spectaculaire volte-face, ou alors qu'elle comprendra qu'elle vaut mieux que ça et le quittera.

— Ne t'inquiète pas pour moi, me répond-elle en me claquant la cuisse. Dis-moi pourquoi tu doutes de ton amour ?

Je raconte à Kristin notre balade dans le parc et l'épisode de la joggeuse. La façon dont je me suis sentie invisible et inquiète qu'une fois sorti de notre cocon, notre amour s'évapore. Ce n'est pas quelque chose qu'il a fait. Même lorsqu'il jouait son rôle, il m'a prise par la main pour me rassurer. Je m'inquiète pour tout, et Eli est équipé d'une boîte de Pandore qui pourrait m'anéantir.

— Je te conseille de lui parler. Qui peut te montrer comment gérer l'œil public mieux que lui ?

Une fois de plus, Kristin me montre à quel point je peux être conne.

— Je suis trop nulle.

— Tu n'es pas nulle, tu es sensible en ce moment. Stephanie était une sœur pour nous toutes, mais elle était aussi presque ta fille. On s'attend à perdre nos parents, et les gens qui sont plus vieux que nous, mais pas ceux qui sont plus jeunes.

Elle m'attire dans ses bras, et je me souviens alors de toute la chance que j'ai. J'ai rencontré Kristin pendant ma deuxième année de lycée. Elle s'était cassé le pied, et s'était assise à mon bureau, car c'était le plus rapproché de la sortie. Vues de l'extérieur, nous n'avions rien en commun. C'était une étudiante modèle, moi j'étais juste au-dessus de la moyenne. J'étais sportive, elle, pas du tout. Et pourtant, on s'est tout de suite entendues. Notre amitié a été instantanée et éternelle. Elle m'a présentée à Danielle, et j'ai ramené Nicole dans notre groupe, et nous étions au complet. Elles sont parfaites.

— Je t'aime Kriss.

— Moi aussi. Je suis venue te voir parce que j'ai quelque chose à te donner, m'annonce Kristin maladroitement. Il y a environ six mois, Stephanie a contacté quelques-unes de tes amies. Elle nous a expliqué qu'elle percevait un changement dans sa condition physique, et qu'elle savait qu'elle serait morte avant la fin de l'année.

Mon cœur s'emballe et ma poitrine se serre.

— Pourquoi tu ne m'as rien dit ?

— Elle nous a suppliées de ne pas le faire. Nicole, Danni et moi, nous lui avons obéi. Elle avait besoin de notre aide. Nous avons toutes les trois une lettre de ta sœur, me raconte Kristin d'une voix faible alors qu'une larme roule sur sa joue.

Je fais tout ce que je peux pour ne pas lui sauter dessus et lui arracher la lettre. Elle s'éclaircit la gorge et continue.

— Nous avons des lettres pour toi. Brody en a également une, je crois. J'imagine qu'elle a cru que j'étais la plus solide, c'est pourquoi elle m'a chargée de t'en donner une aujourd'hui. Il est clair qu'ils ne me connaissent pas bien.

Elle essuie son visage et laisse échapper un rire nerveux en tirant une enveloppe de son sac.

— Elle voulait que tu la lises après la cérémonie.

— Tu l'as lue ?

Ma voix tremble alors que je prends l'enveloppe de ses mains.

— Non, elle t'est destinée. Tu veux que je reste ?

Kristin est l'une de mes meilleures amies. Elle me connaît si bien, mais j'ai besoin d'Eli à mes côtés. Je suis ébahie de voir à quel point il est devenu primordial dans ma vie et à quel point je lui ai ouvert mon cœur.

— Ça t'embête si je demande à Eli ?

— Bien sûr que non, déclare Kristin en se relevant. Je ne t'en voudrais jamais, je vais le chercher.

Elle m'embrasse et sort de la pièce.

Je fixe l'enveloppe et mon nom écrit sur le devant, l'estomac noué. Je sens la présence d'Eli lorsqu'il entre.

— Kristin m'a prévenu avant de venir de te voir.

Le son de sa voix apaise légèrement mes nerfs.

— Tu veux que je reste à tes côtés ?

— Oui, s'il te plaît.

Il s'assied à côté de moi et je pose ma main sur sa jambe. Je sens qu'il me rattache à la réalité. J'ai besoin qu'il me garde les pieds sur terre, pour que je ne tombe pas dans un univers de douleur pendant cette lecture.

Mes doigts glissent sous le rabat pour le décoller et je tire une feuille de papier de l'enveloppe. Je respire profondément et je la déplie.

. . .

À ma sœur, qui est aussi ma mère, à ma mœur,

Si tu lis cette lettre, je suis morte. Ne pleure pas. Je sais bien que c'est impossible, et que je pourrais aussi bien demander au ciel d'être jaune. Tu as toujours surjoué tes émotions, même quand nous étions petites. Faudrait que tu arrêtes. Nous savions tous que ce jour arriverait, et je sais que tu ne comprends pas, mais je suis contente que tout soit fini. Tu n'as pas idée du temps qui s'est écoulé entre le moment où j'écris cette lettre et celui de ta lecture. En tout cas, sache que j'étais prête. J'étais prête à ne plus être un boulet pour toi. J'étais prête à ne plus avoir mal. Et par-dessus tout, j'étais prête à être libérée.

Tu ne m'as jamais laissée m'effondrer après la mort de papa et maman. Tu étais si solide. Ça n'a pas dû être facile de devenir mon parent du jour au lendemain. Surtout quand j'ai eu ma période gothique (je persiste à penser que j'étais superbe à l'époque). Je n'ai jamais eu à m'inquiéter de savoir si tu serais là pour moi. Le jour du diagnostic, j'ai perdu ma vie, et toi, tu as perdu la tienne. Finie la relation dans laquelle je te détestais, car tu ne me laissais pas sortir avec Tyler Bradley, qui d'ailleurs m'a introduite à la cigarette. Désormais, notre vie n'était que docteurs et traitements contre la douleur. Nos samedis soir n'étaient plus animés par les films et les popcorns, mais par mes spasmes et mes engourdissements. Je t'ai vue heureuse et mariée, puis divorcée et déprimée.

Tu peux continuer à te dire que ce n'était pas important pour toi, mais en réalité personne ne peut se sacrifier à ce point sans le regretter. Et si tu penses vraiment que ma maladie ne t'a rien pris, alors je demande à Dieu de te mettre sur la liste d'attente pour devenir une Sainte. Mais bon, je suis sûre qu'il sait que tu as couché avec Vincent dans le lit de maman et papa. Oui, j'ai tout entendu. Dégueu...

Ce que je voulais te dire dans cette lettre, c'est que tu es libre. Tu n'as plus à t'inquiéter. Je sais que tu vas dire que je suis stupide, et que tu ne veux pas être libre. Moi je veux ça pour toi, je veux te libérer. Je veux que tu puisses sortir avec tes copines et coucher avec qui tu veux, fais-le pour moi. Je veux que tu rencontres un homme bien, qui ne te traite pas comme sa bonniche.

Et il y a autre chose que je veux vraiment que tu saches. Tu as été la meilleure sœur que quiconque puisse avoir. Tu es la seule chose qui me manquera quand je serai partie. D'ailleurs, n'espère pas une seconde que j'oublie de te hanter. Je vais être un fantôme génial. J'imagine que ce sera un peu comme ce film que tu m'as montré, avec Whoopi Goldberg, et le gars qui apprend à bouger des objets. Donc quand la télécommande commencera à voler dans tous les sens pendant que tu regardes cette horrible série policière, tu sauras que c'est moi qui t'ordonne de changer de chaîne.

Je vais arrêter de raconter n'importe quoi, et je vais être sérieuse. Je t'aime tellement. Merci d'avoir été ma mœur.

Pour m'assurer que tu vas vivre ta vie après ma mort, je t'ai écrit trois autres lettres. J'ai donné la première à Kristin, parce que je me suis dit que c'était la plus faible du groupe. Tu auras la prochaine le jour de ton mariage. Il faut que tu trouves l'amour. Il faut que tu trouves quelqu'un qui prendra soin de toi, pour changer. Va vite le trouver, pour pouvoir avoir de mes nouvelles. Je te promets, la lettre est géniale.

Je t'aime, encore et toujours.

Stephanie

Je replie la lettre, mon sourire se mêle à mes larmes. Ça ressemble tellement à ma sœur de me laisser espérer, pour que je lui obéisse.

Je regarde Eli qui m'observe attentivement.

— Elle m'a toujours cassé les pieds, c'est bon de savoir que même morte, elle y arrive encore.

— Qu'est-ce qu'elle te dit ?

J'éclate de rire en pensant à ce qu'elle a écrit sur lui.

— Elle pense que ta série est à chier, et elle ne veut plus que je la regarde.

Il rigole en m'attirant vers lui.

— Ouais, elle m'avait conseillé de trouver de meilleurs rôles.

CHAPITRE VINGT-DEUX

HEATHER

— Tu es nerveuse ? me demande -t-il en se garant devant une imposante demeure de Sanibel Island.

— Bien, sûr que oui, je lui réponds dans un rire forcé. Je vais rencontrer ta famille.

Quatre jours se sont écoulés depuis le mémorial, et même si j'ai apprécié avoir Eli rien qu'à moi, je suis contente de passer du temps avec d'autres personnes. J'aurais juste préféré que ce ne soit pas notre première rencontre ni qu'il s'agisse de la famille de son célèbre frère. C'est l'anniversaire d'Adriel, le neveu d'Eli, la famille est donc réunie pour fêter cet événement.

— Ils vont t'adorer, me répète-t-il pour la cinquième fois, et je sais que je ne peux plus reculer.

Dès que nous sortons de la voiture, une petite fille se précipite vers nous.

— Tonton Eli ! hurle-t-elle, ses boucles marron rebondissant autour d'elle.

— Daria !

Il la prend dans ses bras et la fait tournoyer dans les airs.

— Je veux te présenter quelqu'un, lui dit-il en s'approchant de moi. C'est Heather, tu peux lui dire bonjour ?

— Bonjour, me salue-t-elle avec un sourire adorable.

— Salut, tu es encore plus jolie que je ne l'imaginais.

Elle rigole et place ses mains sous son menton.

— Tonton Eli me dit tout le temps que ça va être un problème plus tard.

Daria passe ses bras autour de son cou et le serre.

— C'est déjà pas de la tarte, lui répond Eli avant de lui faire des poutous dans le cou.

— Tu es bête, lui lance-t-elle dans un éclat de rire qui résonne tout autour de nous.

— Oh, voyez qui est à nouveau en retard !

Une jeune femme avec de longs cheveux bruns, des yeux marron foncé et un sourire affectueux nous rejoint dans l'allée. D'après la description d'Eli, je suppose qu'il s'agit de Savannah. Mais elle est beaucoup plus petite que je ne le pensais.

— Voyez qui me casse les pieds à nouveau, rétorque Eli.

Elle lève les yeux au ciel, et se tourne vers moi.

— Bonjour, moi c'est Savannah, ravie de t'avoir parmi nous aujourd'hui.

— Merci pour l'invitation. Je suis heureuse de faire ta connaissance, je lui réponds alors qu'elle m'attire dans ses bras.

— On est câlins dans la famille. Prépare-toi, nous ne sommes pas nombreux, mais complètement cinglés.

J'éclate de rire, et Eli marmonne que c'est la reine du groupe.

— N'importe quoi... – elle le fait taire d'un geste – je suis désolée pour ta sœur.

— Merci.

Je fais de mon mieux pour lui rendre son sourire, mais mon cœur se serre à la simple évocation de Stephanie.

— Nous voulions venir au mémorial, mais Eli nous a dit qu'il valait mieux que la presse ne sache pas que les deux frères Walsh étaient à Tampa au même moment. Les journalistes peuvent devenir un peu agressifs quand c'est le cas. Il vaut mieux n'en avoir qu'un à la fois. J'espère que tu comprends.

Je ne savais pas qu'ils avaient pensé venir. Eli ne m'en a pas soufflé un mot. Je suis profondément touchée. Et ça me confirme ce que disait Kristin à propos de ses sentiments. Il en a parlé à sa famille. Et j'occupe une place assez importante dans sa vie pour qu'ils considèrent être présents à l'enterrement de ma sœur.

— Bien sûr, et je vous suis reconnaissante d'avoir pensé à venir.

Je lance un regard surpris à Eli et je reviens sur Savannah.

Eli déplace Daria sur sa hanche et me prend par l'épaule.

— Savannah place la famille par-dessus tout le reste, et elle a insisté jusqu'à ce que je la remette à sa place.

Elle ricane et ses yeux se plissent avec malice.

— Dans tes rêves.

Leur badinage est désopilant.

— Tu ne me fais pas peur, Vannah.

— Ne le laisse pas te dire le contraire, me chuchote-t-elle d'un air conspirateur. Il sait qui domine cette famille, et il ne s'agit pas d'un frère Walsh.

— C'est bon à savoir.

Je ris et le taquine du doigt.

— Tout le monde est dans le jardin, nous explique Savannah en nous guidant à travers la maison.

Eli me prend par la main, et je me retrouve à nouveau désorientée par toute l'opulence de sa famille. Cette maison est plus petite que la sienne, mais on s'y sent *chez soi*. Elle est constellée de jouets, les murs sont colorés et on voit bien qu'une famille vit ici. L'ambiance est douillette, malgré la superficie.

Nous passons dans le jardin à l'arrière de la maison. Randy pose sa bière en nous voyant arriver et nous accueille.

— Heather ! Je suis content que tu aies pu venir !

— Merci de m'avoir invitée.

Randy pousse Eli de côté et me prend dans ses bras.

— Merci, me dit-il.

Je le regarde perplexe quant à la raison de ce remerciement, et je comprends enfin quand je vois le regard qu'il partage avec son frère.

Je rougis et je hoche rapidement la tête.

— C'est bon trouduc, arrête d'embarrasser ma petite amie.

Je ne vais pas me voiler la face, il vient de dire que je suis sa petite amie, et ça me fait très plaisir. Eli me tire des bras de son frère, et Randy se moque de son geste possessif. Je rencontre ensuite son neveu, qui me fait penser au fils de Danni, avec son audace et son allure de petit gars. Il salue Eli d'un check du poing et moi d'un hochement de tête.

Puis Eli place sa main dans mon dos et me guide vers une dame qui a l'air d'être sa mère.

Ses cheveux sont châtains, et elle a les mêmes yeux verts qu'Eli. Elle arbore un joli sourire. Elle ressemble exactement à l'idée que je m'en faisais. Ses mains sont délicates, et elle les garde croisées sur la table. Quand elle voit Eli s'approcher d'elle, son visage s'éclaire.

— Maman.

Il sourit en la saluant.

Elle se lève de sa chaise et prend son visage dans ses mains.

— Eli ! Mon grand !

Sa mère l'embrasse sur les deux joues avant de le relâcher.

— Tu manges assez ? Tu as l'air maigre, je n'aime pas quand tu es si maigre.

— Je vais bien, maman.

Pour la première fois, il a l'air un peu gêné. Je ne pensais pas le voir comme ça un jour.

— On dirait un sac d'os, explique-t-elle à la dame assise à côté d'elle.

Quand elle redirige son regard vers lui, elle paraît me remarquer. Ses mains se rejoignent et elle touche la poitrine d'Eli.

— C'est elle ?

— Maman, je te présente Heather, ma petite amie, Heather, voici ma mère, Claudia.

Je ne compte pas, mais c'est la deuxième fois qu'il m'appelle comme ça.

— Elle est si jolie, dit-elle à Eli en me regardant.

— Je suis heureuse de vous rencontrer.

Sa mère fait quelques pas vers moi et prend mes mains dans les siennes.

— Cela fait si longtemps que j'attends qu'Eli me ramène une fille, et te voilà.

Je ne sais pas exactement ce qu'elle veut dire. Je sais juste qu'il n'a pas eu de vraie relation depuis son ex. Est-ce qu'il l'a présentée ? Je m'étais imaginé qu'ils la connaissaient tous, étant donné que le mariage était prévu.

Je jette un regard vers Eli et il lève les yeux au ciel.

— Maman, ne commence pas, il la prévient.

— Oh toi, tais-toi, tu n'as pas de petite copine, tu n'appelles pas ta mère. Je dois lire tous tes exploits dans les magazines people. Mon Eli se croit trop important pour avoir une compagne. Je m'inquiète tellement pour lui, tout seul, sans personne pour prendre soin de lui.

J'éclate de rire en le voyant se faire malmener par sa mère. Il ne se défend pas, il la prend juste dans ses bras.

— Tu sais que tu m'aimes.

Elle lui envoie une tape dans le ventre en riant.

— Heather, viens t'asseoir près de moi, je te présente ma sœur, Martha.

Je tire une chaise à côté d'elle, et Eli se penche pour m'embrasser et me souhaiter bonne chance. Je vois son sourire quand il s'éloigne. Le salaud. Il me laisse seule dans l'arène avec les lions.

Sa mère est tout à fait irrésistible. Elle me pose un million de questions sur mon travail, ma famille et ses yeux se remplissent d'empathie quand je lui parle de Stephanie. Elle dégage une telle chaleur qu'on se sent tout de suite mieux près d'elle. Claudia me raconte un peu l'enfance d'Eli avant qu'il devienne célèbre, et j'ai du mal à me l'imaginer maigrichon et ne lâchant pas son frère d'une semelle. J'imagine que sa relation avec son frère ne s'est jamais interrompue.

Il ne m'a pas parlé d'amis, et aujourd'hui, je comprends qu'il a dû éprouver des difficultés à donner sa confiance. Quand on a autant de succès que lui, c'est sûrement impossible de faire la différence entre les profiteurs et les amis sincères. Il vaut mieux tous les éviter et passer à autre chose.

— Tu tiens le coup ? me demande Savannah en me tendant une bière avant de s'asseoir à côté de moi.

— Je passe une excellente journée !

— Tant mieux. Il faut que je te dise, nous étions tous sous le choc quand Eli nous a annoncé qu'il venait avec toi.

Je ne sais pas si je suis soulagée ou déçue qu'il n'amène pas toutes les filles ici. Je bois une gorgée et j'essaie de dissimuler mes émotions.

— Je crois que moi aussi.

— Ne le prends pas mal, me rassure-t-elle avec un sourire. Nous sommes tous très protecteurs envers Eli, et nous n'avons pas toujours approuvé ses choix. Cela dit, avec tout ce qu'il nous a raconté, tu as l'air différente. Nous étions tous très contents qu'il se décide enfin à se sortir les doigts du cul et qu'il te présente.

— Vannah, la reprend Claudia.

— Tu étais aussi contente que nous, Claudia, il a été si bizarre depuis l'autre pouffe.

Je manque de m'étouffer avec ma bière. Je crois bien que je l'adore.

— Alors tu n'aimais pas son ex ?

Elle éclate de rire.

— Non, je l'ai détestée à la seconde où j'ai posé les yeux sur elle. Tu me comprends, j'en suis sûre, les femmes savent très bien se jauger.

— Je suis d'accord, je lui réponds.

Je crois qu'être une femme me permet d'être meilleure flic. J'ai un bon instinct. Je peux faire la différence entre les baratineurs et ceux qui ont vraiment fait une erreur.

— Les mecs sont stupides, et ne s'intéressent qu'à une chose...

Claudia désapprouve.

— Pas mes garçons, je les ai bien élevés.

Savannah me cherche du regard et sourit.

— Mais bien sûr, Randall et Ellington n'ont que faire de tout ça.

Si elle savait qu'Eli et moi étions l'un sur l'autre vingt minutes après s'être adressé la parole.

— Et quand on parle du loup, les voilà qui s'approchent avec une assiette de hamburgers et de hot dogs.

— Arrête de l'effrayer avec ton attitude démoniaque, lance Eli à sa belle-sœur. Je te surveille.

Je me rapproche de Savannah.

— Sois gentil avec ma nouvelle copine.

— Génial, gémit Eli, maintenant je suis foutu.

Les rires fusent, et nous commençons à manger.

L'atmosphère dans cette famille est détendue et dynamique. Ils se taquinent les uns les autres et la conversation est facile. Randy chouchoute sa femme, et la couvre de petites preuves d'amour. On voit bien où Eli a appris à choyer une femme.

On dirait Eli et moi. Il lui tend un verre avant même qu'elle lui ait demandé, ou lui prend la main sans raison. Une fois de plus, l'image des frères Walsh est totalement illusoire. En public, Randy n'apparaît pas du tout comme le père de famille qu'il est vraiment.

Lorsque le soleil se couche, Savannah et moi rentrons dans la cuisine pour un brin de ménage.

— Tu sais que lorsque votre relation sera publique, ce sera compliqué pour toi ? m'interroge Savannah pendant que nous faisons la vaisselle.

— Je ne comprends pas ce que tu veux dire.

Elle s'appuie contre le plan de travail, et concentre son attention sur moi.

— Je veux dire que les femmes sont folles, et qu'Eli a toujours été disponible dans leurs esprits. Tu n'es pas une actrice ni une star, elles peuvent s'identifier à toi. Il va te falloir une fameuse carapace si tu veux aller plus loin avec lui.

Elle soupire.

— Je ne veux surtout pas t'effrayer, mais je veux que tu sois préparée. Eli en pince vraiment pour toi, crois-moi, je ne l'ai jamais vu comme ça. Mais il ne comprend peut-être pas cette difficulté dans une relation avec une célébrité aussi bien que moi. On m'a traitée de choses horribles, des photos ont été retouchées pour me grossir et j'ai dû supporter des dizaines d'histoires sur de supposées aventures de Randy.

— Tu crois que je ne suis pas assez forte ?

Je me suis posée la même question. Je repense à la joggeuse

et à mon désarroi quand elle le touchait. Et ce n'est rien à côté du récit de Savannah.

— Je sais que tu en es capable si tu le veux vraiment. Je suis sûre que tu as dû en baver, en étant une femme flic.

Je rigole.

— Tu n'as pas idée.

— Eh bien, multiplie ça par mille. Au début, ce sera dur, et puis ils finiront par se calmer. Il faut juste que tu sois préparée, que tu te protèges et surtout, que tu n'écoutes rien de ce qu'ils racontent. La façon dont on nous présente est réellement dégueulasse, les gens adorent voir un couple célèbre se désintégrer. Ils seront de ton côté, et voudront voir Eli se planter. Le drame est vendeur et tout est à vendre dans ce monde.

J'entends la souffrance et le dégoût dans sa voix. Elle vit cette vie depuis longtemps et elle a dû en baver plus souvent qu'à son tour.

— Comment tu t'en sors ?

Elle regarde son mari par la fenêtre et sourit.

— Je l'aime. Pour le meilleur et pour le pire, cet homme est tout pour moi. Je l'accepte, car sa musique le définit, – elle se tourne vers moi – et c'est pareil pour Eli. Alors, reste réaliste et soyez honnêtes l'un envers l'autre. Si tu l'aimes, ça en vaut la peine.

Je sais sans l'ombre d'un doute que je l'aime. J'ai envie de pleurer rien qu'en imaginant que je puisse le quitter. J'aurais pu tomber dans une relation plus simple, mais rien n'a été simple dans ma vie. J'ai enterré mes parents, ma sœur, j'ai traversé un divorce, et j'ai été si démunie que je pouvais à peine me nourrir. Pour moi, gérer des gens qui me détestent, c'est fastoche. Rien ne sera aussi dur que le décès de ma sœur. S'ils veulent me haïr parce que je suis amoureuse d'Eli, libre à eux.

— Il en vaut la peine, il est tout ce que j'ai.

Une heure s'écoule, et sa mère emmène les enfants prendre leur bain. Eli, Savannah, Randy et moi avons joué aux cartes. Je suis super forte.

— Eh ben !

Randy jette son jeu alors que je gagne une nouvelle partie.

— Qu'on se le dise, Heather est une tricheuse.

— Jamais de la vie ! je prétends, offensée.

— Menteuse, assène-t-il en rigolant, puis il se tourne vers son frère. Eli, tu devrais la fouiller pour trouver toutes les cartes qu'elle cache.

— Tu triches, bébé ?

J'en reste bouche bée.

— Je n'oserais jamais. Je suis représentante des forces de l'ordre.

Savannah et moi avons échangé des cartes sous la table pendant toute la partie.

Ses yeux se plissent, mais il ne me confronte pas. Il fixe Savannah et il explose.

— Je le savais ! Espèces de tricheuses !

Savannah éclate de rire et je l'imite.

— Les gars, vous êtes aveugles ou quoi ?

— Impossible, Ran, nous avons été bernés par nos femmes.

Randy sourit à sa femme et l'embrasse.

— Elle me berne depuis que nous sommes gosses.

— Maman !

Daria accourt en pyjama, ses cheveux toujours dégoulinants.

— Tu peux me lire une histoire ?

Savannah prend sa fille dans ses bras et s'excuse avec un sourire.

— C'est l'heure Randall.

— Nous allons décoller.

— Tu es la bienvenue ici quand tu veux, me dit Savannah en m'attirant vers elle. Tant pis s'il n'est pas là, nous ne l'apprécions pas tant que ça...

Eli rigole et nous leur disons au revoir.

Je n'oublierai jamais cette journée. Cette famille m'a accueillie sans me connaître. J'ai eu peur que rencontrer la famille d'Eli me rappelle à quel point j'étais seule au monde, mais au lieu de ça, j'ai constaté le contraire. Une fois de plus, Eli m'a donné quelque chose sans que je ne lui demande quoi que ce soit.

CHAPITRE VINGT-TROIS

HEATHER

— Je m'en fous, vous n'avez qu'à me virer ! hurle Eli dans le combiné. Filmez ce que vous pouvez sans moi. Je ne partirai pas de Tampa tant que je ne l'aurai pas décidé.

Le téléphone tombe par terre, et il masse sa main.

— Aïe, putain !

Je m'approche rapidement et je vois qu'il presse son pouce dans sa paume.

— Ça va ? je lui demande en ramassant l'appareil.

Il grimace de douleur et secoue la main.

— Eli ?

— Oui, donne-moi une minute pour finir ma conversation.

Il s'empare du téléphone et sort de la pièce. Je ne l'ai jamais vu dans cet état, il est furieux. Je l'entends continuer à se disputer avec l'autre personne sur la ligne.

Je m'assieds dans la cuisine et je picore les fruits que son chef a préparés ce matin. J'ai posé deux semaines de congé quand Eli m'a confié qu'il n'était pas pressé de retourner à New York. Je veux passer le plus de temps possible avec lui avant que notre relation ne change. Nous avons parlé du fait qu'il était en rupture de contrat, mais il m'a répété encore et encore de ne pas m'en soucier.

On dirait que j'aurais dû faire confiance à mon instinct qui me soufflait de m'inquiéter.

Eli revient dans la cuisine un quart d'heure plus tard et jette son téléphone sur le plan de travail. Il ouvre le frigo en marmonnant un truc sur ces cons de metteurs en scène et leur ego. J'essaie de ne pas rire, mais il est si mignon quand il est en colère que je ne peux pas m'empêcher de glousser.

Il se tourne vers moi, ferme le frigo et fond sur moi si rapidement que j'en ai le souffle coupé. Ses lèvres trouvent les miennes et je dois m'agripper à lui pour ne pas tomber. La force brute de ce baiser me fait tourner la tête. La semaine dernière n'a été que tendresse. Aujourd'hui, la tendresse a laissé place à autre chose.

Il me soulève de mon siège et m'assied sur le plan de travail. Mes mains se posent sur son cou, et nous sommes à la même hauteur. Il se glisse entre mes jambes et je les entoure autour de sa taille.

J'adore Eli quand il se montre doux, mais le Dieu du sexe me manque.

— Ellington, je murmure pour reprendre mon souffle.

— Dis-le encore, m'ordonne-t-il.

Ses lèvres aspirent la peau de mon cou et mes mains sont dans ses cheveux.

— Prononce mon nom Heather.

— Eli, je gémis alors qu'il descend plus bas.

— Non, bébé, pas comme ça.

Je comprends ce qu'il veut. Eli, c'est l'homme public que je dois partager. Ellington est tout à moi. Je repousse ses cheveux et plante mon regard dans le sien.

— Ellington.

Je vois le feu brûler dans ses yeux, et je fonds d'amour pour lui.

— C'est la personne que je suis pour toi, bébé, rien que pour toi.

— Embrasse-moi, je réclame.

J'ai l'impression qu'il essaie de bouger, mais je ne le laisse pas s'éloigner de moi. Je suis incassable. Eli s'est assuré que, quoi qu'il arrive, j'aie toujours ce dont j'ai besoin. Aujourd'hui, c'est Eli qui a besoin de moi.

Au lieu de le laisser prendre le contrôle, je presse mes lèvres contre les siennes. Il gémit contre ma langue et fait surgir une vague de chaleur dans mon corps. Je ne connais pas de meilleure sensation que celle de l'exciter au maximum. Je me délecte de pouvoir exercer autant d'influence sur lui.

Il s'interrompt rapidement, et recule de deux pas. Nous sommes tous les deux essoufflés.

— Pourquoi tu arrêtes ? je lui demande.

— Putain ! hurle-t-il au plafond.

Je descends d'un bond.

— Que se passe-t-il ? Tu vas bien ?

Il ferme les yeux et inspire profondément plusieurs fois.

— Je vais bien, je suis juste en colère, et je n'aurais pas dû passer mes nerfs sur toi.

Je lui caresse la joue et je souris.

— Tu as eu l'impression que ça me dérangeait ? Si c'est ainsi que tu passes tes nerfs, il se peut que je te mette en colère tous les jours exprès.

— Je t'aime, me dit-il sans hésitation.

Depuis ce fameux jour, ce sont des mots que nous n'avions toujours pas répétés. Nous n'en avions pas besoin, mais j'ai plaisir à les entendre.

— Moi aussi, je t'aime.

Je pose ma main sur sa poitrine.

— Je commençais à croire que j'avais vécu ce moment dans mes rêves.

— Il y avait bien longtemps que je n'avais pas dit ces mots à qui que soit. Je te les dirai plus souvent.

— Tu me le montres tous les jours.

Il plante un baiser sur mon nez et soupire.

— C'était mon agent. Le producteur est furieux, il exige que je me rende à New York dans les vingt-quatre heures, ou alors l'affaire sera portée devant les tribunaux.

J'étais vraiment égoïste de croire qu'il pourrait rester ici encore plus longtemps. Nous sommes tous les deux lovés dans notre petite bulle. Mais il a signé un contrat, je ne peux pas le garder près de moi.

— Je vais mieux maintenant, tu n'es pas obligé de rester pour moi.

— Je ne suis pas resté parce que je pense que tu vas mal, Heather. Je suis resté parce que je n'arrive pas à te quitter. Je ne veux pas aller à New York, je veux me réveiller et voir tes yeux marrons. Il n'y a rien pour moi là-bas. Tu es ici et tu es tout pour moi.

Je sais qu'il est acteur, mais ses paroles sont si sincères que je n'en doute pas une seconde. Maintenant que je sais qu'il reste pour être près de moi, je suis encore plus éprise de lui. Toutefois, s'il perd son rôle et s'engage dans une bataille judiciaire à cause de moi, ça pourrait causer des vagues dans notre relation.

— Tu m'as répété que tu ne me laisserais pas, et c'est à mon tour de te le dire. Je serai là quand tu reviendras. Nous devons croire que notre couple est assez solide pour supporter quelques mois d'absence.

Il arpente la pièce et l'atmosphère se charge de ses doutes.

— Je sais bien, mais leur comportement est ridicule.

J'adorerais qu'il puisse rester, mais il ne faut pas. Je le rejoins et j'entrelace mes doigts aux siens. Il doit partir, et je dois le soutenir à cette fin. Je sais bien qu'il dit qu'il n'est plus inquiet pour moi, mais je crois qu'une petite part de lui le reste. Il ne craint pas que je redevienne catatonique, mais il est encore soucieux à mon sujet. Je dois le soulager de ce poids pour qu'il puisse retravailler.

— Eli, tu dois retourner travailler. Tu ne leur as donné aucune indication sur ton planning, alors ils répondent par des menaces. Ce serait pareil à mon travail. Je ne veux pas que tu partes, mais nous savons tous les deux que nous avons des obligations. Je reprends le boulot dans une semaine de toute façon. L'univers que nous nous sommes construit est génial, mais nous devons nous faire une raison, il faut revenir sur terre.

Je sais que c'est vrai, mais je déteste cette idée. Le temps que nous avons passé ensemble a été féérique. Nous en avions tous les deux besoin, mais aujourd'hui nous devons faire face à la réalité.

— Je t'aime, et dans un sens, cet amour que nous partageons

doit nous permettre de surmonter ce problème. Tu aimes ton métier d'acteur, moi aussi j'adore mon travail, et nous devons construire une vie *équilibrée*.

Eli ne répond pas, il prend son téléphone, tape un numéro et attend que ça décroche.

— J'irai à New York dans une semaine, s'ils veulent me faire un procès, je m'en fous. J'y serai lundi prochain prêt à travailler. Dis-leur que j'ai d'autres priorités dorénavant et que je reviendrai à Tampa tous les week-ends.

Le téléphone glisse sur le plan de travail. Sans un mot, il me prend par la main et me guide à l'étage. Nous entrons dans la chambre, il me pousse sur le lit et s'allonge sur moi.

— Nous avons sept jours, me dit-il, ses yeux vert brillant de désir. Voyons combien de fois je vais réussir à te faire crier mon nom.

Eli n'a pas encore fini de me surprendre. Je n'ai jamais ressenti un tel plaisir auparavant. Il est plutôt fier du fait qu'il arrive à me faire crier son nom plusieurs fois de suite. Je ne m'en plains pas non plus.

Une fois rassasié, il s'assoupit rapidement et je reste allongée à ses côtés pour le regarder dormir. Je veux faire un truc différent pour lui. Quand il parle de sa vie, je n'en crois pas mes oreilles. Il est entouré de gens qui font des choses pour lui, mais qui se moquent de savoir s'il est heureux ou pas. Ils le font parce que c'est leur travail. Personne ne pense jamais vraiment à lui.

Grâce à mes recherches sur Wikipédia, je sais que c'est son anniversaire dans deux semaines. Comme il sera de retour au travail, et moi aussi, je veux le fêter en avance.

Donc, je lui laisse un mot sur l'oreiller, qui lui explique que j'ai quelques courses à faire et que je reviens vite. Puis je sors.

Pour commencer, j'appelle Savannah. Je lui demande s'ils seraient d'accord pour venir à une fête chez moi dans deux jours. Bien entendu, elle accepte, puis me fait une liste de tout ce qu'il préfère et propose son aide pour veiller à ce que tous les invités soient là.

Une fois que j'ai ma liste, je me rends à l'épicerie. Eli adore le gâteau au chocolat allemand. Ce n'est déjà pas facile à exécuter pour quelqu'un qui s'y connaît un peu, alors pour moi ce sera encore plus compliqué. J'aime manger du gâteau, mais je ne sais pas le préparer. Mais je tiens à tout faire moi-même. Je ne peux pas lui faire de cadeaux qui coûtent cher, je ne suis pas riche, et je n'ai pas une équipe de personnes pour faire les choses à ma place. Tout ce que je peux lui donner, c'est mon amour et mon temps.

Je reçois un SMS.

Le Meilleur Sexe De Ma Vie : Salut, bébé, où es-tu ?

J'y crois pas… Il a encore changé son nom dans mon téléphone.

Moi : Tu as un peu la grosse tête quand même.

Le Meilleur Sexe De Ma Vie : Je ne vois pas du tout ce que tu veux dire.

Moi : Ah bon ? Le nom dans mon téléphone met la barre très haut.

Le Meilleur Sexe De Ma Vie : Pour l'instant, je n'ai pas menti sur la marchandise.

J'éclate de rire. C'est ça. Toutes ces petites choses qui font que je l'aime tant.

. . .

Moi : Je ne suis pas sûre pour celui-là. J'ai connu meilleur.

Le Meilleur Sexe De Ma Vie : Arrête de dire n'importe quoi.

Moi : Tu aimerais bien savoir qui...

Le Meilleur Sexe De Ma Vie : Je te montrerai qui c'est quand tu rentres. Commence à faire tes étirements, parce que ça va être du sport. Ce qui me ramène à ma première question, où es-tu ?

Je souris en pensant à l'expression de son visage à cet instant. Une lueur prédatrice dans les yeux, et la mâchoire serrée. Je sais sans l'ombre d'un doute qu'il mettra un point d'honneur à tenir sa promesse.

Moi : Je suis sortie, je reviens vite. Je t'aime.

Le Meilleur Sexe De Ma Vie : Je t'aime, à tout de suite... À poil.

Je retiens un éclat de rire.

Je réunis tous les ingrédients et je m'arrête pour les déposer chez moi. Je ne veux pas lui laisser le moindre indice. Je n'avais pas prévu que ce soit une surprise, mais j'aimerais essayer quand même. Eli et moi avons décidé de ne rien faire cette semaine, hormis rester ensemble, mais je peux être créative.

Je retourne à sa maison, ou plutôt sa luxueuse demeure,

toute excitée par mes projets. J'ai appelé les filles pour les inviter. Elles apprécient vraiment Eli, maintenant qu'elles ont appris à le connaître à mes côtés, il me parait logique qu'elles soient présentes.

— Chéri, je suis là, je l'appelle dès que je suis à l'intérieur.

— Dans la cuisine, me répond-il.

Je traverse la maison et je le trouve à côté du réfrigérateur.

— Tu es partie un bon moment, tout va bien ?

— Oui, j'avais juste deux ou trois trucs à faire. Et puis je suis allée chez moi pour récupérer des habits.

Nous avons passé beaucoup plus de temps ici que chez moi, et je commençais à manquer d'affaires propres, même si nous passons la plupart de nos journées au bord de la piscine ou au lit.

Eli s'approche du plan de travail et grimace.

— Ça va ?

— Oui, marmonne-t-il. Je me suis fait un truc au pied en sortant du lit.

— Tu vieillis, je lui lance en plaisantant. Tu tombes en miettes, grand-père.

Il penche sa tête sur le côté et ricane.

— Continue comme ça, bébé, tu vas y arriver vite, toi aussi.

— Je ne suis pas vieille ! Je te botte le cul matin, midi et soir.

Eli empoigne son sandwich et mord dedans.

— Essaie un peu pour voir, me taquine-t-il la bouche pleine.

Je crois qu'il oublie que je suis flic. J'ai immobilisé des armoires à glace dans des bagarres, j'ai plaqué des voyous au sol alors qu'ils essayaient de s'enfuir, et j'ai dompté des prisonniers qui se croyaient plus forts que tout le monde. Je suis très bien formée, et j'ai travaillé dur pour développer mes aptitudes.

Et puis, les hommes refusent de faire du mal à une femme, c'est dans leur ADN. J'en profite à fond. C'est aussi imprimé dans leur carte génétique que c'est la honte de se faire botter le cul par une femme. Je dois m'en rappeler.

— Bon, je commence en me perchant sur un tabouret de bar, qu'est-ce que tu veux faire aujourd'hui ?

— Je me suis dit qu'on pourrait sortir tous les deux, un vrai rendez-vous. Tu te fais belle, je te fais servir les meilleurs mets et les meilleurs vins, ensuite un petit soixante-neuf...

— OK ! je l'interromps. Romantique.

Il hausse les épaules.

— Oui, c'est ce que j'ai dit.

— Les gens vont nous voir.

— Très bien.

— Ils sauront que tu vois quelqu'un.

Eli repose son sandwich et s'appuie sur le plan de travail.

— Très bien.

— Nous ne pourrons pas nous cacher.

Il s'avance vers moi et surveille mes réactions.

— Ce n'est pas ma vie que nous allons révéler au grand jour, Heather. Je suis prêt à faire savoir à toutes les autres femmes que je ne suis pas intéressé. La vraie question c'est... Es-tu prête ?

Je repense à ma conversation avec Savannah. Je sais que dès que nous poserons un orteil dehors, le reste suivra. Mais je pensais vraiment ce que je lui ai dit, je veux rester à ses côtés. La limite entre sa vie et la mienne devient de plus en plus intangible, et je ne sais pas ce que je deviendrais s'il n'était plus là.

• • •

— Les gens me regardent, je chuchote à Eli derrière un menu.

— Ouais, répond-il dans un sourire, tu ne passes jamais inaperçue.

Je penche la tête et je soupire.

— Arrête ton charme.

— Je n'y peux rien, tu fais ressortir tout ce qu'il y a de romantique chez moi, me lance-t-il avec nonchalance avant de retourner à son menu.

J'essaie d'arrêter de gigoter, mais c'est dur quand on sent le regard d'inconnus peser sur soi. Au moins, dans le parc, j'étais la femme invisible. Ici, c'est tout le contraire.

Je me tiens droite et je l'imite. Je peux y arriver, les gens me regardent aussi quand je porte l'uniforme, c'est pareil.

La serveuse prend notre commande pour les boissons, et passe plus de temps à noter celle d'Eli, qui n'a demandé que de l'eau. Je jure que c'est vrai.

— Tu es superbe, me flatte-t-il en prenant ma main.

Je porte ma robe de cocktail à épaule nue bleu marine. J'ai passé beaucoup de temps à me préparer, pour m'assurer que je ressemble au genre de fille qui sortirait avec lui. J'ai bouclé mes cheveux et les ai coiffés sur le côté pour mettre ma nuque en valeur. Les escarpins nude que j'ai volés à Nicole il y a un mois sont douloureusement inconfortables, mais ils me vont bien. J'ai même appliqué plus de maquillage que d'habitude, je me reconnais à peine. Bref, je suis à deux doigts de la crise de nerfs.

— J'ai l'impression de me tenir nue devant une foule de gens.

Une fois de plus, je regarde autour de moi et je les vois m'observer avec insistance et chuchoter entre eux.

Eli me sourit avec malice.

— Ça marcherait pour moi aussi.

Je lui lance un regard acéré.

— Très drôle.

— Détends-toi, Heather, m'encourage Eli en me serrant la main. Les gens regardent, ils parlent, mais tout ce qui compte au final, c'est nous deux.

Il a raison. Nous sommes en plein rendez-vous romantique, et nous nous aimons tendrement. Tout ça fait partie de sa vie, et maintenant, ça va faire partie de la mienne. Autant s'habituer tout de suite.

— Oui, je suis désolée.

— Ne sois pas désolée, ça fait du changement pour toi, mais je suis sûr que ça va aller.

Je suis impatiente.

La serveuse revient et me jette un regard dédaigneux.

— Vin, lance-t-elle en plaçant un verre devant moi tout en regardant Eli.

J'ouvre la bouche pour lui dire qu'elle s'est trompée de vin, mais elle me tourne le dos.

— Et pour vous M. Walsh, la maison vous offre sa meilleure bouteille de Cabernet.

— Merci, répond-il poliment. Toutefois, ma petite amie a commandé un Pinot Gris, et vous lui avez servi du vin rouge. Pourriez-vous remédier à ça, étant donné que j'ai demandé de l'eau ?

— Oh, toutes mes excuses, reprend-elle en s'emparant du verre, puis elle s'éloigne rapidement.

— Je crois qu'elle est partie se cacher pour pleurer, j'observe en me retenant de rire.

L'expression sur son visage m'a fait du bien. Il est clair qu'elle est fan, ou du moins qu'elle le trouve attirant, et il l'a ignorée.

Eli hausse les épaules.

— Si elle t'avait montré un peu de respect, je n'aurais pas eu à la rembarrer.

Personne ne m'a jamais aimée ainsi. En y réfléchissant, je ne crois pas que Matt ne m'ait jamais défendue. Je m'en suis toujours sortie seule. Eli me regarde comme si j'étais spéciale et précieuse. Il me protège et prend soin de moi.

— C'est comme ça à New York, quand tu sors ? je l'interroge.

Il rigole.

— Non je suis un gars normal, là-bas.

Mais bien sûr..., je ne crois pas qu'Eli puisse être normal. Il est plus sexy que tous les autres hommes, et ne passe pas inaperçu.

Je te promets, les célébrités ne sont pas traitées différemment. C'est pour cette raison qu'il y en a tant qui élisent domicile dans cette ville. Et puis, il y a tout le temps un film ou un tournage en cours sur place, ça fait partie de leur quotidien.

La serveuse revient avec le bon vin et une assiette de canapés. Nous lui commandons notre repas pendant qu'il me fait du pied sous la table pour me faire sourire. Je ne me souviens plus quand on m'a fait du pied pour la dernière fois.

Nos plats arrivent et nous dégustons chaque bouchée. Je finis par comprendre ce qu'il veut dire quand il m'explique qu'il ne voit plus les gens autour de lui. Je suis sûre qu'on nous observe, mais je m'en moque. Je suis ici avec lui, et c'est tout ce qui compte.

Nous parlons de la vie d'Eli à New York et je suis fascinée. Tout ça semble si excitant. Nous finissons de manger et de boire la bouteille de vin. Il me parle de ses collègues et je ne peux pas me retenir de faire ma fan quand nous évoquons Noah Frazier. Après Eli, c'est mon personnage préféré, et je trouve grisant de savoir qu'ils sont potes dans la vraie vie.

— Est-ce que Noah est aussi mignon en vrai qu'à l'écran ? je laisse échapper.

Eli s'étouffe avec son vin.

— Quoi ?

— Je suis fan, je réponds l'air de rien. De la série bien entendu.

— Oh, bien entendu, rétorque-t-il d'une voix lourde de sarcasmes.

Clairement, il ne me croit pas.

— Tu es jaloux ? je le taquine.

Eli se penche en arrière et croise les bras sur sa large poitrine. J'essaie de me retenir de rire de toutes mes forces, parce qu'il est si adorable quand il fait sa tête de mule.

— Absolument pas.

— Tant mieux.

— Ce n'est pas comme si tu demandais des infos sur un autre homme pendant *notre* rendez-vous.

Je glousse rapidement avant de me reprendre.

— Eli Walsh, tu n'as toujours pas compris que tu étais l'homme le plus sexy qu'on ait jamais vu sur cette planète ?

Il se penche en avant et pose ses mains sur la table.

— C'est ce que tu penses ?

Je me rapproche encore de lui.

— Oui.

— Dis-moi encore que je suis sexy.

Je lui tends la main et il la prend. Lorsque nous nous touchons, Eli entrelace ses doigts avec les miens. J'ouvre la bouche pour lui énumérer tout ce qui est sexy chez lui, quand son téléphone sonne. Il marmonne en le consultant.

— Salut Sharon. Oui. Non.

Ses yeux cherchent les miens, et je vois qu'il est inquiet.

— C'est une soirée romantique, s'exaspère Eli. Je n'ai pas à te prévenir avant.

Une pause.

— Fais ton travail, gère tout ça, et fais-toi bien comprendre sur le sens de cette soirée.

Il raccroche et passe la main sur son visage.

Pas besoin d'être détective pour savoir ce qui s'est passé. Elle savait que nous étions sortis, ce qui veut dire que notre couple est déjà passé dans le domaine public.

Notre petite bulle était si confortable, mais sa durée de vie était limitée. Je reste reconnaissante d'avoir pu vivre ces quelques jours avec lui. Cela nous a donné la possibilité de nous connaître et de tomber amoureux. Si le public avait su dès le départ, nous n'aurions peut-être pas survécu au premier rendez-vous.

— Alors ? C'est officiel ? je lui demande avec un sourire pour le rassurer.

Il m'observe un moment, et semble satisfait de ce qu'il voit.

— Ouais, bébé, nous sommes officiellement en couple.

Je hoche la tête.

— Ça veut dire que les autres femmes vont arrêter de te toucher ?

Eli éclate de rire.

— J'en doute, mais je te promets de ne pas aimer.

— Et je te promets de ne pas leur tirer dessus si elles le font.

Je pense que c'est un bon compromis. Il n'aime pas ça, et je ne perds pas mon boulot et reste hors de prison... On y gagne tous les deux.

— Les photos seront publiées demain, reprend Eli sérieusement.

J'y avais pensé, les gens nous ont observés toute la soirée avec leur téléphone dans la main.

Eli devient joueur.

— Et si on leur donnait une bonne photo ?

Je ne comprends pas ce qu'il entend par là, mais l'expression de son visage me suffit pour le suivre. Il se lève, fait le tour de la table. Il place une main sur le dossier de ma chaise et l'autre devant moi.

— Je vais t'embrasser, me prévient-il, je vais annoncer que tu es à moi, ici et maintenant.

Une vague de chaleur m'envahit quand il caresse ma joue. Il se penche vers moi et pose ses lèvres sur les miennes. Il clame notre amour au monde entier.

CHAPITRE VINGT-QUATRE

HEATHER

— Heather, où sont les cotillons ? me hurle Nicole depuis le salon.

— Regarde dans les sacs de décorations !

C'est le jour de la fête surprise d'Eli. Je suis ébahie d'avoir réussi à garder le secret. Sa mère est retournée à New York depuis quelques jours et ne peut pas être là, mais Randy et Savannah seront présents. Nicole est venue une heure plus tôt pour m'aider dans les préparatifs.

J'ai dit à Eli que Nicole et moi avions besoin de nous retrouver, car j'avais passé beaucoup de temps avec lui, et je lui ai demandé de passer me prendre à vingt heures.

— Trouvés ! lance-t-elle en bondissant dans la pièce. Il nous reste environ cinq minutes avant l'arrivée des invités, que reste-t-il à faire ?

— Je crois que tout est prêt : le gâteau est au frais, le buffet est arrangé et le salon est décoré.

— Parfait, maintenant tu peux me raconter ton rendez-vous en public avec ton Dieu du sexe hier soir, continue-t-elle en se posant sur mon lit.

Eli ne mentait pas quand il a dit que la situation allait dégénérer. Trente minutes après l'appel de sa publiciste, environ quinze paparazzi sont arrivés devant le restaurant. Il m'a expliqué quoi faire et m'a promis de me protéger autant que possible avant de sortir.

Ça n'a pas été très agréable, mais nous avons survécu. Une fois rentrés chez Eli, il m'a encouragé à appeler mes amis et mes collègues pour les prévenir. J'ai été surprise par tant de bienveillance de sa part, mais il a partagé toute son expérience avec moi. Tout le monde a bien reçu la nouvelle, sauf Matt. Drôle de conversation.

— Je suis sûre que tu sais déjà tout, je la taquine.

Nicole adore les magazines people, je suis certaine qu'elle savait déjà avant même que je lui annonce.

— Ce n'est pas pareil, mais tu as raison, raconte-moi plutôt la réaction de Lieutenant Ducon.

Que d'amour entre ces deux-là...

— Il a été très sec et n'a fait que des réponses d'un mot.

— Je suis bien contente qu'il soit au courant. J'espère qu'il regrette amèrement de t'avoir laissé tomber.

Eli n'était pas ravi de cette conversation. Il savait qu'il ne pouvait pas dire grand-chose, mais je sentais bien qu'il n'aimait pas l'idée que j'en parle à Matt. C'est le pire aspect de mon travail. J'aurais préféré ne rien dire à mon ex-mari, mais je ne peux pas nier que je n'ai pas ressenti une pointe de plaisir en lui annonçant.

— Matt a fait son choix, maintenant il doit l'assumer, je lui réponds en terminant de ranger mes vêtements.

Depuis que je ne passe plus de temps ici, je néglige les tâches ménagères.

— OK, finissons-en, ils vont bientôt arriver.

— Tu vas t'habiller comme ça ? m'interroge Nicole.

— Oui.

— Oh non, me réprimande-t-elle. Change-toi.

Je porte un short avec un haut, et je ne comprends pas ce qui cloche dans ma tenue.

— Mes habits vont très bien.

— Mets une putain de jupe.

— Je suis très bien comme je suis.

— Non, dit-elle en éclatant de rire, ta tenue est ridicule.

Je ne vois pas où elle veut en venir.

— C'est quoi le problème ? Je ne vais pas enfiler une robe de bal pour une soirée avec Eli et ses amis.

Elle renâcle avec mépris et ouvre mon placard.

— Tu dois être sexy pour lui. C'est son anniversaire ! J'ai deux mots pour toi : Faciliter. Accès !

La seule chose qui ne change jamais chez Nicole, c'est qu'elle pense constamment au sexe. Moi je m'inquiète sur l'aspect de la maison, elle, elle s'inquiète de savoir si je vais voir de l'action.

Elle parcourt mes vêtements, et quelques pièces volent dans la chambre.

— Voilà !

Elle me tend une jupe et un haut à épaule nue.

— Enfile ça et maquille-toi, tu as deux minutes.

Il y a des jours où je l'adore, et d'autres où j'ai envie de l'étrangler. Aujourd'hui, j'ai vraiment envie de l'étrangler.

Au lieu de me disputer avec elle, je me change. Je ne pense pas qu'Eli remarque la différence, mais je veux quand même marquer le coup. Une fois habillée, je vérifie mon maquillage, et je décide que Nicole en faisait trop, parce qu'il est parfait.

Quelques minutes plus tard, Kristin et Danielle arrivent. Elles ont toutes les deux laissé leur mari et leurs enfants chez elles. J'en profite qu'on soit toutes les quatre pour leur expliquer que Randy sera là, et qu'elles doivent se contrôler.

— Je te jure que je vais bien me tenir, me promet Kristin. Après avoir rencontré Eli, ce devrait être facile.

— Je ne te promets rien, dit Nicole en se posant sur le canapé.

Je la menace du regard.

— Je te garantis que si tu fais quoi que ce soit de débile, je sors mon gaz poivre.

Ses yeux s'écarquillent, et je sais qu'elle se souvient de la fois où elle s'était fait mal avec mon spray sans faire exprès. Cette idiote avait minimisé l'effet du spray et s'amusait à jouer au flic, comme si c'était le métier le plus simple au monde. Elle a appuyé sur le bouton, mais le spray était dirigé vers son visage. Elle a toujours évité mes bombes après cet épisode.

— T'es pas drôle, boude-t-elle en croisant les bras.

Nous nous moquons toutes les trois d'elle. Elle est folle.

Brody et Rachel arrivent quelques instants plus tard. Je suis ravie qu'ils aient pu venir. Lui et Eli s'étaient bien entendus pendant l'enterrement de ma sœur. Ils ont parlé de sport et de la saison à venir. J'étais si heureuse que Brody ait enfin trouvé quelqu'un d'autre pour parler base-ball.

Cinq minutes plus tard, la sonnette d'entrée retentit. Une vague familière de panique m'envahit. Je n'ai rencontré Savannah et Randy qu'une seule fois, et c'était dans leur magnifique propriété sur la plage. Là, ils vont voir où j'habite. Vont-ils s'imaginer que je suis avec Eli pour son argent ? Mais pourquoi je les ai invités ?

Je sens une main se poser sur mon épaule, et je sais que c'est Nicole. Parfois, c'est un soulagement de pouvoir communiquer par télépathie avec elle.

— Tout va bien se passer. Personne n'est là pour te juger. S'ils le font, je leur fais manger leurs dents, célèbres ou pas.

J'opine et j'ouvre la porte.

— Salut, lance Savannah en ouvrant les bras. Je suis trop contente que tu nous aies donné une raison de sortir de la maison, je te jure qu'Adriel me rend dingue.

— Je suis ravie que vous soyez là, je réponds en la serrant dans mes bras.

— Salut, Heather, la voix grave de Randy retentit alors qu'il m'attire vers lui.

— Savannah, Randy, je vous présente mes amies, Nicole, Kristin et Danielle. Voici mon partenaire Brody et sa femme Rachel.

Ils se saluent tous tour à tour. Il est évident que tout le monde, sauf Nicole, est tendu en présence de Randy. Mais Savannah le taquine sans arrêt et tous finissent par se rendre compte que c'est un gars comme les autres. Brody et Randy s'ouvrent une bière et vont dans la cuisine, laissant les femmes entre elles dans le salon. Je suis touchée que mes vieux amis et mes nouveaux s'entendent aussi bien.

— À quelle heure Eli va-t-il arriver ? me questionne Savannah en se massant l'épaule.

— Il devrait être là dans une dizaine de minutes. Je vais lui envoyer un message juste pour être sûre.

Je sors mon téléphone, et je cherche quel nom il a bien pu entrer cette fois-ci. Je n'ai plus de contact sous Meilleur Sexe De Ma Vie. Il l'a encore changé. Je fais défiler les noms. Bien sûr, il n'a pas utilisé son vrai nom, trop facile. Je vérifie chaque lettre de l'alphabet.

Quand j'arrive sur ce qui est clairement son nouveau nom, j'éclate de rire. Il est dingue. Il est à moi, mais il est dingue.

Savannah me regarde à la fois amusée et inquiète.

— Qu'est-ce qui te fait rire comme ça ?

Il change son nom dans mon téléphone à chaque fois qu'il met la main dessus.

— Oh, et quel nom mon idiot de beau-frère a-t-il choisi cette fois ?

— M. Orgasmes multiples.

Moi : Salut, M. Orgasmes Multiples… T'es sérieux ? Je voulais être sûre que tu viennes bien me récupérer à vingt heures ? J'ai hâte de te voir.

M. Orgasmes Multiples : Ouais, je serai là à l'heure. Je pars dans cinq minutes.

Je ne peux pas contrôler mon sourire, j'ai trop envie de voir son visage.

— Il arrive dans vingt minutes ! je préviens tout le monde, avant de reprendre ma conversation où je l'ai laissée avec Savannah.

Je la fais rire avec les noms précédents que s'est donnés Eli. Puis nous allons parler avec les autres.

Vingt-cinq minutes plus tard, toujours pas d'Eli. Je lui envoie vite un nouveau SMS.

Moi : Tu es bientôt là ?

Encore un quart d'heure, et toujours pas de réponse. Peut-être qu'il est coincé dans les embouteillages ? Je discute avec mes amis, je surveille l'heure et j'essaie de ne pas faire de conclusion hâtive. Je dois me rappeler que tout n'est pas que tragédie en suspens. Des années de formatage m'ont appris à m'attendre au pire, c'est ma malédiction.

Il est maintenant huit heures et demie, et il est officiellement en retard, et je suis franchement inquiète.

Je ne sais pas où il est passé, je réfléchis tout haut en arpentant la pièce.

Je lui envoie un nouveau SMS.

Moi : J'espère que tout va bien... Réponds-moi ou rappelle s'il te plait.

Brody s'approche, place sa main dans mon dos et baisse la voix.

— Qu'est-ce qui cloche, Covey ?

Je le regarde avec surprise.

— Ne me regarde pas comme ça, me réprimande-t-il. Je peux lire en toi, tu t'inquiètes de ce retard.

Je secoue imperceptiblement la tête.

— Ça va. Il devait arriver il y a une demi-heure, et nous savons tous les deux que le trajet entre nos deux maisons ne prend pas si longtemps. Et il ne répond pas à mes SMS.

Je m'attends à ce que mon téléphone vibre à tout moment.

— Tout va bien ? s'enquiert Nicole quand elle me voit en plein conciliabule avec Brody.

— Heather, fidèle à elle-même, explique Brody.

Je lui lance un regard acéré qui ne l'atteint aucunement.

— Généralement, il répond à mes SMS tout de suite, et là il a trente minutes de retard. Je ne sais pas pourquoi il ne répond pas.

— Il s'est peut-être endormi, offre Nicole sans se rendre compte de l'absurdité de sa suggestion.

— Après m'avoir dit qu'il décollait ? je rétorque.

— Je peux appeler les collègues pour voir s'il y a eu des accidents ? propose Brody.

Je secoue la tête.

— Non, je m'inquiète probablement pour rien. Je vais l'appeler tout de suite.

Je ne peux pas me l'expliquer, mais j'ai un mauvais pressentiment au sujet de ce retard. À certaines occasions, mon instinct m'a sauvé la vie, alors je me fais confiance, mais je ne veux pas passer pour la petite amie cinglée non plus.

Je sors pour voir si sa voiture est là, mais je ne vois aucune trace de son arrivée. Je l'appelle. Son téléphone sonne avant de tomber sur le répondeur.

— Salut bébé, je t'appelle parce que tu devrais être là depuis une heure, et je n'ai aucune nouvelle. Appelle-moi dès que tu peux. Je t'aime.

Je raccroche et fais les cent pas sous le porche. Mes pensées vont d'un extrême à l'autre, alors que je passe de l'inquiétude à la résolution. Une voix de plus en plus forte me commande de sauter dans ma voiture et d'aller voir chez lui, une autre me dit que je dois lui faire confiance. Il a pu être retenu pour des dizaines de raisons valables, et me comporter en parano ne va pas aider dans la relation longue distance que nous nous apprêtons à vivre.

Je refuse d'être si dramatique, et je me persuade de rentrer et de lui donner un peu plus de temps.

Sept minutes plus tard mon pressentiment s'est métamorphosé en énorme poids sur ma poitrine qui va finir par m'écraser si je ne prends pas ma voiture tout de suite pour aller le trouver.

Randy sort et je fais de mon mieux pour lui sourire.

— Tout va bien ?

— Eli ne répond pas au téléphone ni à mes SMS, et il a promis d'être là à huit heures.

Il regarde sa montre et redirige son attention vers moi.

— Je vais chez lui, vérifier s'il va bien.

Je secoue la tête.

— Il ne sait pas que tu es là.

Une lueur brève éclaire le regard de Randy, mais je ne comprends pas.

— Tu devrais y aller... pour sauver ta fête.

— OK, je prononce avec soulagement.

— Mon frère ne sait pas à quel point il a de la chance.

Je souris et hausse les épaules.

— Nous avons tous les deux de la chance.

Je sais pertinemment bien à quel point j'ai de la chance qu'Eli ait vu quelque chose en moi qui lui donne envie de me courtiser. Quand je repense à toutes les fois où j'ai essayé de me débarrasser de lui, je suis contente qu'il n'entende pas le mot non. Sinon, je n'aurais jamais connu l'amour.

J'entre dans la maison et je préviens tout le monde que je reviens vite.

— Je vais aller voir chez lui. Ça fait maintenant une heure que je suis sans nouvelles.

Je prends ma voiture en gardant en tête de rester calme, quoiqu'il arrive. Il ne m'a donné aucune raison de ne pas lui faire confiance, et il s'est probablement endormi. J'arrête de dire des bêtises. Il ne s'est pas endormi. Je sais que c'est grâce à mon instinct que je suis un bon flic. On a souvent tendance à l'oublier, mais je crois que c'est une aptitude précieuse. Combien de fois j'ai senti que Matt était malheureux, tout en prétendant que je me faisais des films ? Tellement que j'ai arrêté de compter. Je repense à Stephanie à l'époque où ses symptômes sont apparus, les docteurs pensaient que des tests supplémentaires n'étaient pas nécessaires, et j'avais insisté. Je savais que quelque chose n'allait pas, et j'ai tenu bon.

En ce moment, mes nerfs me hurlent que quelque chose ne va pas, et qu'il n'est pas là où il devrait être.

Je me gare devant chez lui, et les lumières sont encore allumées. Je sors la clé qu'il m'a donnée et j'entre dans la maison.

— Eli ? j'appelle, mais personne ne répond.

J'entends du bruit dans le salon accolé à la cuisine. J'y vais, mais ce n'est que la télé. Je vérifie la terrasse avant de monter au premier étage. Cette putain de maison est bien trop vaste.

Mon rythme cardiaque s'accélère quand je rentre dans la chambre. Je ne sais pas où il est, mais à chaque pas, mon estomac se serre davantage. Je ferme les yeux, m'enjoignant d'être solide selon ce que je trouve derrière la porte, puis j'ouvre.

Il est recroquevillé sur le sol de la chambre.

— Eli ! j'hurle en me précipitant vers lui.

Son corps est recouvert de sueur et il saigne au niveau de la tête. Sa respiration est laborieuse, et ses yeux s'entrouvrent difficilement.

— Oh mon Dieu, je souffle.

Mes mains tremblent alors que j'essaie de le retourner.

— Eli, tu m'entends ?

Il a du mal à respirer, et je ne sais pas s'il est conscient quand je l'entends murmurer des paroles incohérentes. Je penche pour mieux l'écouter, et je jure que je l'entends dire « à l'aide ».

— Reste avec moi, je l'encourage en tapotant le côté de son visage.

J'appelle les secours et je passe immédiatement en mode flic. Ma voix tremble mais je peux donner son adresse, mon numéro de badge et un résumé de la situation. Ils me conseillent d'essayer de le garder éveillé et d'attendre.

L'ambulance doit arriver très vite, mais chaque seconde semble s'étirer des heures. Je suis assise par terre avec sa tête sur mes genoux.

— Tu peux ouvrir les yeux ? je lui demande, mais il ne me répond pas. Tu m'entends, bébé ? Tu peux me raconter ce qui s'est passé ?

— Heather…

Les yeux d'Eli s'ouvrent et il se débat.

— Le té...léphone...

— Je suis là Eli, ne bouge pas, je lui ordonne quand je vois une goutte de sueur perler sur son front. L'ambulance arrive.

Il halète à nouveau, et je prends son pouls plusieurs fois, en m'aidant de l'horloge. Son rythme cardiaque est irrégulier. J'entends des coups frappés à la porte d'entrée, et aujourd'hui je comprends ce que ça fait de se trouver de ce côté de la porte. Je dois les laisser entrer, mais mon cœur s'emballe à la seule pensée de le laisser.

— Je reviens tout de suite, je le préviens, même s'il ne comprend pas un mot.

Je descends les escaliers aussi vite que me permettent mes jambes et ouvre la porte d'un seul geste. Deux membres de ma brigade, Whitman et Vincenzo, sont là.

— Covey ? demande Whitman sous l'effet de la surprise.

— Il est en haut. Où est l'ambulance ? je questionne en ignorant l'incrédulité dans ses yeux.

— Ils sont au portail, répond Vincenzo. Tu es de garde ?

— Mais qu'est-ce qu'ils foutent ? Il a besoin d'un docteur !

— Calme-toi, m'enjoint Whitman en me touchant le bras. Attends, on est chez... ?

Je ne lui réponds pas, je me fiche qu'il sache chez qui on se trouve, et pourquoi je suis ici. L'homme que j'aime si intensément est inconscient et il a besoin d'aide. Mes jambes commencent à trembler et Whitman me rattrape alors que je m'effondre.

Il me remet sur mes jambes et je me tourne vers l'escalier. Je ne veux plus attendre les secours, c'est moi qui dois l'aider. Nous devons le conduire à l'hôpital tout de suite.

— Les gars, vous pouvez le déplacer, tant pis pour l'ambulance. Je n'arriverai pas à le porter. Je ne sais pas ce qu'il s'est passé, mais il a besoin de nous tout de suite ! je crie avec tant d'émotion que leurs visages se décomposent.

Je ne suis pas du type sentimental au travail. Je ne pleure pas. Je ne me plains pas. Je fais mon travail, et je le fais bien. Je suis une guerrière en uniforme. Et même pendant la maladie de ma sœur, je n'ai jamais montré aucune faiblesse. Mais à cet instant, je n'arrive plus à me contrôler.

— Nous n'avons pas le temps, je ne peux pas le perdre !

Des larmes coulent sur mes joues, et je ne peux rien y faire. Je suis impuissante.

— Heather, me dit Vincenzo d'une voix douce.

Je connais cette voix, je sais si bien la faire.

— Ils sont presque là, calme-toi.

— Vas-y avec elle, suggère Whitman. Je montrerai le chemin aux ambulanciers. Je vous préviens de leur arrivée par radio.

Je sais qu'il a raison, on ne peut pas conduire à l'hôpital un patient blessé à la tête dans une voiture de police.

Nous nous précipitons en haut des escaliers et dans la chambre, et Eli est toujours étendu, sans défense sur le sol.

Je m'approche pour vérifier son pouls à nouveau. Mes larmes coulent alors que je caresse ses cheveux bruns.

— Ils sont là, nous prévient Whitman à la radio.

Les ambulanciers entrent dans la pièce, et je vois leur visage changer quand ils comprennent qu'ils sont chez Eli Walsh. Ils nous regardent, et reportent leur attention vers lui.

Leur interrogatoire commence alors qu'ils tentent de comprendre ce qu'il s'est passé et d'identifier ses antécédents médicaux. Je m'aperçois que je ne sais rien...

— Est-ce qu'il est sous traitement ?

— Je ne sais pas.

— Des problèmes médicaux ?

— Je ne sais pas, j'admets à nouveau.

— Des allergies ?

— Je... – je secoue la tête – je ne sais pas.

— Est-ce qu'il se drogue ? Est-ce qu'il a bu de l'alcool ?

— Non, je ne l'ai jamais vu prendre quoi que ce soit, et je n'étais pas là, je ne sais pas s'il a bu.

Ils se lancent un regard et me posent encore quelques questions auxquelles je n'ai pas de réponse. En seulement trois minutes, je me rends compte qu'Eli et moi ne savons pratiquement rien l'un de l'autre. Il ne sait pas que je suis allergique à la pénicilline ou que j'ai été opérée d'un kyste ovarien il y a huit ans. Nous sommes obnubilés par notre amour et ignorons tout le reste.

Il gémit alors qu'ils le font rouler sur la civière et le transportent en bas. Je m'empare de mon téléphone et de mes clés posées sur la table de l'entrée et ils sont déjà dehors. J'essaie de fermer à clé, mes mains tremblent et sont couvertes de sang. Je n'arrive pas à enfoncer la clé dans la serrure.

Whitman s'approche et place sa main sur la mienne pour la stabiliser et me permettre de la tourner.

— Nous allons te déposer, me propose-t-il en me poussant vers la voiture de patrouille.

Je ne réponds pas, je suis encore sous le choc. Mon cerveau ne comprend toujours pas tout ce qu'il s'est passé. Je monte sur le siège arrière, et je me tords les mains.

La seule pensée qui me vient est que je ne peux pas le perdre. Pas comme ça. Pas juste après Stephanie. Pas tout de suite, nous n'avons pas eu assez de temps ensemble. Nous méritons plus de temps.

Mon Dieu, je vous en supplie, accordez-nous plus de temps.

— Randy !

Je me précipite vers lui alors qu'il me rejoint en courant.

Nous sommes arrivés depuis vingt minutes, on m'a demandé de m'asseoir, et on m'a dit qu'on viendrait me donner plus d'infos, mais personne ne répond à mes questions, car je n'ai pas de liens familiaux avec lui.

— Ils ne m'ont rien dit, mais ils s'occupent de lui.

— Ok, je vais voir ce que je peux faire, lance Randy avant de consulter l'infirmière de la réception, qui prend un dossier et l'accompagne dans les couloirs.

Savannah pose sa main sur mon épaule et je me retourne vers elle les joues ruisselantes de larmes.

— Tout va bien, Heather, Eli est solide.

— Je ne sais pas ce qu'il s'est passé, il y avait une trace de sang sur la moquette de la salle de bain jusqu'à l'endroit où je l'ai trouvé. Je pense qu'il s'est cogné la tête et qu'il s'est traîné tant bien que mal ?

Maintenant que j'ai eu du temps pour revenir sur tout ça, j'essaie de retracer ses pas. J'imagine qu'il est tombé. Je sais qu'il avait mal au pied, peut-être qu'il a trébuché ? Une chose est sûre, c'est qu'il s'est cogné la tête, et puis soit il est tombé à nouveau, soit il a fait autre chose. Pourquoi transpirait-il ? Est-ce qu'il a dû ramper depuis la salle de bain ? Je n'en sais rien.

— Je n'ai pas pu répondre aux questions des ambulanciers, je ne sais pas ce qu'il s'est passé ni si Eli prend un traitement... J'ai appelé dès que je suis revenue à la réalité.

Savannah me conduit vers une chaise et reste silencieuse.

— Donc toi et Eli avez encore quelques secrets l'un pour l'autre ? demande-t-elle après quelques minutes.

— Oui, j'imagine que c'est le cas, notre relation a été si intense, comme un tourbillon qui nous a emportés tous les deux. Et puis j'étais absorbée par la maladie de ma sœur, et il a essayé de se montrer présent pour moi.

Elle prend ma main dans la sienne.

— Randy va revenir, il t'expliquera tout.

— J'aurais dû aller le voir avant.

Tous ces « j'aurais dû » me hantent. J'ai eu ce pressentiment quand il a arrêté de me répondre. Je l'ai ignoré alors qu'Eli avait besoin de moi.

Randy revient et nous nous levons toutes les deux.

— Il va aller mieux. Il est confus, mais il va bien.

— Oh, Dieu merci, je soupire.

Le poids sur ma poitrine s'envole et je peux à nouveau respirer.

— Il voudrait te voir, mais il doit passer quelques examens.

— Ok.

Je peux rester ici et l'attendre pour toujours si cela signifie qu'il va bien. Je savais que je stressais, mais je n'avais pas saisi à quel point cette crainte avait resserré son étau sur moi, jusqu'à ce qu'elle disparaisse.

— Tu sais ce qu'il lui est arrivé ?

Randy se tourne vers Savannah, puis revient vers moi.

— Les détails sont flous, mais je suis sûr qu'il te racontera ce dont il se souvient.

— Je vais prévenir ta mère, dit Savannah en l'embrassant sur la joue.

— Tu as bien fait d'aller le voir, me confie Randy en s'asseyant, je ne sais pas comment ça se serait terminé si tu n'y étais pas allée. Il a de la chance de t'avoir Heather, j'espère que tu sais combien il t'aime.

Ça me fait bizarre d'entendre ces mots dans la bouche de son frère. Nous ne sommes vus que deux fois, mais Randy semble connaître Eli jusqu'au bout des ongles. C'est évident qu'il aime son frère, et c'est un sentiment qui m'est familier. Ce qu'il me dit ressemble à ce que j'aurais dit à quelqu'un épris de Stephanie.

— Moi aussi, je l'aime.

Il opine.

— Je sais.

Savannah revient après son coup de fil, et arrive en même temps que le docteur.

Il nous explique qu'Eli vient de sortir du scanner, et qu'ils vont lui faire passer d'autres examens, mais il est conscient et peut absorber du liquide.

— Il est de retour dans sa chambre, si vous voulez aller le voir. Il demande Randy, puis Heather.

— Je fais aussi vite que possible, promet Randy en souriant avant de suivre le docteur derrière une porte à double battant.

La peur fait place au soulagement, maintenant que le docteur nous a confirmé qu'il allait bien. Je ferme les yeux et j'envoie une prière silencieuse à Stephanie. Je sens sa présence près de moi. Nous avons passé tellement de temps ici toutes les deux. Des journées de test se transformaient en séjours de plusieurs jours à cause de son épuisement. J'ai passé tant de nuits sur cet horrible lit de camp, priant pour qu'on puisse soulager sa douleur.

J'espérais ne plus jamais revenir dans ces couloirs.

Randy revient dans la salle d'attente dix minutes plus tard.

— Il t'attend, m'annonce-t-il en souriant. Nous devons rentrer pour les enfants, mais tu nous appelles si tu as besoin de quoi que ce soit, ok ? Je reviens demain pour m'assurer que tout va bien.

Savannah m'attire vers elle et m'embrasse.

— Je t'appellerai aussi demain, ok ?

— Bien sûr.

Je trouve la chambre d'Eli et je tape doucement à la porte. Elle grince et mon regard se plonge dans le sien. Brusquement, toutes mes émotions remontent à la surface. Le soulagement qu'il aille bien, la peur de ce qui aurait pu être, la joie qu'il ait repris des couleurs, la culpabilité de n'avoir pas été présente, et par-dessus tout... l'amour.

— Eli, dis-je religieusement.

Il m'attire vers lui et me serre contre sa poitrine.

— Oh mon Dieu, j'ai eu si peur.

Je suis dans ses bras et je respire son odeur.

— Je vais bien, bébé.

Je lève la tête vers lui et je caresse son visage.

— Tu m'as fait si peur.

Il ferme les yeux.

— J'ai été stupide.

— Stupide ?

Eli prend ma main dans la sienne.

— Je n'aurais pas dû tester mes limites.

— Que s'est-il passé ? je l'interroge, mais une infirmière entre dans la chambre avant qu'il ait eu le temps de répondre.

— Bonjour M. Walsh, je suis votre infirmière Shera, se présente-t-elle en souriant. Je vais vous administrer le Solu-Medrol par intraveineuse, puis je vérifierai vos constantes.

— Merci, répond-il.

Je connais ce traitement.

Je ne sais pas pourquoi, mais je suis sûre d'avoir déjà entendu ce nom.

Je fouille mes souvenirs pour découvrir pourquoi ce nom me paraît si familier.

Et puis je trouve.

Stephanie prenait du Solu-Medrol pour soulager ses crises de douleur. Elle en a pris plusieurs fois pour réduire les inflammations. On l'utilise seulement pour les pathologies les plus graves. Je cherche Eli du regard, et le sol se dérobe sous mes pieds.

CHAPITRE VINGT-CINQ

Je vois la tempête dans ses yeux marron. Je la vois se débattre sans dire un mot. Rien de ce que je pourrai dire n'apaisera la situation.

Je lui ai menti.

L'infirmière prend son temps et l'atmosphère s'alourdit dans la chambre. Je voudrais qu'elle reste, et je profite de chaque seconde avant que l'inévitable s'opère.

J'aurais pu lui en parler tant de fois. Randy m'a engueulé comme il faut, et je le méritais.

Il ne sait pas à quel point je me sens coupable de lui avoir caché ma maladie. Toutes ces nuits où je restais éveillé en la tenant dans mes bras, tout en me détestant parce que je suis un lâche, et que je ne voulais pas la perdre. Je suis un connard égoïste. Je le sais. Mais pour une fois, je m'en foutais.

— Ok, je reviens vous voir dans une heure, me prévient Shera en me tapotant le bras. Je suis une grande fan, M. Walsh, on va bien s'occuper de vous.

Ma gorge est si nouée, que rien ne sort quand j'essaie de répondre. Je me tourne vers Heather, et j'attends.

Une larme glisse le long de sa joue parfaite. Je la vois rouler sur ses lèvres, ces lèvres que je ne sentirai plus jamais sur les miennes, et mon cœur se casse en mille morceaux. Je me demande si les choses auraient pu être différentes. Si je lui avais avoué que j'étais malade, serait-elle restée ? On ne le saura jamais.

— Tu es malade, me dit-elle d'une voix douce brisée par la douleur.

— Oui.

Les mains d'Heather tremblent alors qu'elle tente de s'essuyer les joues.

— Tu as la maladie d'Huntington ?

— Non, j'ai une sclérose en plaques.

Sa bouche s'ouvre légèrement et son visage se décompose. Ses yeux trahissent ses peurs et elle recommence à pleurer.

— Est-ce que..., – elle s'éclaircit la voix – tu vas bien ?

Je n'ai jamais ressenti une telle douleur. Pas une douleur physique, non, une douleur mentale. Elle sait que je lui ai caché ma condition, et pourtant, elle continue à s'inquiéter pour moi.

Je ne suis qu'une merde.

Je ne la mérite pas.

— Ça faisait un moment que je n'avais pas de symptômes. Habituellement, j'ai un traitement qui me permet de garder les choses sous contrôle.

Elle opine lentement en se tordant les mains.

— Je vois, et tu as arrêté de le prendre ?

J'ai maltraité mon corps ces derniers mois. En tournée, je n'ai pas été assidu avec mon traitement, et puis j'ai rencontré Heather, et j'ai eu envie d'être libre, pour une fois. Je ne savais pas qu'on en arriverait là. Oui, j'ai ressenti des choses pour elle, mais je pensais vraiment que ça n'allait pas durer. Je n'aurais jamais cru que ça allait devenir si intense. Toutes ces heures passées en sa compagnie ont été les plus heureuses de ma vie, et je sais que de sombres moments m'attendent quand elle me quittera.

— Je ne le prends pas comme il faut.

Ses yeux se baissent sur ses mains torturées et serrées.

— Ok, depuis combien de temps sais-tu que tu as la sclérose en plaques ?

Sa voix est si calme, je préférerais largement qu'elle me hurle dessus.

— Mes premiers symptômes sont apparus il y a dix ans.

— Bien sûr, dix ans.

Pas de colère dans sa voix, juste de la résignation. Ses yeux restent rivés sur ses mains, et je n'ai aucune idée de ce qu'elle peut bien penser. Elle ne sait pas combien je suis dévoré par la culpabilité. Mais j'ai été dépassé par mon besoin de rester auprès d'elle. Mon instinct de préservation a prévalu. Je la voulais. J'avais besoin de la garder.

— J'ai voulu t'en parler, je lui confesse.

— Mais tu ne l'as pas fait.

Parce que je suis un putain de lâche.

— Je n'ai pas pu.

Elle relève la tête. La douleur et la colère se mêlent dans ses yeux.

— Et donc, tu t'es dit qu'il valait mieux me mentir ?

— J'ai essayé de te le dire, vraiment, mais je n'ai pas réussi.

Elle s'enlace le ventre et laisse retomber sa tête.

Ma poitrine se serre et la peur envahit mon corps. Elle va me quitter. Comme Penelope. Dès qu'elle a vu que je n'étais pas parfait, que j'étais abîmé, elle s'est enfuie.

Heather lève les yeux vers moi, et je vois la même expression vacante dans son regard, exactement comme ça s'est passé il y a toutes ces années.

— Tu ne m'as jamais dit que tu étais malade, tu me l'as... caché.

Sa voix se brise sur ce dernier mot.

— Même en sachant tout ce que j'ai vécu ? Comment as-tu pu ? Comment as-tu pu me faire croire que nous pouvions avoir un futur ensemble, alors que tu gardais un énorme secret ? Comment ? Eli ?

Sa voix s'éteint, et je me déteste d'avoir été si faible.

Faiblesse dans mon cœur, faiblesse dans mon corps.

Je ne peux pas aller vers elle. Je ne peux pas la prendre par les épaules et la forcer à m'écouter. Et même si je le pouvais, je n'aurais rien d'autre à lui donner que des excuses. Une chape de plomb pèse sur ma chambre et dans mon cœur brisé à la perspective de son départ.

— Si tu savais comme je me déteste. Je voulais que tu me voies, que tu me connaisses, que tu m'aimes. Et j'allais te le dire. Je sais que c'est tordu. Mais, tu m'as parlé de Stephanie, et après je n'ai pas pu t'en parler. Et puis, le jour où j'allais me jeter à l'eau, Stephanie est morte. Et là, plus moyen de passer à l'acte.

— Et depuis, tu n'as pas eu une occasion de m'en parler ?

— Jour après jour, le secret devenait plus lourd. J'avais peur que tu me quittes si je te l'avouais.

— Quoi ?

Son visage est empreint de colère et de choc.

— Tu as cru que je te quitterais si je savais que tu étais malade ? Tu penses que je suis ce genre de personne ?

— Je pense qu'il est plus facile d'aimer un homme qui n'est pas cassé.

— Et tu me crois si superficielle ? Mais est-ce que tu sais qui je suis vraiment ? Jamais je ne serais partie à cause de ta maladie !

— Comment aurais-je pu le savoir ?

Heather se lève et s'approche de mon lit, les yeux remplis de larmes, elle tend la main vers ma joue. Je veux me souvenir de la sensation de sa peau sur moi pour toujours, mais je reste de marbre.

— Tu ne m'as pas donné la chance de te le montrer.

— Si tu veux partir, va-t'en, je lui crache.

Elle secoue la tête, ouvre la bouche et la referme avant de s'effondrer sur sa chaise. Tout dans son attitude indique la défaite. Je l'ai cassée.

Ma colère contre moi-même s'intensifie, palier par palier, jusqu'à me faire perdre la raison. Je traverse la crise avec violence et panique. Elle va me quitter, et je ne pourrai pas l'en empêcher.

— Je voudrais pouvoir me lever et m'approcher de toi, je commence en espérant qu'elle m'écoute encore. Je voudrais pouvoir te prendre dans mes bras et recommencer à être l'homme que tu croyais. Mais mes putain de jambes ne fonctionnent plus. Je ne peux pas marcher Heather. Putain, je ne peux pas marcher. J'ai tout gâché. Tout ce que nous aurions pu être. Je le sais. Je me déteste, mais je ne veux pas te faire de mal.

Elle relève la tête et essuie ses larmes du revers de la main.

— Comment ça, tes jambes ne fonctionnent plus ?

— J'ai eu des douleurs vives le long des jambes tout à l'heure. Maintenant, elles sont paralysées.

Elle ouvre la bouche et inspire.

— C'est comme ça que tu es tombé ?

— Oui, je savais que c'était en train d'arriver, mais j'ai tout fait pour l'ignorer.

Heather ne dit plus un mot. Elle me fixe de ses magnifiques yeux. Je reconnais chaque paillette dorée, chaque éclat marron clair et foncé. Elle est tombée amoureuse de moi, parce que j'étais l'homme dont elle avait besoin. Mais à cause de ma maladie, je suis démoli, faible et un menteur.

Je décide de lui raconter la vérité toute nue. Lui laisser entrevoir le cauchemar que j'ai vécu.

— J'ai eu des engourdissements de la main cette dernière semaine.

Une prise de conscience pointe dans ses yeux et elle s'exclame :

— Quand tu as laissé tomber ton téléphone ?

Aujourd'hui, j'étais dans la salle de bain, et je me suis aperçu que j'avais laissé mon téléphone sur la table de chevet. Mon pied a commencé à picoter et une douleur vive a traversé mes jambes. Je me suis assis sur la baignoire pour les masser et les soulager. Un moment plus tard, je me suis dit que je pouvais me relever.

Je regarde vers elle, je veux voir son visage alors que je lui avoue tout. Heather reste immobile, elle ne respire pas, elle ne bouge pas un cil, alors je continue.

— J'ai fait un pas avant de m'écrouler. Ma tête a heurté le coin du meuble de la salle de bain.

— Eli, souffle-t-elle.

Je lève la main pour la faire taire.

— Je ne pense pas que je me suis évanoui à ce moment-là. Je savais que je saignais. Mais je ne sentais plus mes jambes.

Elle porte la main à sa bouche et je vois une nouvelle larme perler.

— Je ne pouvais plus bouger, et la seule chose à laquelle je pensais c'était que je te décevais. Je savais que tu avais besoin de moi, mais je ne pouvais pas venir à toi. J'étais à terre, mais je refusais de te faire défaut. Alors j'ai puisé dans les dernières forces qui me restaient et je me suis traîné dans la chambre. Je n'avais que mes bras, j'ai tiré, j'ai poussé et j'ai souffert à chaque centimètre. Et je savais exactement comment tout ça finirait.

Elle s'approche de moi, et j'essuie ses larmes. Je caresse ses cheveux blonds en imprimant ce souvenir dans ma mémoire. Ma main se pose sur son visage, et je donnerais tout pour revenir en arrière.

— Je ne suis pas allé très loin, parce que mes bras me faisaient mal. Je ne pouvais plus contrôler mes mains. J'étais affaibli, voilà ce que cette maladie a fait de moi.

— Tu n'es pas faible, me contredit-elle d'une voix cassée. Tout aurait pu être si différent, Eli. Nous n'en serions pas là si tu m'avais avoué tes symptômes au lieu de me mentir.

— Tout ce que tu savais de moi, c'était que j'étais un acteur, un chanteur et un homme qui aurait décroché la lune pour toi. J'ai déjà traversé tout ça, Heather. J'ai regardé Penelope me quitter. Je sais que tu vas partir, donc rends-nous le service de le faire maintenant pour qu'on puisse reprendre nos vies là où on les a laissées.

— Non.

Le mot fuse avec l'éclat de l'acier. Toute la pitié que je ressentais pour moi-même s'évapore.

— Comment peux-tu oser me comparer à ton ex ? Je n'ai rien à voir avec elle. Je ne m'enfuis pas. Je suis toujours dans ta chambre, à essayer de comprendre.

— Pourquoi ? je hurle. Pourquoi tu t'emmerdes à comprendre ?

— Parce que je t'aime ! lance-t-elle en se relevant. C'est ce qu'on fait quand on aime quelqu'un !

Je secoue la tête et tente d'étouffer cet espoir naissant dans ma poitrine.

— Et si moi, je ne t'aime pas ?

J'extirpe ce mensonge de ma bouche, en escomptant planter la graine du doute en elle.

Ses yeux se plissent et elle prend mon visage dans ses mains.

— Répète ce que tu viens de dire, Ellington. Dis-moi que tu ne m'aimes pas en me regardant dans les yeux.

Une larme s'échappe de ses magnifiques yeux. La douleur est insupportable. Quoi qu'il arrive après ça, je me promets de ne plus jamais lui mentir. Je ne veux plus lui faire de mal comme ça, je ressens sa souffrance dans mes tripes.

— Je ne peux pas.

Ses mains lâchent mon visage pour couvrir le sien.

— Tu ne peux plus me mentir, Eli. Si nous devons surmonter tout ça ensemble, nous devons être honnêtes l'un envers l'autre.

— Si nous devons quoi ?

— Si nous voulons nous battre, je dois connaître ta maladie à fond.

J'avais tellement de raisons fabuleuses pour tout lui cacher, mais elles sont toutes ridicules maintenant, excepté la dernière. Celle qui me faisait le plus peur. De voir son regard sur moi changer. Les yeux d'Heather n'expriment plus la colère ou la peur. On y lit de la détermination. C'est le regard qu'elle portait sur sa sœur.

Je l'aime plus que tout au monde. Je ne veux pas être un autre fardeau pour elle.

Elle s'est occupée des autres toute son existence, et je ne veux pas partager cette vie-là avec elle.

— Je ne veux pas de ça, dis-je, je ne veux pas être ton patient. C'est impossible.

— Quoi ? lâche-t-elle dans un souffle.

Je n'ai pas de mode d'emploi pour la sclérose en plaques. Je ne peux pas savoir ce que demain me réserve, et je ne peux pas être un poids pour elle. J'ai compris le jour où elle m'a parlé de sa sœur que je devais arrêter de la courtiser, mais je n'ai pas pu m'en empêcher. Elle doit savoir la vérité sur ce que cela signifie pour nous. Mais je ne serai jamais un homme dont elle a pitié.

— Je ne suis pas ta sœur Heather ! Tu ne comprends rien ! Tu ne vois pas que je veux m'occuper de toi, et pas le contraire, je hurle dans un élan de frustration.

Son corps se raidit, je vois l'angoisse se peindre sur son visage, ses épaules s'affaissent, sa mâchoire se relâche. Et je prononce les mots les plus débiles qui soient.

— Va-t'en.

Ses yeux cherchent les miens, et ce qu'Heather fait ensuite réalise mes craintes les plus profondes, et mon désir le plus intense. Elle me tourne le dos et sort sans un mot.

Je viens de la perdre.

La détresse qui m'envahit n'est comparable avec rien de ce que j'ai pu vivre auparavant. Et je mérite chaque seconde.

CHAPITRE VINGT-SIX

HEATHER

Je m'appuie sur le mur en sortant de sa chambre, et j'essaie de retrouver mes esprits. Je n'arrive pas à croire qu'il ait dit tout ça. De toutes les choses qu'il a débitées, c'est quand il a parlé de ma sœur qu'il m'a fait le plus de mal.

Je ne l'ai jamais regardé ainsi. J'adorais ma sœur, j'ai pris soin de ma sœur, et je l'ai perdue depuis seulement quelques semaines. Je n'avais pas besoin qu'il fasse cette comparaison, je l'avais déjà faite, et j'en avais conclu que les situations étaient très différentes. Il ne sait pas combien il m'a fait mal. Et pas seulement avec ses mots. J'ai tout partagé avec lui, je ne lui ai rien caché. Et lui, il m'a dissimulé des informations cruciales.

La colère brûle dans mon ventre, et je me retiens d'y retourner et de le démolir. De lui expliquer comment fonctionnent les relations d'adultes. Je ne bouge pas d'un centimètre.

— Tout va bien ? s'enquiert Shera, l'infirmière d'Eli.

Je me frotte les yeux, en espérant qu'elle ne me prenne pas pour une folle, avant de me reprendre.

— Oui, désolée. J'avais juste besoin de... quelques minutes.

Elle me touche le bras.

— Pas de souci ! Ne vous inquiétez pas, nous allons bien nous occuper de lui. Il va aller mieux très vite, son intraveineuse est très efficace.

Oui mais, et nous ? Qu'allons-nous devenir ? Il me repousse, alors comment surmonter ça à ses côtés ? Je m'interroge silencieusement.

— Merci, je réponds avec un sourire.

Ma tête repose contre le mur et je ferme les yeux en essayant de récapituler tous les événements récents. Il savait qu'il allait me briser le cœur en me parlant de cette façon. Et utiliser Stephanie contre moi était le pire des coups bas qu'il aurait pu m'asséner. Elle était tout pour moi, et je ne l'ai jamais prise en pitié. J'ai toujours fait tout ce que je pouvais pour lui remonter le moral. Comment ose-t-il me faire autant de mal ?

Eli a toujours été sensible, il a toujours été... parfait.

La perfection est une illusion que nous créons pour convaincre notre âme de s'exposer. Maintenant que le masque est tombé, je vois à quel point j'ai été naïve. En réalité, je ne veux pas d'un homme parfait. Je veux un homme sincère. Matt était parfait jusqu'à ce que notre mariage prenne l'eau. Et puis il est parti. Mais aujourd'hui, je souffre beaucoup plus qu'à l'époque.

J'ai besoin d'air. J'ai besoin de réfléchir et de reprendre la main sur mes émotions. Si je retourne dans sa chambre, je vais craquer.

Je me dirige vers la sortie de l'hôpital et mes pensées tournent en rond. Des larmes coulent sur mes joues quand je sens l'air chaud de l'extérieur sur mon visage. J'inspire profondément pour essayer de retrouver un semblant de normalité, mais quelque chose de bien pire me prend par surprise.

— Mme Covey !

Une foule de gens crie mon nom en se précipitant vers moi. Les flashes crépitent autour de moi et je n'y vois plus rien. Je suis aveuglée, et un cercle s'est formé autour de moi, m'empêchant de m'échapper. Ils hurlent mon nom et aboient leurs questions alors que j'essaie de trouver une issue.

— Comment va Eli ?

— Que s'est-il passé ?

— Est-ce qu'il s'est vraiment effondré ?

— Mme Covey, par ici !

Je n'ai pas la place de répondre, même si j'en avais envie.

— Vous êtes encore ensemble ?

— Pourquoi pleurez-vous ?

— Est-ce que vous avez pris des substances illicites ?

Mon cœur bat dans ma poitrine, et je fends la foule sans prononcer un mot. Je retourne dans la salle d'attente qui semble un havre de paix à présent et je souffle. Un autre truc à gérer aujourd'hui. Va savoir de quoi je vais avoir l'air sur ces photos.

Mon téléphone sonne et je le sors de ma poche.

Nicole : Salut, je ne veux pas te déranger, mais juste savoir comment tu vas. Quelles sont les nouvelles ?

Moi : Tout part en couille aujourd'hui. Physiquement, il va mieux. Mais notre relation va plutôt mal.

Nicole : Je suis désolée. Tu veux que je lui botte le cul ?

Moi : Je crois que je vais y arriver toute seule. Je vais y réfléchir. Sinon on s'y met toutes les deux.

Nicole : La fine équipe ! Il ne saura pas ce qui lui est tombé dessus !

J'éclate de rire. Nicole sait toujours comment dédramatiser une situation en me faisant rire.

Je compose son numéro, et elle répond tout de suite.

— Tu ne vas pas si bien, si tu m'appelles.

— J'avais besoin que tu me dises que je peux faire face.

Nicole reste muette puis elle s'éclaircit la voix.

— Je ne sais pas pourquoi tu doutes de toi-même.

Je lui raconte tout ce qu'il s'est passé. Nicole m'écoute et me laisse ouvrir mon cœur. Je ressens tellement de souffrance et de colère. Je tombe de haut aussi ; je croyais que nous étions si formidables ensemble. Je ne savais pas qu'il me mentait et espérait que je ne découvre jamais le pot aux roses. Je suis en colère, il m'a caché ses symptômes jusqu'à s'écrouler sur le sol de sa chambre.

— Je ne peux même pas sortir prendre l'air, des paparazzi me sautent dessus dès que je mets un pied dehors, je geins en m'asseyant plus profondément dans ma chaise.

— Tu veux que je vienne botter des culs ? D'abord je m'occupe des paparazzi, et ensuite d'Eli pour le punir d'avoir été si con. J'imagine que tu veux en finir avec lui pour te protéger.

— Je sais ce que tu es en train de faire, je marmonne.

— Soit tu le fais toi-même, soit je viens et je m'en occupe à ta place.

Si elle pense que je vais la laisser faire à ma place, elle est complètement dingue.

— Arrête de faire ta chieuse.

Elle laisse échapper un éclat de rire qu'elle déguise immédiatement en toux.

— Parle-lui. Tu devrais aller te disputer avec lui plutôt que de rester au téléphone avec moi. Les gars comme Eli sont rares, et si tu es assez stupide pour le laisser partir, tu n'es plus la femme forte que j'admirais.

— Je me sens trahie, je confesse. Son mensonge est grave, et il m'a fait mal en parlant de Steph.

— C'est normal que tu lui en veuilles et veille à ce qu'il le sache. Mais souviens-toi de ce qui s'est passé en dehors de l'hôpital il y a deux secondes. Eli gère cette merde jour après jour. Il doit se protéger aussi. Mais par-dessus tout, tu dois décider si tu veux vraiment terminer cette relation. Si la réponse est non, tu ramènes ton cul dans sa chambre, et tu fais de ton mieux.

Elle a raison, je dois lui dire exactement ce que je ressens. Quand je suis sortie de sa chambre, je savais que j'y retournerais. Je ne peux pas laisser cet homme quitter ma vie. Quand Matt est parti, j'ai ressenti de la tristesse, mais aussi du soulagement. À l'idée qu'Eli ne soit plus là, mon cœur se serre.

Je soupire et je me relève.

— Il faut que j'y aille.

Je suis une femme solide qui sait exactement ce qu'elle veut. C'est lui que je veux. Je vais lui expliquer précisément comment ça va se passer entre nous. Il n'a pas le droit de prendre cette décision tout seul. C'est mon choix autant que le sien.

— Je savais que tu prendrais cette direction, dit Nicole avec fierté. Que le ciel lui vienne en aide, parce que ma pote est une guerrière qui ne se laisse pas faire. Je t'aime. Appelle-moi si tu as besoin.

— D'accord, moi aussi je t'aime.

Il ne va pas comprendre ce qu'il lui arrive. Ma vie enchaîne les mauvais coups les uns après les autres, mais ça n'a jamais été ce qui m'a définie. Je suis peut-être impuissante quand ça arrive, mais je peux décider des conséquences que cela a sur ma vie. Je suis une battante, et je ne vais pas laisser tomber si près du but.

J'inspire profondément plusieurs fois et je répète mon discours dans ma tête. Je me redresse, je fais craquer les os de mon cou et j'entre dans la chambre.

La porte s'ouvre, et nos regards se rencontrent. Eli bouge légèrement et je serre mes poings. J'exige :

— Tu as parlé tout à l'heure, maintenant c'est mon tour.

Je veux qu'il entende ce que j'ai à lui dire. Je m'approche du lit et pointe un doigt sur sa poitrine. Nos yeux sont encore soudés, et je ne veux pas casser ce lien.

— D'abord, plus jamais tu n'utiliseras ma sœur contre moi. T'as vraiment agi comme un connard, après tout ce que j'ai traversé ces dernières semaines. Je ne te permettrai plus jamais de me refaire mal comme tu l'as fait.

— Je n'ai pas...

— Non !

Mon doigt s'enfonce dans ses côtes, le réduisant au silence.

— Tu ne dis rien cette fois, compris ?

Eli opine et lève les mains en l'air.

— Bien.

Je me détends légèrement, toujours debout. En le toisant, j'ai l'impression d'être plus forte. J'essaie de me convaincre que je suis seulement là pour lui dire ce que j'ai sur le cœur, mais la vérité, c'est que je suis terrifiée que la situation échappe à mon contrôle.

Eli pourrait décider qu'il ne veut plus de moi, et je ne peux rien faire si c'est son choix. Toutefois, je ne laisse pas mes pensées divaguer dans cette direction. Je ne visualise qu'une seule issue, celle qui me rend heureuse, que nous surmontions cette crise, ensemble.

Je ferme les yeux pour retrouver ma contenance, et je poursuis :

— Cette situation n'a rien à voir avec celle de Stephanie. Je sais que tu n'es pas elle, il faut qu'à ton tour tu le comprennes. C'était ma sœur, et elle est devenue ma seule raison de vivre quand nos parents sont morts.

— Je ne peux pas supporter que tu me regardes comme ça, Heather, m'interrompt-il.

J'ouvre les yeux.

La douleur que je lis sur son visage me donne une raison de le laisser s'exprimer. Je n'ai aucune idée de ce qu'il veut dire. Pendant toute cette dispute, j'ai essayé de comprendre. Tout comprendre. Et j'essayais très fort de ne pas péter un plomb, ce qui clairement n'est pas un franc succès. Pourtant, je ne vois toujours pas ce qu'il veut dire.

— Je t'ai regardé normalement.

Il soupire et fixe le plafond.

— Tu m'as regardé comme une infirmière regarde son patient. Je sais que mon corps me lâche, mais je vais m'en sortir. Habituellement, quand tu me regardes, tes yeux se mettent à briller et se remplissent d'espoir.

Il fait une pause.

— Mais tout à l'heure, cet éclat s'est évanoui. Au lieu de ça, je suis devenu un problème à résoudre. J'ai vu la lueur dans ton regard passer de « vacances d'été » à « rendez-vous chez le médecin ». Je sais que ta sœur était ta seule raison de vivre, mais tu la regardais de la même façon.

Il a tort sur toute la ligne. Toute la ligne. Le fait qu'il réagisse ainsi fait surgir une nouvelle vague de douleur dans mon corps. Mais pourquoi les hommes sont-ils si obtus ?

— D'abord, je commence en m'asseyant sur le bord du lit, elle était sous ma responsabilité. J'étais sa gardienne légale, et elle était si jeune quand le diagnostic est tombé. Je n'avais pas le choix que d'être l'adulte. Pour nous, la situation est totalement différente. C'est toi l'adulte, et tu as toute une famille à tes côtés, qui t'aime et te soutient. Moi, j'étais tout pour elle, Eli. Nous n'avions pas de famille ni de soutien. C'est moi qui ai dû remplir ces rôles. Donc, oui, c'est vrai, j'ai passé tout mon temps à l'aider et à lui faciliter la vie. Mais nous... – je soupire – ce n'est pas pareil. Je veux être ta partenaire. Je veux que tu puisses compter sur moi, autant que je pourrai compter sur toi pour me retenir quand je risque de tomber. Ce n'est pas de la pitié, c'est de l'amour. Ne te compare plus jamais à Steph, parce que ça n'a rien à voir.

Il lève la main vers mon visage et me caresse les lèvres en expirant profondément.

— Je suis tellement désolé Heather, je n'ai jamais voulu te faire tant de mal.

Je le crois. Eli et moi avons vécu pas mal de trucs pourris dans notre vie, et ce sera notre perte si nous ne sommes pas honnêtes l'un envers l'autre.

— Je sais que tu ne voulais pas me faire de mal. Mais tu l'as fait. C'est pourquoi je suis partie avant de dire quelque chose que j'aurais pu regretter.

— J'ai cru que tu étais partie, confesse-t-il, abattu. Je pensais que tu ne reviendrais pas et que je t'avais perdue à cause de tout ça...

Je secoue la tête, partagée entre incrédulité et frustration. Après tout ce que nous avons vécu, je n'arrive pas à croire qu'il m'ait prise pour une fille qui le quitterait parce qu'il est malade. En ce qui le concerne, je n'ai pas à réfléchir. Le jour où Eli Walsh a tapé à ma porte, il est devenu une partie intégrante de ma vie. J'ai essayé de le repousser, seulement pour être attirée plus irrésistiblement dans ses filets. Il fait partie de moi, et je ne pourrais jamais le quitter.

Ce qui m'amène au deuxième point que je voulais soulever avec lui. Il doit voir la différence entre présent et passé.

— Je suis contente que tu m'en parles.

Je me recule pour ne plus le toucher. Je pense plus clairement quand je mets un peu d'espace entre nous deux.

— Je ne suis pas mon ex-mari ni ton ex-petite amie. Je comprends que tu aies tes faiblesses, j'en ai aussi, mais c'est vraiment injuste quand tu t'attends à ce que je réagisse comme elle. Non seulement tu m'as comparée à Penelope, mais en plus tu m'as fait endosser le rôle de Matt en une seule phrase. Je la déteste pour ce qu'elle t'a fait, et si tu crois que nous sommes pareilles, autant en finir tout de suite.

Les gens comme elle ou Matt ne méritent pas un amour comme le nôtre. En quelques jours, Eli m'a donné plus de bonheur qu'un autre l'aurait fait pendant des années.

Notre relation verra des jours difficiles, mais il doit savoir que je resterai à ses côtés. Il m'a garanti sa présence un nombre incalculable de fois, dans ses mots et dans ses actes. À mon tour de le rassurer.

Eli reste silencieux quelques secondes, puis le regret l'emporte.

— Putain, mais je détruis tout ce que je touche. Je sais que tu n'es pas comme elle, ni comme lui. J'étais en colère contre moi-même, et je voulais te donner une raison de me quitter.

— C'est ce que tu veux ? je lui demande.

Ses doigts s'enroulent autour de mon poignet et il le serre.

— Non.

— Tant mieux, parce que je n'ai pas l'intention de te lâcher d'une semelle. Même si tu te comportes comme un idiot parfois. Je ne suis pas une de tes fans qui aiment une image idéalisée de toi. Pour moi, l'amour n'est pas qu'un mot, c'est ce qui nous définit. Je t'ai ouvert mon cœur, pas parce que je veux quelqu'un de parfait, mais parce que je te veux toi. Quand je te regarde, je vois un futur. Et la vie peut bien nous faire tous les coups en douce qu'elle veut, je me battrai pour toi et à tes côtés, Ellington.

— J'ai le droit d'en placer une ? me demande-t-il.

— Non, je veux te dire une dernière chose.

Il réprime un sourire, mais c'est probablement le point le plus important.

— Ne me mens plus jamais. Nous aurions pu éviter tout cela, si tu m'en avais parlé avant.

— Ok, répond-il en lâchant mon poignet. Je ne te mentirai plus jamais.

— Tu vas tout partager avec moi, Eli. Tu vas me laisser porter tes fardeaux, comme je te laisse porter les miens. Mais je ne m'enfuirai jamais. J'ai déjà essayé, et tu m'as rattrapé.

Eli passe sa main derrière ma tête et m'attire si près que nos nez se touchent.

— Ça me fait plaisir que tu me dises ça, parce que j'allais partir à ta recherche la minute où mes jambes auraient repris du service. Tu n'allais pas t'en tirer comme ça.

Le futur nous réserve encore bien des surprises, mais je veux les vivre à ses côtés. J'ai tellement besoin de lui que ça relève du domaine du paranormal.

— Tu n'aurais pas eu à aller loin, je n'ai jamais quitté l'hôpital. Je ne pouvais pas, même si j'étais en colère.

Eli me lâche la tête.

— Allonge-toi près de moi.

— Tu es sûr ?

Il grimace en déplaçant ses jambes pour me faire de la place.

— Viens, j'ai besoin de tenir dans mes bras.

Je le rejoins et me blottis contre sa poitrine. Je pose mon menton dans ma main et je le regarde. Il sourit d'un air suffisant.

— Pourquoi tu souris ?

Pour la première fois, je laisse échapper un petit rire. Il est trop adorable, je ne peux pas résister.

— Je souris parce que tu m'aimes et que tu ne pouvais pas partir. Je suis content de t'avoir si bien conquise.

Je lève les yeux au ciel.

— N'importe quoi, tu es encore pire que moi.

Son sourire disparaît. Eli prend mon visage dans ses mains.

— Je suis fou de toi, tu n'imagines même pas à quel point. Je ne comprenais rien à ma vie. Jusqu'à ce concert. Je croyais savoir ce qu'était l'amour, mais je n'en avais aucune idée. C'est toi qui m'as montré. Je n'ai jamais été si dévasté que quand j'ai vu la porte se fermer derrière toi. La douleur que j'ai ressentie à ce moment-là était indescriptible. Je ne veux plus jamais la revivre.

Eli caresse ma joue de son pouce.

— Tu es la femme la plus forte et la plus belle que je connaisse. Je te promets de tout faire pour te prouver mon amour. Pardonne-moi, Heather.

J'embrasse ses lèvres et repose mon front contre le sien, forte dans ma certitude que nous pourrons affronter toutes les tempêtes côte à côte.

— Je te pardonne.

— Un jour, je t'ai dit que seule la nuit était à nous, mais je me trompais.

Je ne comprends pas où il veut en venir.

— Ce sont les jours, les nuits et tous les lendemains que je veux avec toi.

Sa bouche est contre la mienne, et je fonds à son contact. Le poids sur mon cœur a disparu, et je sais que tout va bien.

CHAPITRE VINGT-SEPT

HEATHER

— Tu es sûr que c'est ce que tu veux faire ? Je l'interroge alors que nous nous garons dans mon allée.

— Tu m'as préparé un gâteau, et je vais le manger.

Eli est sorti de l'hôpital aujourd'hui, et il a exigé de venir chez moi. Il a retrouvé des sensations dans ses jambes le jour après sa crise, et il peut marcher avec un déambulateur. Ses docteurs lui ont répété à quel point il était important qu'il prenne son traitement sérieusement, et il les a rassurés.

Nous avons passé les jours suivants à faire des projets et à ignorer sa condition médicale. Matt m'a donné une semaine supplémentaire de congé et je vais à New York avec Eli.

Je l'aide à descendre de la voiture et il marmonne quand je sors le déambulateur.

— Te fatigue pas, tu sais que tu dois en passer par là, papi.

— Tu sais que je pourrais revenir à la normale en moins d'une semaine et te faire regretter ce genre de commentaire ?

Je souris.

— Je pense pouvoir courir plus vite que toi.

Il se dirige vers la maison en râlant dans sa barbe.

— Elle se croit la meilleure parce qu'elle est flic... Elle va bien voir.

Nos petits échanges m'avaient tant manqué. Son côté

espiègle, malin et chaud comme la braise est revenu au galop. Je jure qu'il m'a demandé de lui tailler une pipe à l'hôpital. C'était une dispute amusante, et je lui ai bel et bien donné un coup de main. Mais une fellation sur un lit d'hôpital ? Non merci. Il m'a menacée de trouver une infirmière disposée à lui faire sa toilette.

Personne dans cet hôpital n'a mis les mains sur ses bijoux de famille, sauf moi.

Nous entrons dans la maison et il s'assied sur le canapé.

— Tout va bien ? me demande-t-il pour la centième fois.

Je n'ai pas besoin de lui demander de quoi il veut parler.

Demain, Eli tiendra une conférence de presse au cours de laquelle il annoncera qu'il est atteint de sclérose en plaques et qu'il est en couple avec moi. Sa publiciste a exigé qu'il prenne la situation en main. Ils ont pris des tonnes de photos de moi entrant et sortant de l'hôpital. Le siège a duré la totalité de son séjour. Eli était furieux et a demandé à Sharon de régler ce problème.

— Arrête de me poser cette question, je vais bien.

Si on ne va pas trop dans les détails.

— Est-ce que cette perspective m'enthousiasme ? Non pas du tout, mais il faut bien en passer par là.

Honnêtement, je suis heureuse que l'on ait pu en profiter avant que les gens ne soient au courant.

Eli m'attire vers lui et m'embrasse sur le haut de la tête.

— Tu vas être parfaite. Tu n'auras pas besoin de parler. Contente-toi d'être là, et d'être jolie.

Il est ridicule, et Sharon, sa publiciste, est folle à lier. Je ne sais pas ce qu'elle prend pour être constamment perchée. Elle prononce environ mille mots par minute, son écouteur Bluetooth ne quitte jamais son oreille et elle peut mener quatre conversations en même temps. Elle me fait très peur.

— Sharon dit qu'ils vont continuer à me traquer si je ne parle pas. Elle a quasiment exigé que je réponde à des questions.

— Bébé, ils vont te poursuivre quoique tu fasses. Ça fait

partie du jeu. Le plus dur, c'est le début. Après, un pauvre con fera un truc stupide, et ils passeront à autre chose.

Je le regarde en souriant.

— Donc en gros, on n'a plus qu'à espérer qu'une célébrité fasse une bêtise ?

— T'as tout compris. Si l'histoire est vraiment scandaleuse, ils vont tous se précipiter.

Ce monde me laisse perplexe. Je n'ai jamais pigé pourquoi on suivait les célébrités. Nicole a essayé de m'expliquer une fois, mais elle aurait tout aussi bien pu enseigner la physique quantique à un caillou. Je ne comprends pas, c'est tout.

Je réfléchis à voix haute tout en me blottissant dans sa chaleur :

— Ta vie est bizarre.

— Et la tienne alors ?

Je me relève, bouche bée.

— En quoi ma vie est-elle bizarre ?

Il rit.

— Mmm, voyons. Tu pourchasses des criminels. Des gens qui sont armés.

— Ouais, des gens qui devraient être en taule.

— T'es encore pire que moi, confirme-t-il en élevant la voix. T'es folle.

— Oh d'accord, donc maintenant tu n'es plus qu'un acteur, je le taquine.

Il n'y a pas si longtemps, Eli se prenait pour un vrai flic. On dirait que sa mémoire est sélective. Je vois qu'il sait de quoi je parle sur son visage, et il lève les yeux au ciel.

— Je suis un homme qui attend son gâteau avec impatience, rétorque-t-il avec un clin d'œil.

Quelle subtilité.

Je plante un baiser sur sa joue, et je me relève. Je ne sais même pas si le gâteau a survécu. Mais je pense que Kristin l'a emballé et l'a mis au frais.

Si ça avait été moi, je l'aurais simplement jeté. Je ne serai jamais une femme au foyer exemplaire, ce n'est pas mon style.

— Tu sais, me crie Eli du salon, on pourrait oublier le gâteau et passer direct à ma toilette.

— Ça j'en suis sûre, mais je passe, merci, je réponds en riant, la tête dans le frigo.

Et bien sûr, le gâteau est là, enveloppé dans du film alimentaire et de l'aluminium. Il faudra que je lui demande comment on fait, surtout si ça permet de conserver le gâteau plus longtemps. C'est une bonne astuce à connaître.

Le gâteau, c'est la base.

— Trouble-fête ! Tu as trouvé le gâteau ? s'enquiert-il.

J'arrive dans la pièce avec le plat et deux fourchettes.

— Il est très beau, mais est-ce qu'il est mangeable ?

Je m'assieds sur le canapé à ses côtés.

— Tu te crois malin ? Je n'en suis pas sûre, mais c'est ton cadeau d'anniversaire, la première bouchée te revient.

Il scrute le gâteau et mon visage tour à tour. Puis, il passe son doigt dans le glaçage et le porte à sa bouche. Ses yeux verts voyagent vers moi, et il l'étale sur ma poitrine. Je sursaute, mais il me prend par le poignet et m'immobilise.

— Ne bouge pas, m'intime-t-il. J'aimerais un peu plus de sucre sur mon gâteau.

Ses lèvres descendent de mon cou et sa langue glisse sur ma peau. Eli prend son temps, et lèche le chocolat sur ma poitrine. Oh comme il m'a manqué ! Mes doigts s'agrippent dans ses cheveux épais et sa barbe naissante contre ma peau m'enflamme les sens.

Je vais lui demander de ne pas se raser tout de suite.

— D'après moi, ce gâteau est parfait, murmure-t-il.

— Ah oui ?

— Oh, carrément.

Je prends un peu de chocolat sur le doigt et le plonge dans ma bouche.

— Mmmh, je gémis. C'est délicieux, mais ça manque de quelque chose.

Il prélève un morceau plus gros du gâteau et l'étale sur ma cuisse. Eli empoigne mes chevilles pour me pousser sur le dos.

— Il faut que je goûte encore pour être sûr, m'explique-t-il.

— S'il le faut, vas-y.

Je ne vais quand même pas le stopper en si bon chemin. Eli allume une flamme en moi que je ne veux jamais éteindre. Quand il est près de moi, je me sens vivante, et je ne veux plus jamais revenir en arrière. Je me sens belle et précieuse quand il me regarde.

Sa langue remonte de plus en plus haut sur ma jambe, puis il s'interrompt.

— Eli, je gémis pour qu'il continue.

Il se relève, les yeux fiévreux, et je comprends que ce gâteau sera mangé de la façon la plus créative qui soit.

— M. Walsh lira une brève déclaration, et nous consacrerons quelques minutes aux questions de l'audience, déclare Sharon devant un parterre de journalistes.

Eli me serre la main puis la relâche. Je suis dégoûtée qu'il soit confronté à cette situation. Et pour moi aussi, mais c'est lui qui doit parler. Sharon est arrivée il y a une heure et nous a longuement expliqué l'importance du choix des mots et de notre gestuelle. Puis elle nous a fait répéter en anticipant toutes les éventuelles questions qui seront posées. Quand elle a été convaincue que nous allions nous en tirer, elle m'a encore fait la morale un quart d'heure sur la tenue que j'allais porter. Puis elle a mis la main sur un tailleur noir, des talons rouges et des accessoires qu'elle jugés acceptables juste avant de se mettre en route.

Et maintenant, nous y sommes.

Mon cœur bat la chamade quand Eli s'éclaircit la voix. J'aurais voulu pouvoir éviter tout ça. Il a gardé sa maladie secrète pendant des années, et aujourd'hui, il va la révéler au monde entier.

— Bonjour. Tout d'abord, j'aimerais adresser mes remerciements pour les nombreux messages de prompt rétablissement que j'ai reçus. L'équipe de l'hôpital de Tampa est fabuleuse, et grâce à elle, j'ai profité des meilleurs soins possibles lors de mon séjour là-bas.

Eli serre le poing, et le relâche.

— Il y a six jours, alors que je me trouvais chez moi, je me suis cogné la tête. Heureusement, la blessure était superficielle et n'a entraîné aucune complication. Mon visage ne porte aucune cicatrice, je peux donc reprendre les tournages sans difficultés.

Il adresse un clin d'œil à la caméra et un sourire aux reporters.

— Toutefois, cette chute a été causée par une maladie qui a été diagnostiquée il y a de ça dix ans. J'ai une sclérose en plaques. Je vis normalement grâce à un suivi régulier par une équipe de médecins fantastiques.

Les journalistes présents passent du choc à l'inquiétude. Je l'écoute alors qu'il détaille plus précisément sa maladie et les conséquences qu'elle a sur sa vie. Il parle de son traitement, et précise qu'il ne présente pas de symptômes. Puis il parle du futur.

Je voudrais pouvoir le décharger de cette tâche, mais je suis soulagée de voir qu'il s'en sort admirablement bien. Eli n'avait pas besoin que je fasse quoi que ce soit mis à part me tenir à ses côtés, et nous avons convenu en tant que couple, que je ne prendrais pas la parole aujourd'hui.

Nous avons fini par rallier Sharon à notre cause mais nous avons dû négocier sur un autre point. Donc dès qu'il en aura fini ici, il se rendra à l'extérieur rencontrer ses fans tenus à distance par des barrières. Sharon lui a demandé de signer des autographes et de se comporter normalement après avoir parlé de sa maladie. J'aurais préféré qu'il se repose, mais mes objections ont été rapidement balayées.

— Ma petite amie, Heather Covey, est restée à mes côtés tout au long de la semaine.

Immédiatement, les journalistes se lèvent, main en l'air et crient son nom. Mais Eli reste de marbre. Il leur laisse une seconde et sourit.

— Je vais vous donner tous les détails, et j'espère que cela répondra à toutes vos questions. Mais je suis sûr que vous en aurez d'autres, poursuit-il en rigolant, imité par quelques membres de l'audience.

Il leur donne une version revue et corrigée de notre relation, de la personne que je suis, et je peux enfin respirer plus facilement. Mon cœur bat toujours à cent à l'heure, mais Eli reste au centre de l'attention. Il est vraiment dans son élément en ce moment, et je le trouve sexy comme jamais.

Il finit sur une inspiration.

— Des questions ?

Un jeune reporter prend la parole.

— Donc on peut dire que vous êtes casé ?

Eli se balance sur ses talons et sourit.

— C'est une certitude.

Il désigne une autre personne du doigt.

— Vous prévoyez de vous installer à Tampa ?

— Je prévois de remplir mon contrat pour *A Thin Blue Line* et de garder du temps pour notre couple. Est-ce que cela signifie que je passerai plus de temps à Tampa ? Oui, en effet.

Je le regarde, impressionnée par la manière dont il répond à chaque question en toute décontraction.

— Allez-vous vous marier ?

Mes yeux s'élargissent, je suis choquée par le raccourci emprunté pour passer de « casé » à « marié ». Nous nous aimons tendrement, mais quand même.

Eli rigole.

— Nous allons nous garder de brûler les étapes.

— Donc ce n'est pas sérieux entre vous, en déduit un reporter.

Je sens l'humeur d'Eli se métamorphoser. Amusé jusqu'à présent, il se met en colère.

— Si ce n'était pas sérieux, je ne serais pas ici, Joe. Est-ce que tu m'as entendu parler d'une petite amie au cours des dix dernières années ? répond-il agacé. C'est tout ce qu'il y a de plus sérieux entre nous.

Joe reste muet, et Eli passe à une autre question. Elles s'enchaînent ensuite, et se ressemblent toutes. Elles portent sur notre relation, pas sur la sclérose en plaques, ce qui est surprenant, parce que c'était l'objet de la conférence de presse.

Je reste légèrement en retrait, jusqu'à la prochaine intervention.

Mme Covey, avez-vous l'intention de quitter votre poste d'officier de police à Tampa ?

Eli commence à répondre, mais je lui touche le bras et m'approche du micro. Je ne sais pas comment je me retrouve à cet endroit, mes pieds m'ont portée sans que je m'en aperçoive.

— Je n'en ai aucunement l'intention. J'adore mon travail, j'adore servir cette ville. Je ne vois pas pourquoi j'arrêterais.

Je glisse ma main le long de son bras, et repose ma main sur la sienne. Le sourire d'Eli est éclatant de fierté. Il entrelace ses doigts aux miens et je n'ai plus peur. Il est là, debout, et il rend coup pour coup.

Je peux y arriver, car il m'accompagne et à deux, nous sommes invincibles.

— Est-il vrai que vous avez déjà été mariée ?

Les jointures de la main d'Eli blanchissent et il s'agrippe au côté du pupitre. Je serre ses doigts et j'imite son attitude.

— Oui, c'est vrai, je suis divorcée. Eli est au courant.

Sharon s'approche de l'autre côté d'Eli et s'empare du micro.

— C'est tout pour aujourd'hui.

Elle nous guide vers une pièce privée, et Eli s'assied. Il a refusé de se servir du déambulateur aujourd'hui. Je n'ai même pas essayé de le convaincre. Mais je vois bien qu'il s'est servi de toute son énergie pour rester debout et faire son numéro.

— Tu as été formidable, je le flatte en essuyant son front.

— Pareil pour toi, répond-il en me prenant la main.

— Oui, oui, vous étiez tous les deux parfaits, dit Sharon en pressant les touches de son téléphone. Nous devons enchaîner aussi rapidement que possible. Ils doivent tous penser que tu es l'incarnation de la bonne santé.

Tout d'un coup, j'ai un mauvais pressentiment au sujet de cette séance d'autographes.

Je lève les yeux au ciel et je réprime une envie grandissante de la gifler.

— Tu vas bien ?

Je m'inquiète pour lui.

— Tout roule, bébé.

Je voudrais le protéger, mais je m'en garde. Je dois lui faire confiance, cela signifie que je ne dois pas chercher à contrôler la situation. C'est plus facile à dire qu'à faire. Je suis flic. Contrôler les choses, c'est le but de ma vie. Mais c'est aussi sa plus grande crainte dans notre relation.

Alors au lieu de faire ce que j'ai vraiment envie de faire, je lui adresse un sourire.

— Ok.

Eli éclate de rire et m'attire sur ses genoux.

— Tu ne sais décidément pas mentir !

— Ne te moque pas de moi, je rétorque en lui tapant la poitrine.

— Tu devrais voir ta tête ; ne te lance jamais dans une carrière d'actrice.

— N'importe quoi.

— Allons-y, Eli, lance Sharon en se tapant dans les mains. Je veux que tu restes aussi longtemps que possible.

Je lui jette un regard amer.

— Est-ce que vous ne devriez pas montrer ne serait-ce qu'un soupçon d'inquiétude pour lui ?

— Je m'inquiète pour sa carrière, c'est ça mon travail.

Sharon ne lève même pas les yeux de son téléphone et respire bruyamment.

— Je vous retrouve dehors. Faites vite.

Je me lève dès qu'elle quitte la pièce.

— Ma théorie, c'est que c'est la fille de Satan.

Il rigole.

— Tant mieux si elle est dans notre équipe alors.

Eli m'entoure de ses bras et je passe les miens autour de sa taille.

— Je t'aime.

— Je t'aime aussi.

Il pose ses lèvres sur les miennes et je me fous complètement de faire attendre les fans et Sharon, qui doit me détester à cet instant. En cet instant, il est tout à moi. Grâce à lui, je me sens équilibrée. Je ne m'inquiète jamais de savoir s'il pense comme moi. Quand nous sommes ensemble, nous ne faisons qu'un.

— Tu devrais y aller, je murmure contre sa bouche. Et sois prudent, certaines de ces femmes vont essayer de te kidnapper.

Il me regarde.

— T'inquiète, je suis protégé par la police.

— Quoi ? je demande.

Eli hausse les épaules.

— Je sais que tu peux te débrouiller toute seule, mais les choses ont changé. Tu vis dans mon monde maintenant, et je vais tout faire pour te protéger.

Je ne comprends toujours pas pourquoi il a besoin d'une protection policière.

Il marque une pause une seconde, et enfin je comprends.

— Oh mon Dieu, tu as engagé des gens pour me protéger ? D'autres flics ? Je suis flic, Eli, je n'ai pas besoin de protection.

Il n'y pas moyen que je sois d'accord avec ça. Je ne veux pas d'autres flics pour m'escorter. Nous sommes nombreux à le faire à temps partiel. Ça paye très bien quand des célébrités viennent en ville. Je l'ai fait, et je n'accepterai *jamais* d'être de l'autre côté de la barrière.

— Tu n'as pas idée à quel point les fans peuvent être cinglés, mais moi je le sais. On va faire les choses à ma façon, bébé. Ce n'est pas négociable, du moins, pas tout de suite. J'ai embauché un groupe d'officiers en civil, certains resteront avec moi, et d'autres avec toi.

Mes yeux se rétrécissent. Je n'ai pas dit tout ce que j'avais à dire, mais je vois son regard inquiet et je me tais. Il a vraiment peur et il fait ce qu'il peut pour apaiser ses craintes.

— On en reparle plus tard. Pour le moment, il faut vraiment que tu y ailles.

Je mets un terme à cette discussion.

Ses sourcils se relèvent, mais il ne prononce pas un mot. Nous savons tous les deux ce que cela veut dire : une énorme dispute suivie d'une délicieuse partie de jambes en l'air.

Nous sortons de la pièce, et je vois quelques membres de ma brigade appuyés contre le mur.

— Hé, regardez ! Si ce n'est pas notre collègue devenue célèbre ! se moque Whitman en regardant autour de nous.

— Regardez ! Si ce n'est pas mon équipe de sécurité du troisième âge, je rétorque en souriant. Vous m'avez manqué bande d'idiots !

C'est la vérité. Je n'ai pas travaillé depuis la mort de Stephanie, et ça commence à me démanger. Cette équipe fait partie de ma famille. Nous avons beau nous moquer les uns des autres, je pourrais littéralement me prendre une balle pour eux. Ce sont mes frères, et je n'oublie pas à quel point j'ai de la chance de les avoir.

Whitman et Vincenzo me prennent dans leurs bras.

— Ça fait plaisir de voir un sourire sur ton visage.

— Oui, et c'est grâce à lui ! Les gars, je vous présente Eli Walsh. Eli, voici Whitman et Vincenzo, je les désigne chacun à leur tour, ce sont eux qui étaient présents lors de ta chute.

— Oh, waouh !

Eli leur serre la main.

— Merci, les gars, je vous suis très reconnaissant.

— Contents d'avoir pu aider.

Ils balayent le commentaire du revers de la main. En toute honnêteté, c'est notre travail. Recevoir des compliments pour avoir juste respecté le serment que nous avons prêté, ça procure un sentiment étrange parfois. Et puis, je ne sais jamais comment me comporter dans ces cas-là, parce que j'adore mon travail. J'adore aider les autres. J'aime les situations où je peux avoir un impact, et ces deux-là nous ont été si précieux.

— Je suis heureux qu'Heather ait eu quelqu'un qu'elle connaissait à ses côtés pour l'aider, explique Eli avant de m'embrasser sur la tempe.

Federico tousse, et je lui lance un regard noir avant de finir les présentations.

— Tu connais déjà Brody ; cet idiot ici s'appelle Federico, là c'est Jones et...

Je me retrouve face à face avec la dernière personne que je pensais voir ici. Je ne sais pas pourquoi je n'avais pas envisagé cette éventualité. Mais je ne peux plus reculer.

— Mon lieutenant Matt Jamerson.

— Ravi de tous vous rencontrer !

Eli leur serre tous la main et passe son bras autour de ma taille avant de saisir celle de Matt.

— Merci de votre aide pour gérer la foule.

Je regarde Brody, et je pince les lèvres. J'utilise la force de mon mental pour lui hurler dessus car il ne m'a pas prévenue. Bizarrement, il paraît entendre mes cris cosmiques et affecte un air désolé.

Cette situation est assurément tordue.

— Nous adorons tous Heather, et nous ne voulons pas qu'il lui arrive quelque chose, lance Federico avec innocence, comme si je ne savais pas qu'ils s'étaient tous marrés à mon sujet.

— Oui, c'est vrai, confirme Matt.

Est-ce qu'il a craqué ? Eli me serre encore plus étroitement à la taille.

— C'est bon à savoir.

Matt avance d'un pas.

— Elle fait partie des nôtres, et je prends soin des miens.

J'ai l'impression de vivre une expérience hors du temps. À mon avis, je suis en train de rêver. Je ne vois pas d'autre explication à cette conversation entre mon amoureux et mon tocard d'ex-mari. Il m'est arrivé des trucs étranges ces derniers jours, mais là c'est l'apothéose.

— Je comprends entièrement, répond gentiment Eli.

Je le regarde, confuse qu'il ait pu ne pas saisir le sens caché dans les mots de Matt. Je ne suis pas un mec, et j'ai compris.

— C'est pour cette raison que je vous ai engagés. La sécurité d'Heather est primordiale. Je fais toujours très attention à ce qui est *à moi*.

Ah, voilà.

— Mais elle n'a pas besoin de protection en temps normal.

— Quand elle est tombée amoureuse de moi, les choses ont changé pour elle. Toutefois, j'ai bien l'intention de m'occuper d'elle, dans tous les sens du mot. Je ne fuis pas mes responsabilités, surtout en ce qui concerne les gens que j'aime.

Cet échange est en train de dégénérer. Je regarde Brody qui

a l'air de regretter de ne pas avoir de popcorn sous la main, tout comme le reste de l'équipe. Matt est un bon flic, mais humainement, il n'a pas beaucoup d'amis.

Il est temps de mettre un terme à tout ça.

— C'est bon les gars, vous avez fini ? je demande. Vous voulez mesurer qui a la plus grosse ? Je vais vous économiser du temps, je connais déjà la réponse.

Matt se vexe et secoue la tête.

— J'ai de la paperasse à régler, je te laisse avec Brody.

Je regarde s'éloigner l'homme que je pensais aimer toutes ces années. La personne avec laquelle j'ai échangé des vœux, et dont je partagerais toujours la vie s'il ne m'avait pas quittée. Je me demande comment j'ai pu être si aveugle.

Matt n'aurait jamais engagé une équipe de policiers pour me protéger, si ma vie était en danger. Il m'aurait dit que j'en faisais trop. Il n'aurait jamais cherché à rendre mes journées plus agréables ou pris ma main sans raison.

Eli fait toutes ces choses, parmi tant d'autres.

Je me retourne vers lui. Il se tient droit, poitrine gonflée avec un grand sourire sur le visage. Dans deux secondes, il va se tambouriner les pectoraux comme un homme des cavernes.

— Tu es si content de toi ?

Il me sourit.

— De rien.

Je lève les yeux au ciel et je pose mon front sur lui.

— Tu es cinglé.

Les bras d'Eli viennent autour de moi.

— Ton ex est un tocard.

— J'en suis bien consciente.

— S'il te pose un problème, je m'en occupe.

Je ne sais pas exactement ce qu'il fera, vu que Matt est mon patron, mais je suis heureuse qu'il continue à prendre soin de moi. J'adore avoir quelqu'un à mes côtés. Nous sommes vraiment partenaires, dans tous les sens du mot.

Je plante mes yeux dans les siens, ma main toujours posée sur sa poitrine.

Nous ne parlons pas. Pas la peine.

La profondeur de l'amour d'Eli pénètre les tréfonds de mon âme et je le ressens jusque dans mes os. Il me donne des choses dont je ne suspectais même pas l'existence. Il me regarde comme si nous étions seuls au monde. C'est le même regard que partageaient mes parents quand ils étaient en vie.

Nous aurions pu nous briser la semaine dernière, mais nous avons tenu bon. Nous sommes toujours là, plus forts, et même plus solides qu'avant.

— Merci, je murmure.

Il me prend par la main et sourit.

— Tu devrais remercier ton ex.

— Pardon ?

— Je lui suis si reconnaissant. S'il n'avait pas été si con, je n'aurais pas le droit de faire ça aujourd'hui.

Il pose ses lèvres sur les miennes.

— Et ça.

Il pose ses lèvres sur mon front.

— Ou ça.

Il prend mon visage dans ses mains et m'embrasse passionnément. Sa langue caresse la mienne et j'oublie où nous sommes. Mes mains agrippent ses épaules et je lui rends son baiser.

J'entends quelqu'un se racler la gorge derrière nous. Merde. Brody est là, tout sourire.

— Bon, on s'est bien amusés, je suis content que quelqu'un lui ait enfin expliqué à quel point il est nase.

— Il a de la chance que je sois encore affaibli, sinon je lui aurais botté le train, continue Eli.

Oh Dieu tout puissant.

Je jette un regard noir à Brody et je me retourne vers Eli.

— Va prendre ton rôle de célébrité que tout le monde adore.

Il me salue de la tête, et me gratifie d'un tendre baiser.

— Heureusement que je n'adore qu'une seule personne.

— Heureusement que c'est réciproque.

Eli sourit et pose son doigt sur mon nez.

— Une seule fois dans sa vie... murmure-t-il avant de sortir de la pièce.

Je m'appuie contre la porte, et je remercie silencieusement Dieu d'avoir donné à Kristin l'idée d'entrer dans le fan-club des Four Blocks Down.

Sinon, l'occasion de se connaître ne se serait pas présentée, et ça, ça aurait été une *tragédie*.

CHAPITRE VINGT-HUIT

HEATHER

~Deux ans plus tard~

— Je suis trop contente ! s'exclame Danni alors que nous nous faisons conduire à nos sièges.

— Ma biche, marmonne Nicole. Notre dernier concert de FBD était quand même beaucoup plus drôle.

J'éclate de rire.

— Pourquoi ? Parce que tu les connais tous aujourd'hui ?

Elle lève les yeux au ciel et râle.

— Évidemment ! Je te jure... Ton petit ami n'est même plus sexy...

— Tu dis vraiment de la merde, je rétorque en lui tapant le bras.

Eli Walsh reste un homme étonnamment sexy, et elle le sait bien. Il est comme le vin, il se bonifie avec l'âge. Il est en tournée depuis quelques mois, et encore une fois, il la clôture à Tampa. J'ai passé deux semaines avec lui, de St. Louis à Nashville, Chicago, Indianapolis, St. Paul et Little Rock. Puis je suis rentrée en avion. Je ne recommencerai plus jamais de ma vie.

Ils sont négligés.

Je préfère largement me détendre dans son appartement de New York, plutôt que de me serrer dans le bus de tournée avec le groupe. Je n'ai pas vu passer ces dernières années. Je suis parfois étonnée de voir que nous avons si bien tenu le coup. Les médias ont bien réagi quand j'ai annoncé que je gardais mon travail, et le fait que je sois flic m'a protégée de l'œil public.

Je ne suis clairement pas intéressée par son argent, même si des fois, je trouve qu'il me gâte beaucoup trop.

Les lumières se tamisent et produisent une impression de déjà-vu, si forte que j'en ai la tête qui tourne.

Kristin me prend par la main et la serre.

— C'est génial qu'Eli nous ait réservé ces places.

— Je ne lui ai pas donné le choix, je rétorque avec un sourire si large qu'elle se met à rire.

— Tu as raison, mais tu le remercieras quand même.

En apparence, on dirait que nous sommes les mêmes qu'au dernier concert. Mais en vérité, nous avons toutes changé. Kristin a quitté son mari, et elle vit maintenant dans mon ancienne maison avec ses deux enfants. Danielle et Peter se sont retrouvés et vivent une délicieuse seconde lune de miel. Quant à Nicole, elle reste fidèle à elle-même avec toutes ses aventures et Dieu sait combien de plans à trois. J'ai arrêté de lui demander des détails, ça donnait des idées à Eli.

Je me suis définitivement installée dans la maison d'Eli à Tampa. Bon, au début ce n'était pas vraiment mon choix. Eli a quasiment fait déménager toutes mes affaires le jour suivant la conférence de presse. Ma maison était prise d'assaut par les photographes et Eli a décidé que ce n'était pas possible. Je n'étais absolument pas d'accord pour commencer, nous avons eu d'énormes disputes, et de délicieuses réconciliations, dans notre nouveau foyer.

Les silhouettes du groupe se détachent dans l'obscurité et la foule se déchaîne. Les lumières s'allument et le concert commence.

Mes yeux restent rivés sur Eli. Je vois les reflets des éclairages dans ses cheveux bruns, et ses yeux verts se plongent dans les miens dès qu'il s'approche de nous. Et quand je m'aperçois qu'il me réserve son petit sourire narquois, je fonds littéralement. Je l'aime tous les jours un peu plus, même ceux où j'ai envie de lui tordre le cou.

Il danse et j'étudie ses mouvements en essayant de voir si ses mains l'embêtent. Il m'a confié qu'il ressentait des fourmillements après le dernier concert. Aujourd'hui, il a l'air d'aller parfaitement bien.

La musique change et mon adrénaline commence à monter. Chaque fois que j'entends cette chanson, je ne peux pas m'empêcher de sourire.

— Il y a quelqu'un de très spécial dans la salle ce soir, commence Eli.

Oh non. Non non non. Il a promis. J'essaie de m'échapper, mais Nicole m'empoigne par le bras.

— Tu vas y aller, c'est sûr.

— Ma petite amie est ici ce soir, et pour ceux qui ne le savent pas, nous nous sommes rencontrés ici, pendant ce concert il y a tout juste deux ans.

Il me regarde et me lance un clin d'œil.

— Je voudrais la faire remonter sur scène pour lui rappeler à quel point elle m'aime. Alors Heather, tu viens ?

Mes lèvres se serrent et je lui jette le regard le plus noir dont je suis capable. Mais qu'est-ce qu'il fait ? Il rigole ? Le con.

Le videur me tend la main, et Eli me couve des yeux alors que je lui mime un *je te déteste*.

Dès que je suis sur scène, il m'attire près de lui et pose sa bouche sur la mienne sous les exclamations du public.

— Tu m'aimes, chuchote-t-il près de mon oreille.

— Plus pour longtemps.

Eli apostrophe son frère :

— Randy ! Heather va avoir besoin d'un petit coup de main pour cette chanson.

Randy éclate de rire.

— Tu vas lui sortir le grand jeu !

— C'est une fille qu'on ne croise qu'une fois dans sa vie... Elle doit le sentir jusque dans ses os, crie Eli.

Mon Dieu, mais qu'est devenue ma vie ? Je suis assise là, sur scène, alors que mon petit ami, Shaun, PJ et Randy se moquent de moi. Je vais tuer Eli, et après je demanderai à Savannah d'assassiner Randy.

Putain de frères Walsh.

La musique commence, et Eli se met à chanter.

Il en fait des tonnes pendant le premier couplet, et puis il arrête.

Il me relève et commence à chanter pour moi. Le public disparaît, et il me tient fermement dans ses bras. Nous nous balançons au rythme de la musique, et tout d'un coup, je me fiche que nous soyons entourés de gens sous un éclairage artificiel. Ma gêne s'évanouit et je m'imagine que nous sommes seuls, chez nous, dans notre cuisine, et Eli me chante les paroles.

Je regarde dans la foule et je vois les lumières des téléphones portables dans le public. On dirait des milliers d'étoiles qui clignotent juste pour nous.

Mes doigts caressent sa nuque et je l'embrasse sur la joue quand la chanson se termine.

— *Once in a lifetime...*

Il me tend la main et m'attire vers lui.

— Rejoins-moi en coulisses après le concert. J'ai un autre souvenir que j'aimerais revivre.

Je secoue la tête en riant.

— Je t'aime Eli.

— Et moi je t'aime encore plus.

Et comme pour la première fois, les sourires de mes copines sont noyés dans la fanfare.

— Qu'a-t-il chuchoté ? demande Kristin.

— De le rejoindre en coulisses, je lui avoue dans un éclat de rire.

— J'ai cru qu'il allait te demander en mariage, remarque Danni avec un accent déçu dans la voix, dommage.

Mes yeux s'élargissent, et mon cœur bat à tout rompre. Je n'avais pas pensé à ça. Enfin, si, j'y ai déjà réfléchi. Mais l'autre soir encore, il me disait à quel point notre situation actuelle le satisfaisait. J'ai déjà été mariée, donc je n'ai pas besoin d'une bague, mais une petite partie de moi voudrait être sa femme pour de vrai.

Jusqu'à présent, je ne m'imaginais pas que ce soit possible, mais maintenant que je l'ai entendu dans la bouche de quelqu'un d'autre, je ressens une pointe de tristesse.

Nicole la tape sur le bras et se place devant moi.

— Vous êtes heureux comme ça, ma belle, vous n'avez pas besoin d'une bague pour le prouver.

Je tente de noyer ma déception. Elle a raison, je n'ai pas besoin de me marier. Et Eli me demandera en mariage s'il en a envie et c'est tout. Je veux être avec lui. Point barre.

— Je suis bête, des fois.

Nicole approuve.

— Crois-moi, il n'y a pas une seule femme dans cette salle qui ne te déteste pas profondément. Eli t'a embrassée, il t'a chanté une chanson, et il t'a invitée en coulisses. S'il t'avait demandé en mariage, il aurait fallu te placer dans un programme de protection des témoins.

J'éclate de rire et j'approuve. Notre vie publique avec Eli est pour le moins... bizarre. Quand il a été nommé pour un Emmy, je n'ai rien compris à ce qu'il s'est passé. Les gens criaient notre nom, prenaient tellement de photos que mon sourire est resté figé sur mon visage pendant des jours.

Les fans ne sont pas tous sympathiques en fait. Certains étaient vraiment désagréables avec moi. Et puis, tous ces magazines qui critiquaient nos vêtements, nos coiffures, mon maquillage... Tout ça pour divertir les gens. Et si Eli fait quelque chose pour attirer l'attention, ça devient encore pire. C'est pourquoi je préfère notre petite bulle tranquille à Tampa. Il n'est pas souvent ici, mais nous avons trouvé un moyen de fonctionner, juste comme il l'avait promis.

Nous profitons du reste du concert, et nous nous rendons en coulisses. Les gars arrivent et nous nous embrassons tous. Shaun et PJ sont toujours les premiers à faire la fête. Je jure qu'ils ont plus d'alcool que de sang dans les veines.

Et puis il entre dans la pièce à son tour et son magnifique sourire se dirige droit sur moi. Les bras d'Eli sont autour de ma taille et me soulèvent en me faisant tournoyer dans les airs.

— Salut ma belle.

— Salut beau gosse, je vais te massacrer.

— Tu savais qu'il fallait que je le fasse, se justifie-t-il.

— Oui, c'est ça.

Eli me pose par terre et me plante un baiser sur le nez.

— Essayons de trouver un endroit plus calme.

Je lui tape le bras.

— Nous n'allons pas faire l'amour dans le bus.

Il m'attire vers lui en souriant.

— Oh que si.

Je commence à protester mais il se baisse et me fait passer sur son épaule.

— Eli !

— Je t'avais dit que nous irions dans le bus ! me crie-t-il devant tout le monde. Nous en avons pour quelques heures, je vais faire crier ma petite copine quelques fois.

— Oh mon Dieu, dis-je en le frappant sur les fesses. Tu es un homme mort.

J'entends la porte du bus s'ouvrir, il me fait glisser le long de son corps.

— Je crois que tu vas me laisser la vie sauve, murmure-t-il contre mes lèvres.

— N'en sois pas si sûr.

Eli monte les escaliers à reculons, et je découvre l'intérieur du bus. Il a été rempli de bougies et de roses rouges. Des douzaines et des douzaines de fleurs de partout. Dans tous les recoins, le regard est caressé par les pétales délicats doucement éclairés par la flamme. Je me retourne, les yeux brillants de larmes, totalement émerveillée par la métamorphose des lieux. Sur le sol, un tapis de pétales me dirige vers la chambre. Je fixe Eli, le souffle coupé.

J'ose à peine y croire.

— Mais que fais-tu ?

Il a posé un genou au sol.

— Je fais ce que j'ai envie de faire depuis longtemps.

Ma main vole vers ma bouche alors qu'il ouvre un petit écrin noir.

— Heather Covey, j'ai passé ma vie à attendre la femme avec laquelle je veux partager mon cœur. Nous nous sommes rencontrés à ce concert, nous avons fait l'amour dans ce bus, et tu es la seule que je veux près de moi. Je sais que je t'ai dit que la situation me suffisait, mais...

— Oui ! je hurle, incapable de me retenir plus longtemps.

— Je n'ai pas encore fini, reprend-il en riant.

Je me mets à genoux, et des larmes se mêlent à mes éclats de rire.

— Je veux tout, bébé. Je veux que tu sois ma femme. Je veux tout partager avec toi. Je veux te donner mon nom aussi sûrement que je t'ai donné mon cœur. Veux-tu m'épouser ?

Je me jette dans ses bras et je l'embrasse ardemment. Je m'interromps pour lui crier :

— Oui, oui, oui ! Je t'aime tellement fort.

Avant de recommencer à l'embrasser.

— Super, répond-il en embrassant mes larmes de joie.

Et je le regarde passer à mon doigt un diamant taille princesse éblouissant. Je le fais briller à la lueur des bougies. Je vais devenir sa femme. Nos vies s'imbriquent l'une dans l'autre naturellement. Ensemble, nous créons notre propre bonheur, sans que j'aie pu un jour imaginer que ce soit possible. Nos yeux se croisent à nouveau, et je touche sa joue.

— Je ne sais pas comment j'ai fait pour survivre toutes ces années sans toi, dis-je en caressant sa barbe naissante du pouce. Je t'aime si fort.

Eli se relève et m'aide à me remettre sur mes pieds. Ses bras sont autour de moi et nous nous raccrochons l'un à l'autre.

— Avant toi, je ne vivais pas, j'attendais.

— C'en est fini d'attendre, je réponds en souriant et en me remémorant les mots que j'ai prononcés quelques années auparavant.

Ses yeux se plongent dans les miens, et je vois tant d'amour, que j'en ai le souffle court.

— Je t'aurais attendu pour toujours.

Je ne peux pas m'empêcher plus longtemps de l'embrasser. Eli nous guide vers la chambre, où nous nous fabriquons un nouveau souvenir. Mais cette fois, je ne vais pas m'enfuir.

Je reste dans ses bras, mon corps épouse parfaitement le

sien. Un moment plus tard, je ressens une pointe de tristesse. Mon premier mariage s'est résumé à une visite à la mairie, mais je sais qu'Eli va vouloir le fêter en grande pompe. Ma sœur ne sera pas là pour mon mariage, et personne ne remontera l'allée de l'église à mes côtés.

— Qu'est-ce qui ne va pas ? demande-t-il.

Il ressent toujours mes changements d'humeur. Il va falloir que je fasse plus d'efforts pour lui cacher.

— J'aurais tant voulu avoir Stephanie et mes parents près de moi. Je sais que mon père t'aurait détesté, mais ma mère serait entièrement conquise.

Ses bras se resserrent autour de moi.

— J'aurais voulu pouvoir te faire ce cadeau, mais c'est la seule chose que je ne peux pas t'offrir.

— Je sais, et je sais que tu le ferais si tu le pouvais.

— Je ferais tout pour toi, bébé, promet Eli. Attends, tu viens de me dire que ton père me détesterait ?

Je m'assieds en souriant, mes pensées se tournent vers mon papa.

— Aucun homme n'était assez bien pour ses filles chéries. Et, il ne t'aimait déjà pas à l'époque. Je lui ai assez rebattu les oreilles avec tes chansons, et il n'était pas impressionné. Il m'a toujours conseillé d'éviter les musiciens. Clairement, j'ai désobéi.

Quand les Four block Down ont entamé leur carrière, j'étais obsédée et j'ai raconté à mon père qu'un jour je me marierais avec Eli. Mon père m'a répondu que les garçons étaient tous bêtes et que je devais me garder d'approcher d'eux, surtout de ceux qui étaient dans un boys band. Je me plais à imaginer qu'il aurait changé d'avis après avoir connu Eli. Mais cette rencontre aurait été plutôt drôle.

Eli se déplace pour me regarder en face.

— Je l'aurais séduit.

Je caresse sa joue, le diamant sur mon doigt accroche la lumière et brille de mille feux.

— Papa aurait tout de suite compris que tu n'étais pas un connard gâté pourri, égocentrique et égoïste qui jette les filles comme des mouchoirs usagés.

— C'est ce qu'il pensait ?

J'éclate de rire.

— Probablement.

Il se déplace rapidement et m'attire sous lui.

— Dans quelques semaines, tu seras ma femme.

Semaines ?

Il opine.

— Dans trois semaines, pour être exact.

— Attends, je me redresse brusquement, tu veux te marier dans trois semaines ? Mais je n'ai pas de robe ni rien du tout ! Nous ne pouvons pas nous marier dans trois semaines !

Eli est toujours pareil. Comme ce voyage-surprise à Antigua-et-Barbuda. Il est rentré à la maison et m'a suggéré de faire mes valises. Nous étions dans l'avion quatre heures plus tard. Il a même demandé à Brody de poser mes vacances. Il est fou. Mais il est tout pour moi.

— La date est réservée, tout le monde est au courant.

— Tout le monde sait ? je le pousse en jouant. Mais tu viens juste de me demander ? Nous n'avons pas quitté le bus, comment as-tu pu organiser un mariage ?

Il hausse les épaules et me gratifie d'un sourire suffisant.

— Je savais que tu dirais oui.

Je gémis et retombe sur l'oreiller. Je ne suis pas en colère, mais je ne sais pas par quel bout le prendre.

— Ok, je vais jouer à ton jeu. Quand est-ce qu'on se marie ?

Ma vie n'est qu'amour, et j'ai un homme qui organise un mariage avant d'avoir fait sa demande à sa dulcinée.

Il me donne tous les détails et je le fixe avec une expression de plus en plus ébahie. Il a vraiment tout préparé jusque dans les moindres détails. Je ne sais pas si je suis amoureuse ou furieuse à cet instant. Eli se justifie en disant que cela s'accorde mieux avec son planning. Il va partir en tournage à Vancouver dans un mois, et il voulait se marier avant.

— Tu veux vraiment te marier sur un bateau ? je l'interroge.

C'est le détail qui m'échappe.

Eli s'allonge sur moi et repousse mes cheveux.

— Il y a plusieurs raisons, m'explique-t-il. La première est que je peux facilement contrôler la sécurité et les invités. La deuxième, c'est parce que nous avons eu notre premier rendez-vous sur un bateau.

Celle-là me fait sourire.

— La troisième, c'est que tu ne pourras pas t'enfuir.

— M'enfuir ?

— Oui, tu ne pourras pas escalader la barrière si tu changes d'avis. Tu seras exactement là où je veux que tu sois. À mes côtés et pour toujours.

ÉPILOGUE
HEATHER

Bordel de merde. Je me marie aujourd'hui.

Je me tiens devant le miroir de la chambre, sidérée. Le jour qui a suivi mes fiançailles, j'ai rencontré l'organisatrice du mariage, Kennedy. Elle est arrivée chargée de propositions. Je pensais que sa publiciste faisait peur, mais je ne connaissais pas encore Kennedy.

En deux jours, j'ai trouvé ma robe, les fleurs, la palette de couleurs, les robes des demoiselles d'honneur et nous avons décidé du menu. C'est incroyable ce que l'on peut accomplir avec une femme qui ne comprend pas le sens du mot « non » et un budget illimité. Quand un artisan objectait que c'était impossible, elle lui répondait qu'il n'avait pas le choix.

— Oh Heather !

Nicole entre dans ma chambre, les yeux remplis de larmes.

— Tu es magnifique.

Mes yeux se tournent vers le miroir et j'essaie de redescendre sur terre. La coiffeuse a arrangé mes cheveux en laissant de délicates mèches blondes souligner mon visage. Mon maquillage est sublime. Doux, mais légèrement dramatique. Mais la robe... Je n'arrive toujours pas à réaliser que c'est moi dans cette robe.

— Tu trouves ?

Elle se tient derrière moi dans sa robe turquoise que j'ai choisie, et place ses mains sur mes épaules.

— Ma biche, tu es à couper le souffle.

Je fais glisser mes mains sur l'étoffe satinée, me délectant de sa coupe parfaite. Nicole et Kennedy se sont disputées pour savoir quelle robe je choisirais, et Nic a exigé que j'essaie sa proposition. Le décolleté dévoile juste ce qu'il faut de peau et le corsage est serré avant de s'évaser sur le bas. Elle est classique, élégante, et je raffole de chaque centimètre de tissu.

— Je n'arrive toujours pas à croire qu'il ait prévu tout ça, je déclare, songeuse.

— Petite veinarde, va ! répond-elle dans un reniflement et nous rions toutes les deux.

Je sais que j'ai de la chance. Dès que je vois mon fiancé si sexy, je sais que ce que nous partageons est spécial. Bien sûr, nous avons des hauts et des bas, et nous traversons parfois des moments difficiles, mais il en vaut largement la peine.

Kristin passe la tête par la porte entrebâillée.

— Vous êtes bientôt prêtes, les filles ? Nous devons aller sur le dock et envoyer la limo au parc.

Je lève les yeux au ciel quand j'entends les précautions qu'il a prises. Il refuse de laisser une seule photo fuiter. Ce qui implique des limos-leurres, et la privatisation du parc dans lequel nous nous étions promenés après la mort de Stephanie.

Kristin, Danielle, Nicole, Savannah et moi montons toutes dans une limousine pour nous rendre au bateau. Seuls la famille et les amis les plus proches sont invités. Nous voulons nous entourer de ceux que nous aimons, sans fioritures.

— Tu es prête ? me demande Savannah quand nous arrivons.

Nous sommes devenues si proches ces derniers temps. Elle est restée à mes côtés pendant que j'apprenais à naviguer les eaux troubles de la vie publique. Je lui suis si reconnaissante, et je suis heureuse de devenir sa belle-sœur.

— Je le suis vraiment.

— Je suis enchantée pour vous deux, me dit-elle en prenant ma main.

Kennedy ouvre la porte et conduit tout le monde vers l'extérieur.

— Allons-y, pour l'instant nous avons évité la presse, alors partons vite en mer avant que cela ne change.

Nous ne bougeons pas assez vite à son goût, et elle tape dans ses mains.

— Je ne plaisante pas, mesdames, secouez-vous un peu les fesses.

Nous nous regardons, et j'étouffe un éclat de rire.

Une fois en sécurité à bord, nous montons au premier niveau, dans un salon luxueux. Le bateau est magnifique. Il comporte une salle à manger dotée d'une piste de danse, d'une salle de bain confortable et même de plusieurs chambres. C'est un bateau de croisière miniature.

— Vous croyez qu'il est nerveux ? je demande aux filles.

— Je suis sûre que Randy est en train de l'attacher au radiateur pour l'empêcher de venir te rejoindre, répond Savannah en riant. Eli n'est pas connu pour sa patience.

— Sans déconner, acquiesce Nicole. Qui d'autre pourrait organiser un mariage sans demander son avis à la mariée ?

— Moi je trouve ça romantique, rêve Kristin.

Je suis d'accord avec Kristin. Certains peuvent trouver ses agissements un peu fous, mais moi je le trouve attentionné.

— Eh bien, il part en tournage bientôt, donc c'était soit on se marie maintenant, soit on attendait encore plusieurs mois.

Quelques minutes plus tard, Kennedy intervient pour nous expliquer où aller. Elle s'affaire autour des filles, et arrange leurs robes parfaitement.

Nicole se tourne vers moi et m'attire vers elle.

— C'est ton âme sœur, Heather. Il te mérite.

Elle tire un mot de son prodigieux décolleté, et je sais ce qu'il contient.

— Je voulais te le donner avant de partir, mais j'ai oublié. Stephanie m'a demandé de te le donner le jour de ton mariage avec un homme qui te méritait vraiment.

Ma main tremblante se tend vers le papier.

— Je ne peux pas, j'admets.

— Tu veux que je te le lise ?

— Non, je soupire. Je voulais dire que je vais m'effondrer.

Elle me caresse la main.

— Je m'occupe de Kennedy, prends ton temps.

Nicole tient sa promesse, et informe Kennedy qu'elle la jettera aux requins si elle rentre dans la chambre.

Je m'assieds sur une chaise et je déplie le papier. Ma sœur m'accompagne à chacun de mes pas, et aujourd'hui c'est encore plus difficile que d'habitude. J'espère que je vais tenir le coup.

Heather,

J'espère que tu liras cette lettre un jour, et vraiment, arrête de pleurer !

Tu mérites d'être aimée par quelqu'un de spécial. Tu t'es consacrée à tous ceux qui t'entouraient, et j'espère que tu as fini par trouver un homme qui sera à ta hauteur. Je ne me souviens plus de ce qui unissait maman et papa, pas aussi bien que toi en tout cas. Mais d'après ce que tu m'en as raconté, je prie pour que tu aies trouvé le même amour. J'espère seulement que ton autre moitié est, ne serait-ce qu'un dixième, aussi fantastique que toi.

Je ne peux pas être avec toi aujourd'hui, mais sache que, pendant que tu déchiffres ce mot, je te contemple en souriant. S'il fait beau, c'est parce que je brille. S'il pleut, c'est parce que je voulais faire couler ton maquillage, c'est un truc que font les sœurs. Si c'est un ouragan, c'est probablement papa qui essaie de te dire quelque chose, ou alors que tu n'as vraiment pas de chance.

J'espère que tu es heureuse aujourd'hui. Je veux que tu souries toute la journée, même si je te manque. Je ne suis jamais loin de toi, parce que tu fais partie de moi. Je t'aime tellement. Je voudrais pouvoir te dire en personne à quel point tu es belle et différente, mais cette lettre va devoir faire l'affaire.

Enfin, tiens-moi au courant s'il fait de la merde, d'ici là je me serai sûrement fait d'autres amis fantômes, et je veillerai à ce qu'il ne puisse plus jamais fermer l'œil.

Je t'aime,

Stephanie

. . .

PS : Tu auras ta prochaine lettre soit lorsque tu auras un enfant ou pour ton cinquantième anniversaire. Quoi qu'il en soit, je reviendrai...

Je glisse la lettre dans mon bouquet de mariée pour qu'elle m'accompagne pendant la cérémonie et j'admire les couleurs corail et bleu du ciel en souriant. C'est une peste, même morte et enterrée, elle trouve le moyen de m'énerver.

Ma sœur aurait adoré être ici aujourd'hui. Je peux presque l'entendre se moquer de la couleur des robes, du choix du gâteau et d'à peu près tout le reste. Elle se serait d'abord mis Kennedy à dos, et puis Nicole. Elle aurait adoré Eli. Ils ne se sont pas rencontrés souvent, mais je sais qu'elle aurait pris son parti. C'est un truc qu'il a, elle n'aurait jamais pu résister. Il est si charmant que c'en est est exaspérant.

On tape doucement à la porte, et j'ouvre.

— Tu es prête ? me demande Brody avec un sourire.

— Oui, je suis prête, je lui réponds en lui prenant le bras.

Brody m'embrasse sur la joue et m'emboîte le pas.

— Je suis heureux pour toi, Eli est un bon gars.

Je rigole.

— Oui, c'est vrai.

— Tu tiens le coup après ta lettre ?

— Oui, ça va. Elle me manque beaucoup, mais elle est toujours près de moi.

Brody marque une pause en bas des escaliers.

— Elle aurait été si fière de toi.

Je sens les larmes me monter aux yeux. Je lève les mains en les agitant, dans l'espoir de les retenir, au moins jusqu'aux vœux.

— Bordel, je lance dans un éclat de rire. Arrêtons de parler, je ne veux pas pleurer avant le mariage.

— OK, concentrons-nous pour ne pas trébucher.

— Bon plan.

Nous évoluons jusqu'au pont supérieur et je suis si nerveuse que je m'agrippe un peu plus au bras de Brody pour me rassurer. Ma vie a tellement changé. Je n'ai plus peur, et c'est grâce à Eli. Je ne suis plus à terre, en attendant que le sol se dérobe sous mes pieds ; je danse et je profite de la vie. Il est resté près de moi à chaque instant, la main tendue. Quand il a voulu arrêter la série, nous en avons parlé tous les deux. Quand il a voulu que j'arrête de travailler, nous en avons parlé et convenu que je continuerais. Je l'accompagne à ses rendez-vous médicaux, mais je ne prends aucune décision. Peut-être qu'un jour les choses évolueront, et je l'accepte. Lorsque le moment sera venu, nous le ferons ensemble.

Kennedy s'approche de moi et réajuste mon voile.

— Nous y voilà.

La double porte s'ouvre et je m'accroche au bras de Brody pour ne pas faire un faux pas. Cet espace est encore plus beau que dans mes rêves. Les fleurs sont bleues et vertes, les chaises blanches sont superbes et des lumières scintillantes semblent flotter un peu partout. C'est parfait.

Les premiers accords des musiciens résonnent et la salle disparaît. Je ne vois plus que l'homme que j'aime plus que ma vie. Je fonds. Son smoking noir souligne son corps, ses épaules larges et sa taille fine. Ses yeux plongent dans les miens et il sourit. Ma poitrine se serre et je me retiens de courir vers lui. Tout d'un coup, je ne peux plus attendre.

Je commence à bouger, mais Brody me retient.

Chacun de mes pas libère un peu plus ma poitrine. Je respire un peu plus facilement au fur et à mesure que je m'approche de lui.

Nous arrivons près de l'autel et Brody place ma main dans celle d'Eli et une larme coule. Je regarde mon meilleur ami, mon frère. Il me fait un clin d'œil et m'embrasse sur la joue.

— Tu as un nouveau partenaire dorénavant.

Une autre larme. J'acquiesce.

— Merci.

— Sois gentil avec elle, dit Brody à Eli qui lui serre la main en retour.

— Toujours.

Le pasteur demande l'attention autour de nous et soudain le calme m'habite. Ici, entourés de notre famille et de nos amis, nous prêtons serment de nous aimer éternellement. Eli glisse un anneau en diamant sur mon annulaire, et je fais la même chose avec une alliance en titane. Quand nous avons choisi nos bagues, j'ai opté pour le matériau le plus robuste.

— Ellington et Heather ont décidé d'écrire leurs propres vœux, annonce le pasteur. Heather, nous t'écoutons.

J'inspire profondément et j'ouvre mon cœur en grand.

— Je ne crois pas au destin. Mon monde ressemblait exactement à ce que j'en avais fait. Il me semblait qu'en croyant à une force qui contrôlerait les choses autour de moi, cela signifiait que je ne valais pas mieux que le désordre qui régnait dans ma vie. Par conséquent, j'essayais de contrôler le plus de choses possibles. Et puis tu es entré dans ma vie. Un jour où mes amies ne cherchaient qu'à me faire sortir de ma tanière pour profiter un peu, j'ai finalement rencontré mon destin. Je ne savais pas qu'une vie pouvait basculer en une seconde. Mais aujourd'hui, nous sommes ici. Tu m'as montré qu'il fallait prendre des risques. Tu as été mon refuge les jours où l'orage grondait trop fort. Tu m'as donné la foi et la force de croire aux lendemains.

Une larme glisse sur sa joue et je l'essuie comme il l'a fait pour toutes les miennes. Je lui prends la main et la serre fort. Je veux qu'il sache combien je crois en nous.

— Je te promets de ne jamais m'enfuir, même si tu me pousses à tester mes limites. Je te promets que même si nos vies s'effondrent autour de nous, je resterai à tes côtés. Je te donnerai ma force quand tu en auras besoin. Je te promets que tu n'auras jamais à te demander si je t'aime encore, parce que je m'emploierai à te le montrer jour après jour, de toutes les façons possibles. Tu es ma moitié, mon tout. Tu es ma foi, mon destin. Tu me donnes une raison de survivre. Tu es mon salut, et je t'aime tant. Je te donne mon cœur, mon âme et ma vie, aujourd'hui et pour toujours.

J'expire en tremblant et je retiens mes larmes. Nicole me

tend un mouchoir, mais Eli le prend au vol. Nous nous sourions et le pasteur lui adresse un signe de la tête.

— Je ne cherchais pas l'amour. Je ne cherchais rien. Je n'espérais rien jusqu'à ce que je te trouve. Mes yeux ont croisé les tiens au cœur d'une foule en délire. Tout d'un coup, je ne savais plus respirer. Je ne pensais qu'à te parler, te toucher, te connaître, mais je ne savais pas comment m'y prendre. Je ne savais pas que mon monde s'en trouverait transformé. Que les paroles d'une chanson pourraient prendre vie, *once in a lifetime*. Je ne savais pas qu'en une seule nuit, on pouvait enchanter tous ses lendemains. Je sais que tu es près de moi, et j'ai tout ce dont j'ai besoin. Heather, je te poursuivrai en escaladant toutes les barrières du monde, juste pour avoir la certitude de me réveiller près de toi le lendemain matin.

Des rires se mêlent aux larmes et il poursuit en souriant.

— Je ne nous laisserai jamais tomber. Je combattrai tout ce qui menace d'obscurcir notre amour. Tu ne te sentiras plus jamais seule, parce que je serai là. Pendant mes mauvais jours, je te promets de te demander de m'aider. Pendant tes mauvais jours, je te promets d'être fort pour nous deux. Je t'aimerai malgré le doute, la peur, les rires et les larmes, et toutes les autres émotions que nous ressentirons. Lorsque nous serons séparés, je t'aimerai au-delà des kilomètres qui nous séparent. Je te promets que tu seras mes jours, mes nuits et mes lendemains.

Des larmes de joie mouillent mes joues, et j'ai besoin de l'embrasser. Eli glisse l'anneau sur mon doigt et il fait un pas pour placer ses mains autour de mon visage.

Avant même que le pasteur ne nous ait officiellement prononcé mari et femme, les lèvres d'Eli sont sur les miennes et scellent nos promesses pour l'éternité.

Merci d'avoir lu **La nuit est à nous.**

J'espère que vous avez aimé l'histoire d'Heather et d'Eli.

La série continue !

Cliquez ici pour lire l'histoire de Kristin dans Encore une fois…

Si vous souhaitez rester informé sur mes dernières publications, inscrivez-vous sur ma newsletter : https://geni.us/CMFrenchNL

DU MÊME AUTEUR

En français :

Je reviendrai:

La nuit est à nous (Je reviendrai #1)

Encore une fois (Je reviendrai #2)

Je t'attendais (Je reviendrai #3)

Si seulement (Je reviendrai #4)

Consolation Duet:

Saving Her (Consolation Duet #1)

Saving Us (Consolation Duet #2)

Return to Me:

Dis-moi que tu resteras (Return to Me #1)

Dis-moi que tu me veux (Return to Me #2)

À paraître en français:

Les Frères Arrowood:

tome 1 : Reviens vers moi

tome 2 : Bats-toi pour moi

tome 3 : Pense à moi

tome 4 : Reste avec moi

Cliquez ici pour consulter tous les romans de Corinne traduits en français :

https://corinnemichaels.com/country/france/

Pour rester informé des futures publications françaises des romans de Corinne Michael, inscrivez-vous ici :

https://geni.us/CMFrenchNL

Appel à tous les Bloggeurs et Bookstagramers français !

Vous seriez intéressé(e)s pour recevoir des SP de mes publications françaises ? Vous voudriez nous aider à promouvoir?

https://forms.gle/gPmcmZRf3cUePH3f9

Suivez-moi sur Facebook: https://geni.us/CMFBFrench

Suivez-moi sur Instagram: https://geni.us/CMInsta

www.ingramcontent.com/pod-product-compliance
Lightning Source LLC
Chambersburg PA
CBHW071117180726
48291CB00007B/2066